SIEMPRE ALICE

SIEMPRE ALICE

LISA GENOVA

Traducción de Francisco Pérez Navarro

Barcelona • Bogotá • Buenos Aires • Caracas • Madrid • México D.F. • Montevideo • Quito • Santiago de Chile

Título original: *Still Alice*

Traducción: Francisco Pérez Navarro

1.ª edición: septiembre 2015

© 2007, 2009 by Lisa Genova
© Ediciones B, S. A., 2009
   Bailén, 84 - 08009 Barcelona (España)
   www.edicionesb.com
   www.edicionesb.com.mx

Publicado por acuerdo con el editor original, Pocket Books, un sello de
Simon & Schuster, Inc.

ISBN: 978-607-480-870-4

Impreso por Programas Educativos S. A. de C. V.

En recuerdo de Angie

Para Alena

Hacía por lo menos un año que algunas neuronas de su cabeza, no lejos de los oídos, comenzaron a ahogarse y terminaron muriendo tan silenciosamente que no pudo oírlas. Algunos dirían que todo sucedió de una forma tan insidiosa que las propias neuronas iniciaron la cadena de acontecimientos que las condujeron a su autodestrucción. Ya se tratase de asesinato molecular o suicidio celular, antes de morir fueron incapaces de avisarla de lo que estaba ocurriendo.

Septiembre de 2003

Alice estaba sentada a la pequeña mesa de su dormitorio, distraída por los ruidos que provocaba John recorriendo las habitaciones de la planta baja. Antes de ir al aeropuerto necesitaba terminar de revisar aquel artículo para la *Revista de Psicología Cognitiva*, y acababa de leer la misma frase tres veces sin comprenderla. Según su despertador eran las siete y media, pero creía que iba diez minutos adelantado. Por la hora y el ruido cada vez mayor que le llegaba del piso inferior, dedujo que él tenía que marcharse pero había olvidado algo y no podía encontrarlo. Se dio unos golpecitos con el lápiz rojo en el labio inferior mientras contemplaba los números digitales del reloj y se preparaba para lo que vendría a continuación.

—¿Ali?

Tiró el lápiz sobre la mesita y suspiró. Bajó y lo encontró arrodillado en el salón, rebuscando entre los cojines del sofá.

—¿Las llaves? —preguntó.

—Las gafas. Y por favor, no me regañes. Ya llego tarde.

Ella siguió su frenética mirada hasta la repisa de la chi-

—11—

menea, donde un antiguo reloj Waltham, famoso por su precisión, marcaba las ocho en punto, aunque sabía que no se podía fiar de ese reloj. En aquella casa, los relojes raramente marcaban el tiempo real, a Alice la habían engañado demasiadas veces y desde hacía tiempo prefería confiar en su reloj de pulsera. Al entrar en la cocina retrocedió en el tiempo, ya que el microondas insistía en que sólo eran las 6.52.

Miró por encima de la despejada superficie de la encimera de granito y allí estaban, junto al bol blanco con forma de champiñón y sobre el correo todavía sin abrir. No debajo de algo, ni detrás de algo que impidiera verlas. ¿Cómo podía alguien tan listo como él, todo un científico, no ver lo que tenía delante de sus narices?

Por supuesto, muchas cosas suyas también se ocultaban maliciosamente en pequeños y recónditos escondites, pero jamás lo admitiría ante él ni lo involucraría en la búsqueda. El otro día, por ejemplo, John no se había enterado de que ella pasó una enloquecida mañana buscando el cargador de su Blackberry, primero por toda la casa y después por todo su despacho de la facultad. Al final tuvo que rendirse, ir a la tienda y comprar uno nuevo. Naturalmente, esa noche lo descubrió enchufado junto a la mesita de noche, donde tenía que haber mirado primero. Probablemente podía achacar aquellos despistes a las excesivas tareas de ambos y a que siempre estaban demasiado ocupados. O a que se estaban volviendo viejos.

Él apareció en el umbral de la cocina, mirando las gafas que Alice tenía en las manos pero no a ella.

—La próxima vez, cuando busques algo, imagina que eres una mujer —dijo ella sonriendo.

—Me pondré una de tus faldas. Ali, por favor. Llego tarde, de verdad.

—Según el reloj del microondas, te sobra tiempo —respondió, tendiéndole las gafas.

—Gracias.

Las cogió como un atleta cogería el testigo en una carrera de relevos, y se lanzó hacia la puerta principal.

—¿Estarás en casa el sábado cuando vuelva? —le preguntó a la espalda de John mientras lo seguía por el pasillo.

—No lo sé, el sábado tengo un día muy ocupado en el laboratorio. —Y recogió a la carrera la cartera, el teléfono móvil y las llaves de la mesita del recibidor.

—Que tengas un buen viaje. Dale abrazos y besos a Lydia de mi parte, e intenta no pelearte con ella.

Ella contempló sus reflejos en el espejo del pasillo: él, aspecto distinguido, alto, cabello castaño con algunas canas y gafas; ella, pelo rizado y brazos cruzados sobre el pecho; y ambos dispuestos a esgrimir sus propios e insondables argumentos. Alice apretó los dientes y se tragó el suyo, prefiriendo no complicar las cosas.

—Hace mucho que no coincidimos. Por favor, intenta estar en casa —rogó ella.

—Lo sé y lo intentaré.

La besó y, aunque se le notaba ansioso por marcharse, se demoró en el beso un instante más. Si Alice no lo conociera tan bien, podría haber idealizado ese beso y haberse quedado allí de pie, pensando que le había dicho: «Te quiero y te echaré de menos.» Mientras John desaparecía rápidamente calle abajo, estuvo casi segura de que él le hubiera respondido: «Yo también te quiero. Pero, por favor, no te enfades mucho si el sábado no llego a casa temprano.»

Todas las mañanas solían atravesar juntos los jardines de Harvard. Entre las muchas cosas que le gustaban de que ambos trabajaran en la misma universidad, a un kilómetro escaso de su casa, la que más disfrutaba era compartir el camino con él. Siempre se detenían en Jerri's —café solo para él, té con limón para ella, caliente o helado según la estación—, y después seguían hasta la plaza Harvard, charlando sobre sus clases e investigaciones, los temas de sus respectivos departamentos, los hijos o los planes para la tarde. Cuando estaban recién casados, incluso caminaban cogidos de la mano. Ella disfrutaba la relajada intimidad de aquellos paseos matutinos, antes de que la exigencia diaria de sus trabajos y ambiciones los agotara.

Ya hacía tiempo que iban a Harvard por separado. Alice había pasado todo el verano con su maletín a cuestas, asistiendo a conferencias de psicología en Roma, Nueva Orleáns y Miami, y formando parte de un comité examinador en la defensa de una tesis en Princeton. En primavera, los cultivos celulares de John necesitaron de una creciente atención a horas intempestivas de la mañana, pero como él no confiaba en que sus alumnos los atendieran debidamente, lo hacía él. No se acordaba de los motivos anteriores a aquella primavera, pero sí que siempre parecían razonables y únicamente temporales.

Volvió a su artículo, todavía distraída y ahora también ansiosa por la pelea que no había tenido con John a causa de Lydia, su hija pequeña. ¿Tan difícil era que la apoyase a ella y no a su hija por una vez en la vida? Dedicó al resto del artículo un esfuerzo superficial, suficiente dado su fragmentario estado mental y la escasez de tiempo, pero lejos de su típico estándar de excelencia. Terminados sus comentarios y sugerencias, lo metió en un sobre que cerró a continuación, culpablemente consciente de que podía haber cometido algún error en la concepción o interpretación del artículo, maldiciendo a John por comprometer la integridad de su propio trabajo.

Reorganizó el maletín, que ni siquiera había vaciado de su anterior viaje. En los meses siguientes viajaría menos, sólo tenía un puñado de conferencias confirmadas en su calendario semestral de otoño, y la mayoría era en viernes, día que no tenía clases. Como la de mañana. Mañana sería la conferenciante invitada que cerraría la serie de coloquios otoñales sobre psicología cognitiva. Y después iría a ver a Lydia. Intentaría no pelearse con ella, pero no podía prometer nada.

Alice encontró fácilmente el camino hasta el Cordura Hall de Stanford, situado en la esquina oeste del campus y Panama Drive. Para ella, mujer de la costa Este, su exterior de hormigón estucado de blanco, el techo de terracota y la vegetación exuberante le recordaban más a un hotel playero que a un edificio académico. Llegaba con bastante adelanto, pero entró de todas formas, suponiendo que podría emplear el tiempo sobrante para sentarse en el auditorio y repasar su conferencia.

Para su sorpresa, la sala ya estaba abarrotada. Una multitud entusiasta rodeaba una larga mesa, peleándose agresivamente como gaviotas en una playa por conseguir algo de comida. Antes de poder retroceder y pasar desapercibida descubrió a Josh, un viejo compañero de clase de Harvard y reputadoególatra, cruzado en su camino con las piernas bien plantadas en el suelo y un poco demasiado abiertas, como dispuesto a abalanzarse sobre ella.

—¿Todo esto es por mí? —preguntó Alice, sonriendo complacida.

—No; comemos así todos los días. Esto es por uno de nuestros psicólogos desarrollistas, ayer lo confirmaron en su puesto. ¿Cómo te trata Harvard?

—Bien.

—No puedo creer que sigas allí después de tantos años, es demasiado aburrido. Tendrías que venir aquí.

—Ya veremos. ¿Cómo te va a ti?

—Fantásticamente. Deberías ir a mi despacho después de la conferencia y ver nuestros últimos modelos para la obtención de datos. Te van a alucinar.

—Lo siento, pero no podré. En cuanto acabe aquí, tengo que tomar un avión a Los Ángeles —respondió ella, agradecida por tener una excusa preparada.

—Oh, lástima. La última vez que te vi creo que fue el año pasado en la conferencia de psiconomía. Por desgracia me perdí tu presentación.

—Bueno, hoy podrás escuchar una buena parte de ella.

—Reciclando antiguas conferencias, ¿eh?

Antes de que respondiera, Gordon Miller, director del departamento y su nuevo superhéroe, apareció repentinamente y la salvó pidiéndole a Josh que lo ayudara a repartir el champán. En el departamento de Psicología de Stanford, como en todo Harvard, era una tradición brindar con champán cuando alguien alcanzaba un codiciado hito en su carrera como era la obtención de un puesto fijo. No había muchas trompetas que anunciaran los avances puntuales de la carrera de un profesor, pero un puesto fijo era uno grande, alto y claro.

Cuando todo el mundo tuvo su copa en la mano, Gordon subió al estrado y le dio unos golpecitos al micrófono.

—¿Pueden prestarme un momento de atención, por favor?

La risa de Josh, excesivamente alta, reverberó por todo el auditorio antes de que Gordon continuase.

—Hoy debemos felicitarnos porque Mark haya conseguido un puesto fijo en nuestro departamento. Estoy seguro de que se siente emocionado por haber conseguido ese particular logro, y brindo por los muchos que todavía le quedan por conseguir. ¡Por Mark!

—¡Por Mark!

Alice entrechocó su copa con la de sus vecinos, y todo el mundo reanudó rápidamente sus tareas de beber, comer y charlar. Cuando toda la comida desapareció de las bandejas y las últimas botellas se vaciaban en las copas, Gordon volvió al estrado.

—Si tienen la bondad de sentarse, podremos dar paso a la conferencia de hoy. —Esperó unos momentos a que la multitud de setenta y cinco personas se acomodara y se callase—. Hoy tengo el honor de presentarles la primera conferencia-coloquio del año. La doctora Alice Howland es una eminente profesora de Psicología de la William James de Harvard. En los últimos veinticinco años de su distinguida carrera ha participado en muchos de los avances más significativos en psicolingüística. Fue pionera del enfoque interdisciplinar e integrado en el estudio de los mecanismos lingüísticos y sigue liderando ese campo. Hoy tenemos el privilegio de tenerla entre nosotros para que nos hable de la organización conceptual y neuronal del lenguaje.

Alice intercambió sitio con Gordon y vio que el público la contemplaba expectante. Mientras esperaba que los aplausos amainaran, pensó en las estadísticas que indicaban que la gente le tenía más miedo a hablar en público que a la propia muerte. A ella en cambio le encantaba y disfrutaba de esos momentos previos a su intervención ante un auditorio atento, ya fuera para dar una clase, narrar una historia o moderar un debate acalorado. También disfrutaba de la descarga de adrenalina que todo aquello suponía. Cuanto más arriesgase en su disertación, cuanto más sofisticado y hostil fuera el público, más la excitaba la experiencia. John era un orador excelente, pero a menudo se sentía presa del pánico, y se maravillaba ante la facilidad de palabra de Alice. Probablemente no prefería la muerte, pero sí enfrentarse a un ejército de serpientes y arañas.

—Gracias, Gordon. Hoy les hablaré de algunos de los procesos mentales que subyacen en la adquisición, organización y utilización del lenguaje.

Alice había utilizado las bases de aquella particular conferencia innumerables veces, pero ella no lo llamaría reciclaje. El quid de la cuestión consistía en centrarse en los principios más importantes de la lingüística, algunos de los cuales había descubierto ella misma, y desde hacía años utilizaba gran parte de las mismas diapositivas. Pero se sentía orgullosa, no avergonzada ni perezosa, de que esa parte de su conferencia, la que se centraba en sus descubrimientos, siguiera vigente y resistiera el paso del tiempo. Sus contribuciones sostenían y propulsaban futuros descubrimientos. Y seguro que ella participaría en ellos.

Hablaba sin necesidad de consultar sus notas, relajada y animada, las palabras surgiendo sin esfuerzo. Hasta que a los cuarenta minutos de una presentación de cincuenta, se quedó repentinamente en blanco.

—Los datos revelan que los verbos irregulares requieren el acceso al...

No podía encontrar la palabra adecuada. Sabía lo que quería decir, pero la palabra concreta la eludía. No recordaba la primera letra, cómo sonaba la palabra o cuántas sílabas tenía. Y tampoco la tenía en la punta de la lengua. Había desaparecido de su mente.

La culpa tenía que ser del champán. Normalmente no bebía alcohol antes de sus conferencias. Aunque se supiera el texto de carrerilla, incluso en las circunstancias más informales, le gustaba estar lo más mentalmente despierta, sobre todo por la sesión de preguntas y respuestas del final, que podía ser polémica y abrir un debate rico e imprevisto. Pero cuando volvió a verse atrapada en una conversación pasivo-agresiva con Josh, no quiso ofender a nadie negándose a brindar y había bebido un poco más de la cuenta.

Quizá fuera el *jet-lag*. Mientras rebuscaba por los rincones de su mente en busca de la palabra y las razones de que la hubiera perdido, su corazón se aceleró y su rostro enrojeció. Pero nunca se dejaba dominar por el pánico frente a un público, y ya había superado momentos más comprometidos que ése. Respiró hondo, dispuesta a olvidar el incidente y seguir adelante.

Sustituyó la palabra olvidada con un vago e inapropiado «eso», abandonó el punto concreto que estaba desarrollando y pasó al siguiente. La pausa le pareció una eternidad, pero cuando miró los rostros del público para ver si alguien había notado su lapsus, nadie pareció alarmado, molesto o simplemente alterado. Entonces vio cómo Josh le susurraba algo a la mujer que se encontraba a su lado, con las cejas enarcadas y una ligera sonrisa en el rostro.

Se encontraba en el avión, descendiendo ya hacia el aeropuerto de Los Ángeles, cuando por fin recordó la palabra.

«Léxico.»

Hacía tres años que Lydia vivía en Los Ángeles. De haber ingresado en la universidad después del instituto, se habría licenciado la primavera anterior y Alice se sentiría orgullosa de ella. Probablemente, Lydia era más lista que sus hermanos mayores, los gemelos, y ellos sí habían ido a la universidad. Una a la facultad de Derecho, y el otro a la de Medicina.

En lugar de centrarse en la universidad, Lydia decidió viajar primero por Europa. Alice supuso que volvería con una idea más clara de qué quería estudiar y a qué facultad pretendía ir. Pero, tras su vuelta, dijo que había estado haciendo sus pinitos como actriz en Dublín y que se había enamorado de esa profesión. Pensaba trasladarse a Los Ángeles de inmediato.

Alice casi perdió la cabeza. A pesar de sentirse locamente frustrada, reconoció su propia contribución al problema. Como Lydia era la más joven de los tres, hija de unos padres que trabajaban mucho y viajaban con cierta regularidad, y como siempre había sido una buena estudiante, Alice y John la habían ignorado demasiado. Le habían ofrecido mucho espacio para que se creara su propio mundo, mucha libertad para que pensara por sí misma y mucha autonomía, lo que no era común entre los niños de su edad. Creyeron que sus vidas profesionales le servirían como ejemplo deslumbrante de lo que se podía conseguir si uno se planteaba metas nobles e individualmente satisfactorias y las perseguía con pasión y mucho esfuerzo. Lydia comprendió los consejos de su madre acerca de la importancia de recibir una educación universitaria, pero tuvo la confianza y la audacia suficientes para rechazarlos.

Además, no estaba enteramente sola. La pelea más explosiva que Alice hubiera tenido nunca con John siguió a su opinión sobre el tema: «Creo que es maravilloso, siempre puede ir a la universidad después... si decide que quiere ir.»

Alice consultó la dirección en su Blackberry, llamó al timbre del apartamento 7 y esperó. Estaba a punto de volver a llamar cuando Lydia abrió la puerta.

—¡Mamá! Llegas muy pronto —exclamó a modo de saludo.

—No; llego puntual —respondió ella tras consultar el reloj.

—Dijiste que tu avión llegaba a las ocho.

—Dije a las cinco.

—Yo tengo las ocho escrito en mi agenda.

—Lydia, son las seis menos cuarto y estoy aquí.

Su hija la observó indecisa y nerviosa, como una ardilla sorprendida por un coche en plena carretera.

—Perdona. Entra.

Ambas dudaron un instante antes de abrazarse, como si tuvieran que practicar un baile recién aprendido y no se sintieran muy confiadas en cuál era el primer paso o cuál de las dos debería llevar a la otra. O como si fuera una antigua danza que no bailaban juntas desde hacía tanto tiempo que no estaban seguras de la coreografía.

Alice notó el relieve de la columna vertebral y las costillas de su hija a través de la camiseta que llevaba puesta. Parecía demasiado delgada, unos cinco kilos menos de lo que recordaba. Deseó que fuera a causa del trabajo y no de una dieta. Rubia y de metro setenta y cinco, siete centímetros más alta que ella, Lydia destacaba por encima de las mujeres bajitas, italianas o asiáticas, que eran mayoría en Cambridge; pero allí, en Los Ángeles, las salas de espera de todos los *castings* estarían llenas de mujeres muy parecidas a ella.

—Había hecho la reserva para las nueve. Espera un momento, vuelvo enseguida.

Estirando el cuello desde el recibidor, Alice echó un vistazo a la cocina y al salón. El mobiliario, más que comprado en un mercadillo vecinal o aprovechado de lo que le sobraba a los padres, parecía muy ecléctico: sofá naranja, mesita de café de estilo retro, mesa y sillas de cocina estilo familia Brady... Las paredes blancas estaban desnudas, a excepción de un póster de Marlon Brando sobre el sofá. El aire olía a productos químicos, como si Lydia hubiera limpiado el piso a última hora, justo antes de la llegada de su madre.

La verdad era que todo parecía un poco demasiado limpio. Sin DVD o CD desparramados, sin libros o revistas sobre la mesa de café, sin fotos o notas pegadas en el frigorífico. No descubrió por ninguna parte una sola pista sobre los intereses actuales de su hija. Allí podía vivir cualquiera. Hasta que vio unos zapatos de hombre en el suelo tras la puerta, un poco a la izquierda.

—Háblame de tus compañeros de piso —pidió Alice cuando Lydia volvió de su habitación con el teléfono móvil en la mano.

—Están trabajando.

—¿Qué clase de trabajo tienen?

—Uno es camarero y el otro repartidor de supermercado.

—Creía que eran actores.

—Y lo son.

—Ya. ¿Me recuerdas sus nombres?

—Doug y Malcolm.

Duró apenas un instante pero Alice lo supo, y Lydia supo que ella lo sabía. Lydia se había sonrojado al mencionar el nombre de Malcolm, y había apartado nerviosamente sus ojos de los de su madre.

—¿Nos vamos? Han dicho que podían cambiarnos la reserva para las seis.

—De acuerdo. Pero necesito ir un momento al cuarto de baño.

Mientras Alice se lavaba las manos, se fijó en los productos que había en la mesita contigua al lavabo: limpiador facial y leche hidratante de Neutrogena, pasta de dientes mentolada, desodorante masculino, una caja de tampones... Se quedó un momento pensativa. Ella no había tenido el período en todo el verano. ¿Cuándo había sido la última vez? ¿En mayo? En un mes cumpliría los cincuenta, así que no se alarmó. Todavía no experimentaba sofocos o sudores nocturnos, pero no todas las mujeres menopáusicas los sufrían. A ella no le hubiera importado.

Al secarse las manos reparó en la caja de preservativos que asomaba tras los productos capilares. Tendría que averiguar algo más sobre los compañeros de piso de su hija, y sobre Malcolm en particular.

Se sentaron en una mesa de la terraza del Ivy, un moderno restaurante del centro de Los Ángeles, y pidieron dos bebidas: un martini para Lydia y una copa de merlot para Alice.

—¿Cómo va el artículo de papá para la revista *Science*? —preguntó la chica.

Eso significaba que había hablado recientemente con su padre; en cambio, Alice no sabía nada de ella desde su tradicional llamada telefónica del Día de la Madre.

—Ya lo ha terminado. Se siente muy orgulloso de él.

—¿Y cómo están Anna y Tom?

—Bien. Ocupados. Trabajando duro. ¿Cómo conociste a Doug y a Malcolm?

—Fueron una noche a Starbucks, cuando yo trabajaba allí.

Se acercó el camarero y pidieron la comida. Y otra copa. Alice deseó que el alcohol diluyera la tensión existente entre ellas, pesada y espesa bajo la delgada capa de fino papel que enmascaraba la conversación aparentemente trivial.

—¿Cómo conociste a Doug y a Malcolm?

—Acabo de explicártelo. ¿Por qué nunca me escuchas? Fueron una noche a Starbucks mientras yo trabajaba, y les oí decir que buscaban un compañero de piso.

—Creí que trabajabas de camarera en un restaurante.

—Y lo hago. Trabajo en Starbucks durante la semana y de camarera los sábados por la noche.

—No parece que te quede mucho tiempo libre para actuar.

—Ahora mismo no hago nada, pero sigo tomando clases y voy a un montón de *castings*.

—¿Qué tipo de clases?

—De técnica Meisner.

—¿Y de qué son los *castings*?

—Para anuncios de televisión y prensa.

Alice hizo girar su vino en la copa y la vació de un solo trago antes de relamerse los labios.

—Lydia, ¿cuáles son exactamente tus planes de futuro?

—No pienso rendirme y abandonar, si te refieres a eso.

Las bebidas surtían efecto, pero no precisamente el que Alice habría querido. Más bien servían de combustible para quemar esa delgada capa de fino papel, dejando la tensión al descubierto y al borde de una peligrosa conversación familiar.

—No puedes vivir así eternamente. ¿Seguirás trabajando en Starbucks cuando tengas treinta años?

—¿Dentro de ocho? ¿Acaso sabes tú lo que estarás haciendo dentro de ocho años?

—Sí, lo sé. Llegará un momento en que tendrás que aceptar responsabilidades, ser capaz de pagar un seguro médico, una hipoteca, un fondo para la jubilación...

—Ya tengo seguro médico. Y lo demás lo conseguiré cuando trabaje únicamente como actriz. Los actores pueden permitirse todo eso, ¿sabes? Algunos hasta ganan más dinero que papá y tú juntos.

—No estoy hablando únicamente de dinero.

—¿De qué, entonces? ¿De que no seré como tú?

—Baja la voz.

—No me digas lo que tengo que hacer.

—No quiero que te conviertas en mí, Lydia. Sólo pretendo que no limites tus elecciones.

—No; lo que quieres es elegir por mí.

—No.

—Yo soy así y esto es exactamente lo que quiero hacer.

—¿Qué? ¿Servir capuchinos? Deberías estar en la universidad, dedicar esta época de tu vida a aprender cosas.

—¡Ya estoy aprendiendo cosas! Sencillamente, no me paso las horas muertas sentada en un aula de Harvard matándome para conseguir un sobresaliente cum laude en Ciencias Políticas. Tengo quince horas semanales de clases. ¿Cuántas reciben tus alumnos? ¿Doce?

—No es lo mismo.

—Bueno, pues papá opina que sí. Por eso me paga las clases.

Alice tiró con fuerza del borde de su falda y apretó los

labios. Lo que tenía ganas de decir no era nada agradable para Lydia.

—Nunca me has visto actuar —la acusó su hija antes de que tuviera oportunidad de abrir la boca.

John sí. El pasado invierno había viajado en avión para verla actuar en una obra de teatro. Presionada por demasiados asuntos pendientes y urgentes, Alice no pudo liberarse y acompañarlo. Mientras contemplaba los dolidos ojos de Lydia, ni siquiera pudo recordar cuáles habían sido esos asuntos. No tenía nada en contra de que su hija actuase, pero que lo hiciera de aquella manera, sin procurarse antes una educación formal, bordeaba la imprudencia. Si a su edad no iba a la universidad y adquiría una firme base de conocimientos o de experiencia práctica en algún campo, si no se licenciaba en nada, ¿qué haría más tarde si no conseguía triunfar como actriz?

Pensó en los preservativos del cuarto de baño. ¿Y si se quedaba encinta? Le preocupaba que algún día su hija se viera atrapada en una vida vacía y amargada, llena de arrepentimiento. La miró y vio potencial desperdiciado. Demasiado potencial desperdiciado.

—No te haces más joven cada día que pasa, Lydia. La vida pasa demasiado deprisa.

—Estoy de acuerdo.

Llegó la comida, pero ninguna de las dos cogió los cubiertos. Lydia se frotó los ojos con la servilleta de lino bordada a mano. Siempre repetían la misma discusión, y Alice sintió como si estuvieran intentando romper un muro de cemento a cabezazos: no resultaba productivo y sólo conseguían hacerse daño. Ojalá Lydia pudiera darse cuenta de que todo lo que le decía estaba motivado por el amor y la experiencia; ojalá pudiese cruzar la distancia que las separaba y estrecharla entre sus brazos, pero había demasiados platos, demasiados vasos y demasiados años de distancia entre ellas.

Unas cuantas mesas más allá, un repentino estallido de actividad atrajo su atención unos instantes. Varias cámaras dispararon sus flashes, y una pequeña multitud de clientes y camareros se reunió en torno a una mujer que se parecía ligeramente a Lydia.

—¿Quién es? —preguntó Alice.

—Mamá, es Jennifer Anniston —respondió ella, con el tono ligeramente condescendiente y de superioridad que solía utilizar desde los trece años.

Después se concentraron en sus respectivos platos y en temas seguros, como la comida y el clima. Alice quería descubrir algo más sobre su relación con Malcolm, pero las brasas de la emoción de Lydia seguían calientes, y temía que ese tema iniciara otra pelea. Pagó la cuenta y se marcharon con el estómago lleno pero insatisfechas.

—Perdone, señora. —El camarero las alcanzó cuando ya estaban en la acera—. Se ha dejado esto.

Alice hizo una pausa, intentando comprender cómo el camarero podía tener su Blackberry en la mano. Rebuscó en el bolso. No, allí no estaba. La habría sacado cuando buscaba el monedero para pagar.

—Gracias.

Lydia la miró con curiosidad, como si quisiera decirle algo que no tenía relación con la comida o el tiempo, mucho menos con Malcolm, pero no lo hizo. Regresaron en silencio al apartamento.

—¿John?

Alice esperó en el recibidor, sujetando el asa de su maleta. El *Harvard Magazine* coronaba el montón de correo sin abrir amontonado en el suelo frente a ella. Los únicos sonidos que oía eran el tictac del reloj en el salón y el zumbido del frigorífico en la cocina. El sol del atardecer la calentaba, pero el ambiente del interior parecía frío, oscuro y estancado. Deshabitado.

Recogió el correo y se dirigió a la cocina, con la maleta de ruedas acompañándola como un perrito fiel. Su vuelo se había retrasado y llegaba tarde, incluso según el reloj del microondas. John había tenido todo un día, todo un sábado para trabajar.

El contestador automático no parpadeaba. Miró la puerta del frigorífico. Ninguna nota. Nada.

Se quedó inmóvil en la oscura cocina sin soltar la maleta, y contempló durante varios minutos el parpadeo del reloj del microondas. La decepcionada pero indulgente voz de su cabeza fue convirtiéndose lentamente en un mero susurro, mientras el volumen de otra voz más primaria aumentaba y se expandía. Pensó en llamarlo, pero aquella segunda voz rechazó la idea y se negó a aceptar excusas; pensó en que la ausencia de John no importaba, pero la voz, expandiéndose ahora por todo su cuerpo, levantando ecos en su vientre, vibrando en la punta de sus dedos, era demasiado poderosa y persuasiva para ignorarla.

¿Por qué la afectaba tanto? John estaba en medio de un experimento y no podía abandonarlo para volver a casa. Ella misma se había encontrado en esa situación innumerables veces. Es lo que hacían. Es lo que eran. La voz le dijo que era una estúpida.

Descubrió sus zapatillas deportivas en el suelo, junto a la puerta trasera. Justo lo que necesitaba. Un poco de ejercicio haría que se sintiera mejor.

Habitualmente corría cada día. Para ella, y desde hacía muchos años, el *footing* era como comer o dormir, una necesidad diaria vital, y siempre se hacía un hueco para practicarlo, ya fuera a medianoche o en plena tormenta de nieve. No obstante, en los últimos meses había estado tan ocupada que había obviado esa necesidad básica. Mientras se ataba los cordones de las zapatillas, se dijo que no se las había llevado a California porque no sabía si tendría tiempo de utilizarlas. Pero la verdad era que, simplemente, olvidó ponerlas en la maleta.

Cuando partía de su casa, en la calle Poplar, seguía invariablemente la misma ruta: bajaba por la avenida Massachusetts, cruzaba la plaza Harvard hasta Memorial Drive, seguía el río Charles hasta el puente Harvard por encima del ITM, y daba media vuelta. Poco más de ocho kilómetros, un paseo de cuarenta y cinco minutos. Incluso le atraía la idea de participar en la maratón de Boston, pero todos los años decidía ser realista y reconocer que no tenía tiempo de entrenarse para recorrer esa distancia, aunque quizá lo hiciera algún día. Se encontraba en un estado físico excelente para una mujer de su edad, y estaba segura de que podría seguir corriendo hasta los sesenta.

El denso tránsito de peatones por las aceras y las intermitentes esperas ante el tráfico rodado en los cruces de las calles dificultaron un poco la primera mitad de su recorrido por la avenida Massachusetts y a través de la plaza Harvard. A esa hora del sábado, las calles estaban abarrotadas y exultantes de anticipación; se formaban multitudes aguardando los semáforos en verde y se aglomeraban a la puerta de los restaurantes a la espera de una mesa, o en las colas de los cines para conseguir una entrada, o aparcaban en doble fila suplicando la improbable aparición de un espacio libre. Durante los primeros diez minutos de la carrera necesitó una buena cantidad de concentración para avanzar a través de aquel caos, pero una vez cruzó Memorial Drive hasta el río Charles, se sintió libre de correr a su antojo.

La agradable tarde invitaba a realizar diversas actividades a lo largo del río; pero, aun así, la zona estaba mucho menos congestionada que las calles de Cambridge. A pesar del constante flujo de practicantes de *jogging*, de perros tirando de sus propietarios, de paseantes, patinadores, ciclistas y madres llevando a sus bebés en cochecitos como experimentadas conductoras en una carretera que les fuera familiar, Alice sólo retenía una vaga percepción de cuanto la rodeaba.

Mientras recorría la ribera, sólo era consciente del sonido de sus Nike golpeando el pavimento con un ritmo sincopado al de su propia respiración. No repasaba su discusión con Lydia, no hacía caso del gruñido de su estómago, no pensaba en John. Sólo corría.

Como tenía por costumbre, dejó de correr en cuanto llegó al parque John Fitzgerald Kennedy, un conjunto de cuidados retales de césped, colindantes con Memorial Drive. Con la cabeza despejada, y el cuerpo relajado y rejuvenecido, emprendió el regreso a casa. El parque conectaba con la plaza Harvard mediante un tranquilo y delimitado corredor situado entre el hotel Charles y la Kennedy School of Government.

Pasó a través de ese corredor y llegó a la intersección de las calles Eliot y Brattle. Ya se preparaba para cruzar, cuando una mujer la sujetó por el antebrazo con una fuerza sorprendente y le dijo:

—¿Ha pensado hoy en el Cielo?

La mujer la taladró con una mirada fija y penetrante. Tenía el pelo largo, de color y textura de estropajo, y sobre el pecho le colgaba una pancarta escrita a mano: ARREPIÉNTETE, AMÉRICA. RECHAZA EL PECADO Y VUELVE CON JESÚS. Siempre había alguien en la plaza Harvard vendiendo a Dios, pero a Alice jamás la habían abordado de una forma tan directa.

—Lo siento —se disculpó. Y, aprovechando una abertura en el flujo de tráfico, huyó al otro lado de la calle.

Intentó seguir caminando, pero se quedó inmóvil. De repente no sabía dónde estaba. Miró hacia atrás. La mujer del cabello estropajoso perseguía a otro pecador. El corredor, el hotel, las tiendas, las calles ilógicamente serpenteantes. Estaba en medio de la plaza Harvard, sabía que se encontraba allí, pero no recordó el camino de regreso a casa.

Volvió a repasar su entorno de forma más minuciosa. El hotel Harvard, la tienda de deportes Eastern Mountain, la ferretería Dickson Brothers, la calle Mont Auburn. Reconocía todos aquellos lugares —la plaza era su territorio desde hacía veinticinco años—, pero no conseguía formar un mapa mental que situara su casa respecto a aquellas tiendas. Un signo circular frente a ella, con una «T» en blanco y negro, marcaba la entrada a la línea roja del metro, pero en la plaza Harvard había cuatro entradas y no lograba deducir cuál de las cuatro era aquélla.

Su corazón se aceleró y empezó a sudar. Se dijo que un corazón acelerado y un exceso de transpiración formaban parte de una respuesta orquestada y lógica al ejercicio físico. Pero estando allí de pie, en la acera, no pudo evitar que el pánico la embargara.

Decidió caminar otra manzana, y después otra, sintiendo que sus piernas enfundadas en látex podían ceder a cada paso. El Coop, Cardullo's, el quiosco del rincón, el Cambridge Visitor Center al otro lado de la calle y el campus de Harvard más allá. Se dijo que todavía podía leer y reconocer todo lo que la rodeaba, pero eso no la ayudó. A todo aquello le faltaba contexto.

Gente, coches, autobuses y toda clase de ruidos insoportables circulaban y se entretejían a su alrededor. Cerró los ojos y escuchó el zumbido de su propia sangre y de su pulso en los oídos.

—Basta, por favor —susurró.

Abrió los ojos. El paisaje volvió a ajustarse tan repentinamente como la había abandonado. El Coop, Cardullo's, Nini's Corner, el Harvard Yard... Automáticamente supo que tenía que girar a la izquierda en la esquina y dirigirse al oeste por la avenida Massachusetts. Su respiración se calmó. Ya no estaba perdida a un par de kilómetros de su casa, pero lo cierto es que había estado perdida a un par de kilómetros de su casa. Caminó tan rápido como pudo aunque sin correr.

Cuando llegó a su calle, una vía residencial tranquila con árboles alineados a ambos lados, apenas a un par de manzanas de la avenida Massachusetts, con los pies firmemente plantados en la calzada y su casa al alcance de la vista, se sintió más tranquila, aunque no a salvo. Todavía no. Mantuvo la mirada fija en su puerta mientras se acercaba, prometiéndose que el mar de ansiedad que se agitaba furiosamente en su interior se calmaría en cuanto entrase y viera a John. Si es que John estaba en casa.

—¿John?

Apareció en el umbral de la cocina, sin afeitar y con las gafas apoyadas en su mata de pelo de científico loco, sorbiendo un polo rojo y llevando su camiseta gris de la suerte. No había dormido en toda la noche. Tal como se había prometido, su ansiedad empezó a remitir. Pero con ella también parecía abandonarla la energía, dejándola frágil y con ganas de desplomarse en los brazos de su marido.

—Hola, me estaba preguntando dónde te habías metido. Iba a dejarte una nota en la nevera. ¿Cómo te ha ido? —preguntó él.

—¿Qué?

—Standford.

—Oh, bien.

—¿Y cómo está Lydia?

La traición y el dolor por la discusión con Lydia, y por no encontrarlo en casa cuando volvió de su viaje, aunque temporalmente exorcizados por la carrera y desplazados por el terror al encontrarse inexplicablemente perdida, reclamaron su prioridad en la lista de reproches.

—Dímelo tú —respondió.

—Os habéis peleado.

—¿Le estás pagando las clases de interpretación? —preguntó en tono acusador.

—Oh —exclamó él, sorbiendo los restos del polo con su boca teñida de rojo—. Oye, ¿podemos hablar de eso después? Ahora no tengo tiempo.

—Pues búscalo, John. La estás manteniendo a flote por tu cuenta, sin contar conmigo, y no estabas aquí cuando he vuelto a casa y...

—Y tú tampoco estabas aquí cuando yo he vuelto a casa. ¿Cómo te ha ido el paseo?

Captó el sencillo razonamiento de su pregunta. Si ella lo hubiera esperado, si lo hubiera llamado, si no hubiera hecho exactamente lo que le apetecía y salido a correr, habrían pasado juntos la última hora. En eso no tenía más remedio que estar de acuerdo con él.

—Bien.

—Lo siento. Te he esperado cuanto he podido, pero debo volver al laboratorio. Por ahora está siendo un día increíble y tenemos unos resultados parciales estupendos, pero todavía no hemos terminado. He de analizar esos resultados a fondo, antes de reanudar el trabajo por la mañana. Sólo he venido a casa para verte.

—Necesito hablar contigo de eso ahora.

—El que no estemos de acuerdo en lo referente a Lydia no es ninguna novedad, Ali. ¿No puedes esperar hasta que vuelva?

—No.

—Entonces acompáñame y hablamos por el camino.

—Hoy no pienso ir al despacho. Necesito quedarme en casa.

—Necesitas hablar ahora, necesitas quedarte en casa... De repente tienes muchas necesidades. ¿Necesitas algo más?

Sus palabras tocaron nervio. Sugerir que necesitaba muchas cosas implicaba convertirla en un ser débil, dependiente, patológico. Como su padre. Una de las motivaciones en su vida había sido siempre no parecerse a él, no ser como él.

—Es que estoy agotada.

—Mírate. Tienes que reducir el ritmo.

—Eso no es lo que necesito.

John esperó a que aclarase la frase, pero ella tardó demasiado.

—Mira, cuanto antes me vaya, antes volveré. Descansa un poco, nos veremos esta noche.

Besó su cabeza empapada de sudor y se marchó.

Alice se quedó en el recibidor, sin nadie a quien confesarle sus temores o en quien confiar, todavía conmocionada por el impacto emocional de lo ocurrido en la plaza Harvard. Se sentó en el suelo y se apoyó contra la fría pared, mirando cómo le temblaban las manos en el regazo, como si no fueran suyas. Intentó concentrarse en calmar la respiración, tal como hacía cuando corría.

Tras unos minutos de inspirar y expirar acompasadamente, se serenó lo bastante como para buscar un sentido a lo sucedido. Pensó en la palabra olvidada durante su conferencia en Stanford y en la ausencia de regla. Se levantó, conectó el ordenador portátil y tecleó en el Google: MENOPAUSIA SÍNTOMAS.

Una lista abrumadora llenó la pantalla: sofocos, sudores nocturnos, insomnio, agotamiento físico, mareos, ritmo cardíaco irregular, depresión, irritabilidad, cambios de humor, desorientación, confusión mental, lapsos de memoria...

Desorientación. Confusión mental. Lapsos de memoria. Sí, sí y sí. Se recostó en la silla y se acarició el rizado cabello negro. Paseó la mirada arriba y abajo por las fotos colocadas en los estantes de su biblioteca personal, que iba del suelo hasta el techo: el día de su graduación en Harvard, John y ella bailando en su boda, retratos familiares de cuando sus hijos eran pequeños, un retrato de familia en la boda de Anna...

Volvió a la lista de la pantalla. Bien, aquélla era la fase siguiente y natural de su vida como mujer. Millones de mujeres la sufrían todos los días. Ningún peligro de muerte. Nada anormal.

Escribió una nota para concertar cita con su médico y que le hiciera un chequeo. Quizá debiera tomar estrógenos. Volvió a leer la lista de los síntomas. Irritabilidad. Cambios de humor. Su reciente discusión con John. Todo cuadraba. Satisfecha, apagó el portátil.

Se quedó un rato en el estudio, disfrutando del silencio de su casa y los sonidos que desprendían las barbacoas de los vecinos. Inhaló el aroma de las hamburguesas cocinándose. Por alguna razón ya no tenía hambre. Se tomó una pastilla vitamínica con un trago de agua, deshizo las maletas, leyó varios artículos de *The Journal of Cognition* y se fue a la cama.

John llegó a casa pasada la medianoche. Su peso al acostarse la despertó, pero muy poco. Permaneció inmóvil y fingió estar dormida. Él debía de estar exhausto tras pasar la noche en blanco y trabajar todo el día siguiente. Ya hablarían de Lydia por la mañana. Y ella se disculparía por estar últimamente demasiado sensible y de mal humor. La cálida mano de John sobre su cadera marcaba la curva de su cuerpo. Se durmió profundamente con su aliento en la nuca, convencida de que por fin se encontraba a salvo.

Octubre de 2003

—Estoy completamente llena —admitió Alice, abriendo la puerta de su despacho.

—Sí, yo también. Esas enchiladas eran enormes —reconoció tras ella un sonriente Dan.

Alice le dio un golpecito amistoso en el brazo con su cuaderno de notas. Acababan de tomarse toda una hora para comer. Graduado de cuarto curso, Dan era delgado pero musculoso, de pelo corto y rubio, y tenía una sonrisa fácil y de buena dentadura. Físicamente no podía ser más opuesto a John, pero poseía una confianza y un sentido del humor que a menudo recordaban a John cuando tenía su edad.

Tras varios principios fallidos, la tesis de Dan por fin tomaba forma y el joven experimentaba una embriaguez que Alice reconocía, y que esperaba que terminase convirtiéndose en una pasión sostenible. Cuando se obtenían resultados palpables, cualquiera podía verse seducido por la investigación; lo difícil era amarla cuando esos resultados no aparecían y los motivos eran elusivos.

—¿Cuándo te vas a Atlanta? —preguntó ella mientras rebuscaba entre los papeles que inundaban su mesa, en busca del borrador de la tesis que estaba tutorando.

—La semana que viene.

—Probablemente ya la habrás presentado. Está bastante bien.

—No puedo creer que vaya a casarme. Dios, soy un viejo.

Ella la encontró por fin y se la tendió.

—Vamos, por favor, no eres un viejo. Apenas estás en tus comienzos.

Él se sentó y hojeó las páginas, frunciendo el ceño ante los garabatos rojos de los márgenes. Las secciones de introducción y planteamiento eran las áreas en que Alice, con sus conocimientos teóricos y prácticos, más podía contribuir a redondear el trabajo del joven, llenando los huecos en su discurso, componiendo un cuadro más completo de dónde y cómo exactamente encajaba una pieza nueva en el rompecabezas lingüístico histórico y actual como un todo.

—¿Qué dice aquí? —preguntó Dan, mostrándole un conjunto de garabatos rojos y señalándolos con el dedo.

—«Efectos diferenciales cerrados frente a atención distribuida.»

—¿Cuál es la referencia? —insistió él.

—Oh, oh. Me has pillado —confesó, cerrando los ojos y esperando que el nombre del autor y el año de su trabajo emergieran a la superficie—. ¿Ves? Esto es lo que pasa cuando eres viejo.

—Por favor, usted tampoco es vieja. No se preocupe, ya lo buscaré.

Una de las grandes cargas que soportaba la memoria de cualquiera con una carrera de ciencias, era saber los años de los estudios publicados, los detalles de los experimentos y su autor. Alice asombraba con frecuencia a alumnos y posgraduados recitando de corrido no menos de siete estudios importantes sobre un fenómeno concreto, junto a los respectivos autores y los años de publicación. La mayoría de los profesores de su departamento dominaba esa habilidad; de hecho, existía una no declarada pero tácita competición entre ellos para ver quién poseía el catálogo mental más completo y accesible de su disciplina. Alice ganaba la medalla imaginaria en más ocasiones que los demás.

—¡Nye, MBB, año 2000! —exclamó por fin.

—Siempre me sorprende que pueda hacer eso. En serio, ¿cómo puede retener tanta información en la cabeza?

Ella sonrió, aceptando su admiración.

—Ya lo sabrás. Como he dicho antes, apenas estás empezando.

Él hojeó el resto de las páginas con las cejas más relajadas.

—Bien, me estoy mentalizando. Todo esto me parece bien, muchas gracias. ¡Volveré a verla mañana!

Y salió del despacho. Completada esa tarea, Alice recurrió a su lista de asuntos pendientes, escrita en un post-it pegado en el archivador situado sobre la pantalla de su ordenador.

> *Clase de cognición* ✓
> *Comida del seminario* ✓
> *Tesis de Dan*
> *Eric*
> *Cena de cumpleaños*

Colocó una satisfactoria marca junto a la entrada «Tesis de Dan».

¿«Eric»? ¿Qué significaba aquello?

Eric Wellman era el director del departamento de Psicología de Harvard. ¿Tenía que decirle algo? ¿Enseñarle algo? ¿Preguntarle algo? ¿Tenía una entrevista con él? Consultó su dietario. Once de octubre, su cumpleaños. Nada sobre Eric. «Eric.» La nota era demasiado críptica. Abrió su buzón de correo electrónico. Nada de Eric. Deseó que no fuera nada urgente. Irritada, pero confiada en que ya se acordaría cuando llegara el momento, tiró la lista —la cuarta de aquel día— a la papelera y arrancó un post-it nuevo del paquete.

¿Eric?
Llamar al médico.

Problemas de memoria como aquél levantaban últimamente sus feas cabecitas con una frecuencia que la alteraba. Había estado posponiendo la visita al médico porque suponía que aquellos episodios se resolverían con el tiempo. Pensó que quizás algún conocido le aportaría algo de tranquilidad sobre la fugacidad natural de esta fase de su vida que posiblemente le evitara una visita al médico. No obstante era más difícil de lo que imaginaba, ya que, tras hacer un somero recuento, resultó que todos sus amigos y colegas de Harvard en edad menopáusica eran hombres. Al final tuvo que admitir que probablemente era hora de buscar consejo médico real.

Alice y John fueron juntos desde el campus hasta Epulae, en la plaza Inman. Una vez en el local, Alice vio a su hija mayor, Anna, sentada en la barra junto a su esposo, Charlie. Ambos llevaban unos impresionantes trajes azules; el de él, realzado por una corbata dorada, y el de ella, por un collar de perlas. Hacía un par de años que ambos trabajaban en el tercer mayor bufete de abogados de Massachusetts, cada uno en su correspondiente especialidad. La de Anna era la propiedad intelectual; la de Charlie, litigios.

Por el martini que sostenía en la mano y la inalterada medida de su sujetador, Alice dedujo que Anna no estaba embarazada, aunque lo llevaban intentando sin éxito desde hacía seis meses. Como siempre ocurría con Anna, cuanto más difícil era obtener algo, con más ansia lo deseaba. Alice le advirtió que esperase, que no estropeara aquel momento de su vida. Anna sólo tenía veintisiete años, se había casado el año anterior con Charlie y trabajaba ochenta o noventa horas semanales. Pero su hija rebatía el punto de vista de toda mujer profesional, que considera que los niños pueden esperar hasta el momento adecuado; ella opinaba que nunca encontraría el momento adecuado para ser madre.

Alice se preocupaba por el efecto que podía causar la maternidad en la carrera de su hija. Ella había tenido que hacer un arduo esfuerzo para mantener su puesto de profesora; no porque las responsabilidades fueran excesivas o porque no produjera una sorprendente cantidad de trabajo en su campo lingüístico, sino porque era una mujer con niños que atender. Los vómitos, la anemia y la preeclampsia que experimentó durante los dos años y medio acumulados de preñez la distrajeron y frenaron su progreso. Y las exigencias de los tres pequeños seres nacidos de esos embarazos eran más constantes y, desde luego, consumían más tiempo que las de cualquier director de departamento o alumno de clase A con que se hubiera enfrentado antes.

Veía con temor cómo, una y otra vez, la mayoría de las

prometedoras carreras de sus colegas femeninas en edad reproductiva se frenaban o simplemente se paralizaban. Y ver cómo la de John, su contrapartida masculina e igual intelectual, aceleraba hasta superar la suya había sido muy duro de admitir. A menudo se preguntaba si la carrera de su marido habría resistido tres alumbramientos, el amamantamiento, el cambio de pañales, los infinitos y mareantes días de canciones infantiles —noches incluidas— o de sólo dos o tres horas de sueño ininterrumpido. Lo dudaba mucho.

Mientras intercambiaban saludos, besos, cortesías y felicitaciones, una mujer con el pelo ostensiblemente blanqueado y vestida enteramente de negro se acercó al bar.

—¿Ya han llegado todos? —preguntó, exhibiendo una amplia sonrisa. Demasiado para ser sincera.

—No; falta una persona más —aclaró Anna.

—¡Ya estoy aquí! —exclamó Tom, entrando en ese momento en el restaurante—. Feliz cumpleaños, mamá.

Alice lo abrazó y lo besó antes de darse cuenta de que llegaba solo.

—¿No esperamos a...?

—¿Jill? No, mamá. Rompimos hace un mes.

—Cambias tanto de novia que nos cuesta recordar el nombre de la última —ironizó Anna—. ¿Hay una nueva a la que tengamos que reservar silla?

—Todavía no —reconoció Tom. Y, dirigiéndose a la mujer vestida de negro, añadió—: Ya estamos todos.

Los períodos de soltería entre novias de Tom se sucedían con una frecuencia regular de seis a nueve meses, pero nunca duraban mucho. Era inteligente e intenso, la viva imagen de su padre. Estaba en el tercer curso de la Harvard Medical School, planeando una carrera como cirujano cardiotorácico y parecía necesitar una buena comida. Él mismo admitía con ironía que todos los estudiantes de Medicina y Cirugía que conocía se alimentaban de bazofia: donuts, bolsas de patatas fritas, chucherías de las máquinas expendedoras y comida de la cafetería del hospital. Ninguno tenía tiempo para hacer ejercicio, a menos que contara como tal utilizar las escaleras en lugar del ascensor. Bromeaba con que, por lo menos, dentro de unos cuantos años estarían perfectamente cualificados para tratarse mutuamente cualquier enfermedad del corazón.

Sentados en una mesa circular con bebidas y aperitivos, los temas de conversación se centraron en el miembro ausente de la familia.

—¿Cuándo fue la última vez que vino Lydia a una de nuestras cenas de cumpleaños? —preguntó Anna.

—Cuando cumplí los veintiuno —respondió Tom.

—¡Eso fue hace casi cinco años! ¿De verdad fue ésa la última vez? —se extrañó Anna.

—No, no lo fue —dijo John, sin concretar más.

—Yo estoy casi seguro de que sí —insistió Tom.

—No lo fue. Vino para el decimoquinto aniversario de tu padre en el Cabo, hace tres años —aclaró Alice.

—¿Cómo le va, mamá? —se interesó Anna.

Anna era transparente. Disfrutaba del hecho que Lydia no fuera a la universidad, porque le aseguraba su posición como la hija Howland más inteligente y de más éxito. Al ser la mayor, Anna fue la primera en demostrarle su inteligencia a sus encantados padres, y la primera en sostener el estatus de hijo más inteligente. Aunque Tom también lo era, ella nunca le prestó mucha atención, quizá porque era un chico. Y después llegó Lydia. Ambas eran listas e inteligentes, pero la mayor sufría para conseguir sus sobresalientes mientras que las inmaculadas notas de la pequeña parecían llegar sin esfuerzo aparente. Y Anna se daba cuenta. Ambas eran competitivas y ferozmente independientes, pero a Anna no le gustaba correr riesgos. Tendía a plantearse metas evidentes y convencionales, y se aseguraba de que estuvieran acompañadas de premios y honores tangibles.

—Está bien —terminó respondiendo Alice con sequedad.

—No puedo creer que siga allí. ¿Todavía no ha hecho nada?

—El año pasado estuvo fantástica en una obra de teatro —dijo John.

—Está tomando clases —apuntó Alice.

Mientras las palabras surgían de su boca, recordó que John había estado financiando el currículum no académico de Lydia a sus espaldas. ¿Cómo podía haberse olvidado de hablar con él de ese tema? Le lanzó a su marido una mirada ofendida que éste recibió en pleno rostro, acusando el impacto. Él sacudió su cabeza sutilmente y se la devolvió con un aviso implícito. Aquél no era momento ni lugar. Estuvo de acuerdo, lo discutirían más tarde. Si es que se acordaba.

—Bueno, al menos hace algo —sentenció Anna sonriendo, satisfecha de que todo el mundo fuera consciente de su estatus superior como hija Howland.

—¿Cómo va tu experimento, papá? —se interesó Tom.

John se inclinó hacia él para comentarle los detalles de su último estudio. Alice contempló a su esposo y a su hijo, ambos biólogos, absorbidos por la conversación, cada uno intentando impresionar al otro con sus conocimientos. Las arrugas de la risa y en el rabillo de los ojos de John, visibles incluso cuando su humor era de lo más serio, se hacían más profundas cuando hablaba de su trabajo, y sus manos se movían como marionetas en un escenario.

Le encantaba verlo así. A ella no le hablaba con tanto detalle y entusiasmo de sus investigaciones. Pero ella sabía lo bastante de su trabajo como para seguir una conversación en una reunión, aunque sin profundizar más allá de lo esquemático. Recordó las jugosas conversaciones que acostumbraba mantener con John cuando pasaba más tiempo con sus colegas y con él. John solía contárselo todo y ella escuchaba con atención. Se preguntó cuándo había cambiado todo aquello y quién fue el primero en perder interés, si él por contar cosas o ella por escucharlas.

Los calamares, las ostras rellenas de cangrejo de Maine, y la ensalada de rúcula, remolacha, manzana, y los raviolis de calabaza estaban exquisitos. Tras la cena, cantaron el «Cumpleaños feliz», a viva voz, provocando generosos y divertidos aplausos de los clientes de las otras mesas. Alice sopló la única vela de su porción de pastel de chocolate. Mientras levantaban las copas de Veuve Cliquot, John alzó la suya un poco más alto.

—Feliz cumpleaños a mi preciosa y brillante esposa. ¡Por sus próximos cincuenta años!

Entrechocaron las copas y bebieron.

Alice estudió su imagen en el espejo del servicio de señoras. El rostro de la mujer reflejada no coincidía con la imagen que tenía de sí misma. Sus ojos castaños parecían cansados, incluso estando descansada, y la textura de su piel era apagada, fofa. Mostraba claramente que pasaba de los cuarenta, pero no que llegaba a los cincuenta, y ella no se sentía vieja aunque supiera que estaba envejeciendo.

Su reciente entrada en un grupo demográfico específico se estaba anunciando con la intrusión mal recibida del olvido menopáusico. Por lo demás, se sentía joven, fuerte y saludable.

Pensó en su madre y en lo mucho que se parecían. El recuerdo de su rostro, serio y resuelto, salpicado de pecas en la nariz y las mejillas, nunca tuvo un solo pliegue o arruga. No vivió lo bastante para que aparecieran, ya que murió a los cuarenta y un años. La hermana de Alice, Anne, tendría ahora cuarenta y ocho. Intentó visualizarla como si estuviera sentada con ellos en la mesa, con un marido y unos hijos propios, pero no lo consiguió.

Al sentarse para orinar, vio la sangre. Su período. Por supuesto, sabía que la menstruación se volvía irregular en la primera fase de la menopausia, que no siempre desaparecía de golpe. Pero la posibilidad de que en realidad no estuviera entrando en la menopausia la atenazó con fuerza y no la soltó.

Su resolución, debilitada por el champán y la sangre, se hundió por completo. Rompió a llorar y se le dificultó la respiración. Tenía cincuenta años y sentía que estaba perdiendo la cabeza.

Alguien llamó a la puerta.

—¿Mamá? ¿Te encuentras bien?

Noviembre de 2003

El consultorio de la doctora Tamara Moyer estaba situado en el tercero de los cinco pisos de un edificio de oficinas, a pocas manzanas de la plaza Harvard, muy cerca de donde Alice se había perdido momentáneamente. Las salas de espera y de consulta, cuyas paredes gris metálico estaban decoradas con fotos enmarcadas de Ansel Adams y pósters de productos farmacéuticos, no despertaban ningún sentimiento negativo en ella. En los veintidós años que llevaba visitándose con la doctora Moyer, sólo había sido para chequeos preventivos, exámenes físicos generales, vacunas y, más recientemente, mamografías.

—¿Qué le trae por aquí, Alice? —preguntó la doctora.

—Últimamente estoy teniendo problemas de memoria que atribuía a síntomas de la menopausia. Dejé de menstruar hace seis meses, pero este mes he vuelto a manchar, así que quizá no esté menopáusica, y... bueno, pensé en venir a verla.

—¿Qué cosas olvida concretamente? —siguió preguntando la doctora mientras escribía, sin levantar los ojos de sus anotaciones.

—Nombres, palabras en las conversaciones, el lugar donde he dejado mi Blackberry, el motivo de que anotara algo en mi agenda de asuntos pendientes...

—Bien.

Alice la estudió atentamente. Su respuesta no parecía alarmarla especialmente. La doctora Moyer recibía la información como lo haría un sacerdote al escuchar en confesión a un adolescente que tuviera pensamientos impuros hacia una chica. Probablemente oiría ese tipo de quejas incontables veces al día por parte de gente perfectamente saludable. Alice casi sintió ganas de disculparse por ser tan alarmista, tonta incluso, y hacerle perder el tiempo. Todo el mundo olvida cosas, sobre todo cuando envejece. Añade la menopausia y que siempre haces tres cosas a la vez mientras piensas en doce más, y en aquel momento sus lapsos de memoria le parecieron pequeños, vulgares, inofensivos, incluso razonables. Todo el mundo está estresado. Todo el mundo está cansado. «Todo el mundo olvida cosas.»

—También me sentí desorientada en la plaza Harvard. Durante un par de minutos no supe dónde me encontraba, pero de repente recuperé la memoria.

La doctora Moyer dejó de transcribir los síntomas en su hoja de anotaciones y la miró directamente a los ojos. Eso la asustó.

—¿Ha sentido una opresión en el pecho?

—No.

—¿Siente entumecimientos u hormigueos?

—No.

—¿Dolores de cabeza o mareos?

—No.

—¿Ha notado palpitaciones?

—Mi corazón se aceleró al sentirme confusa, pero lo

encontré normal; también es una respuesta normal segregar adrenalina cuando te sientes asustada. En realidad, antes de que aquello ocurriera me sentía estupendamente.

—¿Ese día había hecho algo fuera de lo normal?

—No; sólo volví en avión desde Los Ángeles.

—¿Ha tenido sofocos?

—No. Bueno, puede que sintiera un poco de sofoco mientras estaba desorientada, pero creo que también fue a causa del susto.

—De acuerdo. ¿Qué tal duerme?

—Bien.

—¿Cuántas horas duerme cada noche?

—Cinco o seis.

—¿Es lo habitual o en el pasado dormía más?

—Es lo normal desde hace muchos años.

—¿Le resulta difícil dormirse?

—No.

—¿Cuántas veces suele despertarse durante la noche?

—Creo que ninguna.

—¿Se acuesta cada noche a la misma hora?

—Normalmente sí. Excepto cuando viajo, y últimamente viajo mucho.

—¿Adónde ha viajado?

—En los últimos meses a California, Italia, Nueva Orleáns, Florida, Nueva Jersey...

—¿Se sintió enferma después de alguno de esos viajes? ¿Tuvo fiebre?

—No.

—¿Está tomando algún medicamento, algo contra la alergia, suplementos vitamínicos, cualquier cosa que normalmente no consideraría una medicina?

—Sólo vitaminas.

—¿Acidez?

—No.

—¿Variaciones de peso?

—No.

—¿Sangre en la orina o retortijones?

—No.

Moyer disparaba las preguntas rápidamente, en cuanto ella terminaba una respuesta, y saltaba de un tema a otro antes de que Alice tuviera tiempo de encontrar la línea de razonamiento que seguramente las unía. Era como montar en una montaña rusa con los ojos cerrados, no podía predecir cuál iba a ser el próximo giro.

—¿Se siente más ansiosa o estresada de lo normal?

—Sólo cuando no soy capaz de recordar algo.

—¿Qué tal van las cosas con su marido?

—Bien.

—¿Cree que su estado de humor suele ser bueno?

—Sí.

—¿Cree que puede estar deprimida?

—No.

Alice conocía lo que era una depresión. Tras la muerte de su madre y su hermana cuando tenía diecinueve años se quedó sin apetito, no podía dormir más de un par de horas seguidas a pesar de sentirse infinitamente cansada y perdió interés por todo. Le duró casi un año, y desde entonces nunca había experimentado nada similar. Esto era completamente distinto. No podía curarse con un poco de Prozac.

—¿Suele beber alcohol?

—Sólo en reuniones sociales.

—¿Cuánto?

—Uno o dos vasos de vino en las comidas, quizás un poco más cuando se trata de una ocasión especial.

—¿Toma drogas?

—No.

La doctora Moyer la miró pensativa, antes de repasar sus notas dando golpecitos con el lápiz. Alice sospechó que la respuesta no estaba en aquella hoja de papel.

—Así pues, ¿estoy menopáusica o no? —preguntó sujetándose a la silla con ambas manos.

—Seguramente sí. Podemos hacer una prueba de FSH, la hormona folículo-estimulante, pero todo lo que me ha contado se corresponde con la menopausia. La edad media en que suele aparecer va de los cuarenta y ocho a los cincuenta y dos años, así que cuadra. Puede que siga teniendo un par de periodos al año durante una temporada. Es perfectamente normal.

—¿Pueden los estrógenos ayudarme con mis problemas de memoria?

—Ya no solemos recetar estrógenos, a menos que existan trastornos del sueño, sofocos terribles u osteoporosis. No creo que sus problemas de memoria se deban a la menopausia.

La sangre atronó en la cabeza de Alice. Eran precisamente las palabras que temía y que sólo recientemente se había atrevido a considerar. Con esa opinión profesional, su explicación tranquila y segura se hizo añicos. Algo andaba mal en ella y no creía estar preparada para saberlo. Luchó contra el impulso, cada vez mayor, de tenderse en el suelo o salir de aquel consultorio inmediatamente.

—¿Por qué no?

—Los problemas de memoria y desorientación en la menopausia suelen ser un efecto secundario de los problemas para conciliar el sueño. Esas pacientes tienen problemas cognitivos porque no duermen bien o simplemente no duermen. Es posible que no esté durmiendo tan bien como cree. Quizá su trabajo y el *jet lag* le estén pasando factura, quizás está tan preocupada por algo que no descansa bien durante la noche.

Alice pensó en las veces que se había sentido confusa pensando en los ataques que producía la privación del sueño. Durante las últimas semanas de sus embarazos, tras el nacimiento de cada uno de sus hijos o cuando luchaba con un plazo de entrega, ciertamente no se encontraba en sus mejores condiciones mentales; no obstante, en ninguna de esas circunstancias se había perdido en la plaza Harvard.

—Sí, quizás. ¿Es posible que necesite más horas de sueño porque soy más vieja o porque estoy menopáusica?

—No, no suele ocurrir.

—Si no es la falta de sueño, ¿qué puede ser? —preguntó, temerosa.

—Bueno, me preocupa especialmente la desorientación. No creo que sea nada vascular, pero deberíamos hacer algunas pruebas. Empezaremos por un análisis de sangre, una mamografía y un estudio de la densidad ósea porque ya toca, y añadiremos una resonancia magnética cerebral.

Un tumor cerebral. Ni siquiera había pensado en eso. En su imaginación surgió un nuevo depredador y sintió que el pánico volvía a aferrarle las entrañas.

—Si no piensa que haya sido un derrame cerebral, ¿qué cree que encontrará en el escáner?

—Siempre es bueno descartar cosas. Pida una cita para el escáner y otra para volver a visitarme cuando tenga el resultado. Veremos qué nos indica.

La doctora había evitado responder directamente a la pregunta, pero Alice no insistió para que le confesara sus sospechas. Y no compartía su teoría del tumor. Ambas tendrían que esperar.

El William James Hall albergaba los departamentos de Psicología, Sociología y Antropología Social, y se encontraba más allá de las puertas del Harvard Yard de la calle Kirkland, una zona que los estudiantes llamaban «Siberia». No obstante, su situación no era el factor más destacado que lo distinguía del campus principal. Al William James no se lo podía tomar, ni siquiera erróneamente, por una de las estructuras majestuosas y clásicamente universitarias que adornaban el prestigioso campus, y que albergaban los dormitorios de los alumnos de primer curso y las clases de Matemáticas, Historia e Inglés. No obstante, bien podría ser tomado por un aparcamiento: no tenía columnas dóricas o corintias, ladrillos rojos o cristales tintados, espiras o un gran atrio, ni todos esos detalles ornamentales que pudieran obvia o sutilmente relacionarlo con su institución madre. Era un aburrido bloque gris de setenta metros, posiblemente inspirado en la caja de B. F. Skinner. Así pues, no era sorprendente que nunca hubiera formado parte del recorrido que se les daba a los recién llegados o que nunca apareciera en el calendario Harvard, ya fuera de primavera, verano, otoño o invierno.

Aunque la visión del edificio William James fuera indiscutiblemente horrible, la vista desde él, particularmente desde muchos despachos y salas de conferencias de los pisos superiores, resultaba poco menos que espléndida.

Mientras Alice bebía su té, sentada a la mesa de su despacho del décimo piso, se relajaba contemplando la belleza del río Charles y la bahía de Boston, encuadrados ante ella por el amplio ventanal encarado al suroeste. Se trataba de una escena que muchos artistas y fotógrafos han reproducido en óleos, acuarelas y fotografías que pueden encontrarse enmarcados en las paredes de los edificios de oficinas de toda la zona de Boston.

Alice apreciaba contarse entre los afortunados que podían disfrutar con regularidad de la versión real de aquel paisaje. Como las condiciones atmosféricas y estacionales cambiaban a lo largo del año, la calidad y el movimiento en la imagen de su ventanal se alteraban en formas incansablemente interesantes. En aquella soleada mañana de noviembre, la «Vista de Boston desde el edificio WJ: Otoño» chispeaba como burbujas de champán contra el pálido cristal azul del edificio John Hancock, mientras varios barcos se deslizaban por un suave y plateado río Charles hacia el Museo de Ciencias, como impulsados por una cuerda en un experimento sobre el movimiento.

La vista también le proporcionaba una saludable conciencia de que existía vida más allá de Harvard. Una ojeada al neón rojo y blanco de la Citgo que resplandecía contra el oscuro cielo sobre el parque Fenway inflamaba su sistema nervioso como el repentino repiqueteo de un despertador, arrancándola de la diaria ensoñación sobre sus ambiciones y obligaciones, disparando pensamientos de volver a casa. Años atrás, antes de ganarse su puesto actual, su despacho era un pequeño cuarto interior, sin ventanas, del mismo William James. Sin acceso visual al mundo que existía más allá de aquellas sólidas paredes beis, normalmente Alice trabajaba hasta que anochecía sin darse cuenta siquiera. Y más de una vez se había sorprendido cuando, al terminar su jornada, descubría que Cambridge estaba cubierta por una capa de nieve de un palmo de espesor y que sus compañeros de facultad menos abnegados y/o con ventana hacía horas que habían abandonado el edificio en busca de pan, leche, papel higiénico y el confort de sus casas.

Ahora necesitaba dejar de contemplar el paisaje. Llegaba tarde a la Reunión Anual de la Sociedad de Psiconomía de Chicago y aún tenía un montón de cosas que hacer antes de tomar el avión. Le echó un vistazo a su lista de asuntos pendientes:

Reseña del trabajo de Nature Neuroscience ✓
Reunión del departamento ✓
Reunión con los profesores asociados ✓
Clase de Cognición
Terminar el póster y el itinerario de la conferencia.
Correr
Aeropuerto

Apuró el último sorbo del té helado y estudió las notas de su clase. La de hoy se centraba en la semántica, el significado del lenguaje, y era la tercera de las seis clases de Lingüística, sus favoritas del curso. Después de veinticinco años de enseñanza, Alice todavía se reservaba la hora anterior para prepararse. Por supuesto, en ese momento de su carrera podía dar el ochenta por ciento de la clase sin pensar en lo que estaba diciendo. No obstante, el otro veinte por ciento lo reservaba para observaciones, técnicas innovadoras o puntos a discutir sobre el estado actual de la materia, y ella utilizaba ese tiempo inmediatamente anterior para organizar la presentación del material nuevo. La inclusión de una información que evolucionaba sin pausa mantenía su interés por el curso y la hacía estar mentalmente alerta en cada clase.

El énfasis en Harvard se decantaba hacia la investigación, y se permitía una enseñanza menos que óptima para ambas partes, los estudiantes y la administración. Alice no estaba de acuerdo con esa política. El énfasis en la enseñanza por su parte estaba motivado por la creencia de que tenía el deber y la oportunidad de inspirar a las siguientes generaciones o, por lo menos, no ser la causa de que la siguiente autoridad en el tema de la cognición cambiara la psicología por las ciencias políticas. Además, le encantaba dar clases.

Una vez preparada para la clase, revisó su correo electrónico.

Alice:

Seguimos esperando las tres diapositivas para incluirlas en la charla de Michael: una gráfica sobre la terapia de recuperación del lenguaje, un modelo de lenguaje típico de los dibujos animados y otra de un texto. No tiene que dar la charla hasta las 13 horas del martes, pero sería una buena idea encajar tus diapositivas en la presentación tan pronto te sea posible para asegurarnos de que Michael se sienta cómodo con ellas y que no alarguen el tiempo acordado. Puedes enviarnos e-mails a Michael o a mí.

Estaremos en el Hyatt. Nos vemos en Chicago.

Saludos,

ERIC GREENBERG

Una fría y polvorienta bombilla se iluminó en la cabeza de Alice. Aquél era el misterioso «Eric» de la lista de asuntos pendientes de la semana pasada. No se trataba de Eric Wellman, sino del recordatorio de que tenía que enviar las diapositivas a Eric Greenberg, un viejo colega de Harvard, ahora profesor del departamento de Psicología de Princeton. Alice y Dan habían preparado tres diapositivas describiendo un rápido experimento que Dan llevara a cabo como parte de una colaboración en el posdoctorado de Eric, y que quería incluir en la charla de Michael durante el encuentro sobre Psiconomía. Antes de que cualquier otro tema pudiera distraerla, Alice le envió las imágenes a Eric junto a sus más sinceras disculpas. Afortunadamente las recibiría con bastante tiempo de margen. No había pasado nada grave.

Como casi todo en Harvard, el auditorio que utilizaba Alice para dar su curso de Cognición era más grande de lo necesario. Había muchísimas más sillas tapizadas de azul que el número de alumnos matriculados en el curso. En el fondo de la sala habían instalado un impresionante centro audiovisual de última generación, y en la parte frontal una pantalla de proyección tan grande como la de cualquier cine normal. Mientras tres hombres conectaban varios cables al ordenador de Alice y revisaban las instalaciones de luz y sonido, los estudiantes ocuparon los asientos y la propia Alice abrió la carpeta de Clases de Lingüística de su ordenador portátil.

Contenía seis archivos: Adquisición, Sintaxis, Semántica, Comprensión, Modelado y Patologías. Volvió a leer los títulos. No podía recordar qué clase tocaba aquel día. Había pasado la última hora repasando uno de los temas, pero no recordaba cuál. ¿Era Sintaxis? Todos le parecían familiares, pero ninguno más destacado que los demás.

Desde que visitara a la doctora Moyer, cada vez que olvidaba algo su aprensión se acrecentaba. Aquello no era como olvidar dónde había dejado el cargador de su Blackberry o John, sus gafas. No era normal. Había empezado a decirse, con una voz torturada y paranoica, que probablemente tenía un tumor cerebral. También se decía que no debía alarmar a John hasta que volviera a visitar a la doctora, lo que sería la siguiente semana, tras su conferencia sobre Psiconomía.

Dispuesta a afrontar la hora siguiente, aspiró una profunda y frustrada bocanada de aire. Aunque no recordase el tema de la clase de ese día, sí recordaba quién era su público.

—¿Puede alguien decirme qué pone en vuestro programa de estudios para hoy? —preguntó en voz alta.

Varios estudiantes respondieron con sorpresa colectiva:

—Semántica.

Alice había apostado correctamente a que los alumnos aprovecharían la oportunidad de mostrarse útiles y bien informados. No le preocupó ni un segundo que alguno de ellos pensase que fuera grave o extraño que la profesora no supiera el tema de la clase. Existía una distancia metafísica en edad, conocimiento y poder entre los alumnos no graduados y los profesores.

Más todavía, en el transcurso del semestre ya habían presenciado demostraciones concretas de su competencia y sido cautivados por su presencia dominante en la bibliografía del curso. Si algunos de ellos se habían extrañado, probablemente asumirían que estaba tan absorbida por sus restantes obligaciones, mucho más importantes que Psicología 256, que ni siquiera había tenido tiempo de echarle un vistazo al programa antes de subir al estrado. Poco podían sospechar que había pasado la última hora concentrada casi exclusivamente en la semántica.

El día soleado y agradable se volvió nublado y desapacible por la tarde, la primera muestra de flirteo con el invierno. La noche anterior, una lluvia cerrada había deshojado los árboles, dejando los troncos prácticamente desnudos, poco preparados para el tiempo que se avecinaba. Cómodamente arrebujada en su anorak de plumas, Alice se tomó su tiempo para volver a casa caminando, disfrutando del aroma del fresco aire otoñal y el sonido crujiente de sus pies al pisar la hojarasca del suelo.

Las luces estaban encendidas, y el maletín y los zapatos de John se encontraban junto a la mesita del recibidor.

—¿Hola? Ya he vuelto a casa —dijo Alice.

John salió del estudio y se quedó mirándola confuso, sin articular palabra. Ella esperó, sintiendo nerviosamente que algo iba muy mal. Lo primero que pensó fue en sus hijos. Permaneció inmóvil en la puerta, preparándose para la horrible noticia.

—¿No se supone que tenías que ir a Chicago?

—Bien, Alice, tu análisis de sangre es normal y tu resonancia magnética no muestra nada —dijo la doctora Moyer—. Podemos hacer dos cosas. Esperar a ver cómo evolucionan las cosas en los tres próximos meses o...

—Quiero que me examine un neurólogo.

Diciembre de 2003

La noche de la fiesta de Navidad de Eric Wellman, el cielo estaba encapotado y oscuro, anunciando nieve. Alice deseó que nevara. Como la mayoría de los habitantes de Nueva Inglaterra, ella sentía una expectativa casi infantil ante la primera nevada de la temporada. Por supuesto, también como la mayoría de los habitantes de Nueva Inglaterra, lo deseado en diciembre era odiado en febrero, cuando maldecía la pala y las botas, ansiosa por cambiar el frígido y monocromático tedio del invierno por los suaves rosas y amarillo-verdosos de la primavera. A pesar de todo, una nevada sería bienvenida esa noche.

Cada año, Eric y su esposa Marjorie organizaban una fiesta de Navidad en su hogar para todo el departamento de Psicología. Nunca pasaba nada extraordinario, pero siempre se daban pequeños momentos que Alice no deseaba perderse: Eric sentado cómodamente en el suelo del salón, mientras alumnos y profesores no numerarios ocupaban todas las sillas y los sillones; Kevin y Glen luchando por apoderarse de un muñeco del Grinch con el uniforme de los Yankees; las carreras para conseguir un trozo del legendario pastel de queso de Marty...

Todos sus colegas eran brillantes y únicos, ambiciosos pero nada pretenciosos, rápidos en prestar ayuda o discutir. Formaban una familia. O quizás ella lo veía así porque no tenía padres o hermanos vivos, quizá la época la volvía sentimental y buscaba sentido y pertenencia, quizás era parte de todo eso y mucho más.

Por una u otra razón, eran más que colegas. Los triunfos que significaban un descubrimiento, un ascenso o la publicación de un trabajo eran celebrados, pero también las bodas y los nacimientos, la llegada de hijos y nietos. Muchas veces viajaban juntos para dar conferencias, y muchos incluso planeaban juntos sus vacaciones. Como en cualquier familia, no todo eran buenas noticias y pasteles de queso. Se apoyaban los unos a los otros durante las depresiones ante los datos negativos y los rechazos, las oleadas de agobiantes dudas personales y profesionales, las enfermedades y los divorcios.

Pero, sobre todo, compartían una búsqueda apasionada por comprender la mente, por conocer los mecanismos que regían la conducta y el lenguaje humanos, sus emociones y apetitos. Aunque el Santo Grial de esa búsqueda conllevaba poder y prestigio individual, en el fondo era un esfuerzo solidario por conocer algo valioso y ofrecérselo al mundo. Era el socialismo alimentado por el capitalismo. Era una vida extraña, competitiva, intelectual y privilegiada. Y la compartían unidos.

Terminado el pastel de queso, Alice se apoderó del último hojaldre con crema caliente y buscó a John. Lo encontró en el salón, conversando con Eric y Marjorie en el instante que llegaba Dan.

Éste les presentó a su reciente esposa, Beth, y ellos los felicitaron e intercambiaron apretones de manos. Marjorie se llevó sus abrigos. Dan iba con traje y corbata, y ella llevaba un vestido rojo largo, demasiado formal para aquella fiesta. Alice supuso que probablemente venían de otra anterior. Eric se ofreció para ir a buscar unas copas.

—Yo tomaré otra —dijo Alice, con la copa de vino en la mano todavía medio llena.

John le preguntó a Beth cómo le iba la vida de casada. Aunque nunca la había visto, Alice la conocía un poco por todo lo que le contara Dan. Los dos vivían juntos en Atlanta cuando Dan aceptó su puesto en Harvard; ella se quedó allí, en principio conforme con mantener la relación a distancia y por la promesa de una boda en cuanto él obtuviera su título. Tres años después, Dan mencionó que todavía podía tardar de cinco a seis años, quizá siete en terminar su tesis. Se habían casado el mes anterior.

Alice se excusó y fue al cuarto de baño. De camino, atravesó el largo pasillo que conectaba el nuevo frontis de la casa con la parte posterior mientras se terminaba el vino y el hojaldre de crema y admiraba las fotografías colgadas en las paredes, que mostraban los rostros felices de los nietos de Eric. Una vez que encontró y utilizó el cuarto de baño, fue hasta la cocina, se sirvió otra copa de vino y se quedó escuchando una animada conversación entre varias esposas de profesores de la facultad.

Se tocaban hombros y codos revoloteando alrededor de la cocina. Todas conocían las historias personales de las demás, y se elogiaban o burlaban unas de otras con risa fácil. Esas mujeres iban de compras, comían y asistían a clubes de lectura juntas. Eran buenas amigas. Alice creía estar más cerca de sus esposos y eso la apartaba de ellas. Se limitó a escuchar y beber vino, asintiendo y sonriendo cuando convenía, pero sin verdadero interés.

Volvió a llenarse la copa antes de escapar de la cocina sin que las demás lo notasen, y encontró a John en el salón hablando con Eric, Dan y una joven vestida de rojo. Alice se situó junto al enorme piano de Eric mientras los escuchaba. Todos los años esperaba que alguien se ofreciera para tocarlo, pero nadie lo hacía nunca. De niñas, Anne y ella habían tomado lecciones de piano durante varios años, pero ahora apenas podía recordar *Baby Elephant Walk* y *Turkey in the Straw* sin la partitura, y aun así sólo con la mano derecha. Quizás aquella mujer de rojo supiera tocar.

Durante una pausa de la conversación, Alice y la mujer de rojo trabaron contacto visual.

—Lo siento, soy Alice Howland. Creo que no nos conocemos.

La mujer miró nerviosamente a Dan antes de responder.

—Yo soy Beth.

Parecía lo bastante joven como para ser una estudiante de posgrado, pero, en diciembre, Alice ya era capaz de reconocer incluso a un alumno de primero. Recordó que Marty había mencionado la contratación de una nueva ayudante posdoctoral.

—¿Eres la nueva ayudante de Marty? —le preguntó.

La joven volvió a intercambiar una mirada con Dan.

—Soy la esposa de Dan.

—¡Oh, encantada de conocerte al fin! ¡Felicidades!

Nadie abrió la boca. La mirada de Eric pasó de los ojos de John a la copa de vino de Alice, y de vuelta a John, transmitiéndole un silencioso secreto. Ella no se dio cuenta.

—¿Qué? —se interesó Alice.

—Creo que se está haciendo tarde y mañana tengo que madrugar. ¿Te importa si nos vamos? —preguntó amablemente John.

Una vez fuera, ella quiso preguntarle a qué había venido aquella excusa tan torpe, pero se distrajo con la suave belleza de los copos de nieve semejantes a algodón de azúcar que habían empezado a caer mientras se encontraban dentro.

Y se olvidó.

Tres días antes de Navidad, Alice estaba sentada en la sala de espera de la Unidad de Desórdenes de la Memoria, en el Hospital General de Massachusetts, fingiendo leer la revista *Health*. Pero en vez de leer, observaba al resto de los allí reunidos. Todos iban en parejas. Una mujer que parecía veinte años mayor que Alice se sentaba junto a otra que, por increíble que resultara, aparentaba ser veinte años mayor que la anterior, seguramente su madre. Una mujer con un abundante y antinatural cabello negro, y unas alhajas de oro enormes, hablaba lentamente en tono muy alto y marcado acento bostoniano con su padre, un hombre sentado en una silla de ruedas que nunca levantaba la vista de sus inmaculados zapatos blancos. Otra mujer huesuda y de pelo plateado, que pasaba las páginas de una revista con demasiada rapidez para estar leyendo nada, tenía al lado un hombre obeso de pelo grasiento y un silencioso temblor en su mano derecha. Probablemente eran marido y mujer.

La espera hasta que escuchó su nombre fue eterna y a ella se lo pareció mucho más. El doctor Davis, de rostro joven y barbilampiño, llevaba gafas tintadas y una bata blanca de laboratorio. Daba la impresión de haber sido delgado, pero su torso abultaba más allá del perfil de su bata, recordándole a Alice los comentarios de Tom sobre los malos hábitos alimentarios de los médicos. Se sentó a su mesa de despacho y le rogó que se sentara frente a él.

—Bien, Alice, dígame qué le ha estado sucediendo.

—Vengo teniendo problemas de memoria y eso no es normal en mí. No me acuerdo de ciertas palabras en las conversaciones y las clases, necesito apuntar «clase de Cognición» en mi lista de asuntos pendientes o me olvido de asistir a ella; olvido que tengo que ir al aeropuerto para dar una conferencia en Chicago y pierdo el vuelo... Y otra cosa, estaba en la plaza Harvard, y durante un par de minutos no supe dónde me encontraba, y eso que soy profesora de la universidad y paso por allí todos los días.

—¿Cuánto hace que le ocurre?

—Desde septiembre. Quizá desde el verano.

—¿Ha venido alguien con usted, Alice?

—No.

—Bien. En el futuro, quiero que venga con usted un familiar o alguien con quien se relacione regularmente. Tiene problemas de memoria, así que quizá no sea usted la fuente más fiable para averiguar qué le está sucediendo.

Ella se sintió avergonzada como una niña. Y las palabras «en el futuro» vaciaron su mente de todo pensamiento, atrayendo obsesivamente su atención, como la gotera de un grifo.

—De acuerdo —aceptó.

—¿Toma medicinas?

—No; sólo un complejo vitamínico.

—¿Píldoras para dormir, para hacer dieta, drogas de alguna clase?

—No.

—¿Bebe mucho?

—No. Uno o dos vasos de vino con las comidas.

—¿Es vegetariana estricta?

—No.

—¿Ha sufrido en el pasado algún tipo de herida en la cabeza?

—No.

—¿Ha pasado alguna vez por el quirófano?

—No.

—¿Cómo duerme?

—Perfectamente.

—¿Ha sufrido depresión alguna vez?

—No desde que era adolescente.

—¿Cuál es su nivel de estrés?

—El normal. Y con el estrés me supero.

—Hábleme de sus padres. ¿Gozan de buena salud?

—Mi madre y mi hermana murieron en un accidente de tráfico cuando yo tenía diecinueve años. Mi padre murió el año pasado de un fallo hepático.

—¿Hepatitis?

—Cirrosis. Era alcohólico.

—¿Qué edad tenía?

—Setenta y uno.

—¿Sufría otros problemas de salud?

—No, que yo sepa. No lo vi mucho los últimos años. —Y cuando lo veía solía estar borracho, incoherente.

—¿Y el resto de su familia?

Le explicó los escasos datos que tenía sobre el historial médico de su familia.

—Bien. Voy a darle un nombre y una dirección, y usted me los repetirá. Después haremos otras pruebas y volveré a pedirle que me repita el mismo nombre y la misma dirección. ¿Preparada?... Ahí vamos: John Black, calle Oeste, Cuarenta y dos, Brighton. ¿Puede repetirlo?

Ella lo hizo.

—¿Qué edad tiene?

—Cincuenta años.

—¿Qué fecha es hoy?

—Veintidós de diciembre de 2003.

—¿En qué estación estamos?

—En invierno.

—¿Dónde nos encontramos?

—En el octavo piso del HGM.

—¿Puede nombrarme algunas calles cercanas?

—Cambridge, Fruit, Storrow Drive...

—Suficiente. ¿Qué hora es?

—Casi mediodía.

—Recíteme los meses hacia atrás empezando por diciembre.

Lo hizo.

—Cuente hacia atrás desde cien, pero de siete en siete.

La detuvo cuando llegó a setenta y dos.

—Nombre estos objetos. —Le mostró una serie de seis cartas con dibujos a lápiz.

—Hamaca, pluma, llave, silla, cactus, guante.

—Muy bien. Antes de señalar la ventana, tóquese la mejilla derecha con la mano izquierda.

Alice lo hizo.

—¿Puede escribirme una frase sobre el clima de hoy en esta hoja de papel?

Ella escribió: «Es una soleada, aunque fría mañana de invierno.»

—Ahora, dibuje un reloj y coloque las manecillas a las cuatro menos veinte.

Alice lo dibujó.

—Copie estas figuras, por favor. —Y le mostró un dibujo con dos pentágonos que se interseccionaban.

Ella los copió.

—De acuerdo, Alice. Súbase a esa camilla, le haré un examen neurológico.

Ella siguió la luz de su puntero con los ojos, manipuló los pulgares y los índices rápidamente, caminó de punti-

llas y de talones sobre una línea recta por la habitación...
Todo lo hizo rápida y fácilmente.

—Bien. ¿Cuáles eran el nombre y la dirección que le dije antes?

—John Black...

Se detuvo y miró al doctor Davis. No recordaba la dirección. ¿Qué significaba aquello? Quizá no había prestado suficiente atención.

—Era Brighton, pero no puedo recordar ni el número ni la calle.

—Ya. ¿Era el veinticuatro, el veintiocho, el cuarenta y dos o el cuarenta y ocho?

No lo sabía.

—Pruebe.

—Cuarenta y ocho.

—¿Era la calle Norte, Sur, Este u Oeste?

—¿Sur?

El doctor no dejó entrever si había acertado o no, pero si le pedía que probara otra vez significaría que se había equivocado.

—Bueno, Alice, tenemos su análisis de sangre y su resonancia magnética. Quiero que se haga nuevos análisis de sangre más específicos y una punción lumbar. Vuelva dentro de cuatro o cinco semanas y le habré preparado un test neuropsicológico que realizará ese mismo día antes de la nueva consulta.

—¿Qué cree que me ocurre? ¿Son olvidos normales?

—Creo que no, Alice, pero tenemos que investigar un poco más.

Ella lo miró a los ojos. Uno de sus colegas le había dicho que el contacto ocular con otra persona durante más de seis segundos sin parpadear o apartar la vista revelaba un deseo de sexo o de asesinato. No es que se lo creyera a pies juntillas, pero se sintió lo bastante intrigada como para probar con varios amigos y desconocidos. Con excepción de John, todos apartaron la vista antes de esos seis segundos.

El doctor Davis bajó los ojos al cuarto segundo. Si la teoría era cierta, eso sólo significaba que no quería matarla ni arrancarle la ropa, pero le preocupó que significara algo más. Podía pincharla, escanearla y someterla a toda clase de pruebas, pero tenía la certeza de que no necesitaría investigar mucho. Le había contado lo que le ocurría y no podía recordar la dirección de John Black. Estaba segura de que el doctor Davis sabía exactamente lo que le pasaba.

Alice pasó las primeras horas del día de Nochebuena tumbada en el sofá, bebiendo té y mirando álbumes de fotos familiares. A lo largo de los años, colocaba las fotos nuevas en las hojas disponibles inmediatamente posteriores, bajo la capa transparente de plástico. Su diligencia garantizaba la cronología, pero no añadía ninguna anotación. No importaba. Todos los detalles estaban almacenados en su mente.

Lydia a los dos años, y Tom y Anna a los siete en la playa Hardings, junio del primer verano en la casa del Cabo. Anna en un partido de fútbol juvenil en el campo del Pequosette. John y ella en la playa de las Siete Millas, en la isla Gran Caimán.

No sólo podía situar las fechas de cada instantánea, sino que recordaba la mayoría con gran detalle. Cada foto le provocaba recuerdos no fotografiados del mismo día, de las personas que se encontraban presentes y del contexto más amplio de su vida en el momento en que la imagen fue tomada.

Lydia con el trajecito azul que siempre le picaba, durante su primer recital de danza. En esa época, ella todavía no era profesora de Harvard, Anna estaba en secundaria y llevaba aparatos en los dientes, Tom andaba colado por una chica de su equipo de béisbol, y John vivía en Bethesda, era su año sabático.

Con las únicas fotos que tenía algún problema era con las de Anna y Lydia cuando eran bebés. Sus caritas regordetas y perfectas parecían indistinguibles; pero, normalmente, siempre encontraba pistas que revelaban sus identidades. El peinado y el mechón en forma de patilla situaban la foto en los años setenta. El bebé que llevaba en brazos tenía que ser Anna.

—John, ¿quién es? —preguntó, sosteniendo en alto la foto de un bebé.

Él alzó la vista de la revista que estaba leyendo, se bajó las gafas hasta apoyarlas en la punta de la nariz y bizqueó un poco.

—¿Tom?

—Cariño, lleva un babi rosa. Es Lydia.

Ella miró la fecha impresa en el dorso para estar segura: 29 de mayo de 1982. Era Lydia.

—Oh.

John volvió a subirse las gafas y retomó su lectura.

—John, hace tiempo que quiero hablar contigo sobre las clases de interpretación de Lydia.

Él volvió a levantar la mirada, dobló la esquina de la página y dejó la revista sobre la mesa. Plegó las gafas y se irguió un poco en la silla. Sabía que aquello llevaría tiempo.

—Está bien.

—No creo que debamos apoyar sus locuras de ninguna forma, y desde luego no creo que debas pagarle las clases a mis espaldas.

—Tienes razón en lo que respecta a las clases, lo siento. Quise decírtelo, pero tuve que ocuparme de unas cuantas cosas urgentes y después se me olvidó, ya sabes. Pero disiento de tu argumento de fondo. Apoyamos a los mellizos.

—Esto es diferente.

—No lo es. Lo que ocurre es que no te gusta lo que ha elegido hacer con su vida.

—No es que quiera ser actriz, es que no quiere ir a la universidad. El momento adecuado se le está pasando rápidamente, John, y tú estás facilitándole las cosas.

—No quiere ir a la universidad.

—Creo que sólo se está rebelando contra lo que somos nosotros.

—No creo que tenga relación con lo que nosotros queremos, no queremos o quiénes somos.

—Quiero algo mejor para ella.

—Está trabajando duro, se siente excitada ante la idea de actuar y es feliz. Eso es lo que queremos, ¿no? Que sea feliz.

—Nuestra labor como padres es transmitir nuestra experiencia vital a nuestros hijos. Y me temo que ella se está perdiendo algo esencial: la convivencia con diferentes personas y diferentes formas de pensar, los retos, las oportunidades, la gente. Nosotros nos conocimos en la universidad.

—Ya tiene todo eso —repuso él.

—No es lo mismo.

—¿No? Creo que pagarle esas clases es más que justo. Lamento no habértelo dicho, pero es difícil hablar contigo sobre este tema. No cedes ni un milímetro.

—Tú tampoco —replicó ella.

John miró el reloj de la repisa de la chimenea, buscó sus gafas y se las colocó en lo alto de la cabeza.

—Mira, tengo que ir al laboratorio alrededor de una hora y después recogeré a Lydia en el aeropuerto. ¿Necesitarás algo mientras esté fuera? —preguntó, levantándose de la silla.

—No.

Se miraron a los ojos.

—Lydia estará bien, Ali. No te preocupes.

Ella alzó las cejas, pero no dijo nada. ¿Qué más podía decir? Ya habían interpretado aquella escena muchas veces y siempre terminaba igual. John siempre tomaba el camino de la menor resistencia, manteniendo su estatus de padre favorito, sin lograr convencer a Alice de que se pasara a su bando, el de los padres populares. Y nada de lo que ella dijera conseguía que cambiara un ápice su postura.

Una vez a solas, se relajó y volvió con las fotos. Sus hijos siempre adorables, como bebés, como niños y como adolescentes... ¿Dónde se había ido el tiempo? Miró fijamente la foto de Lydia, la que John había confundido con Tom, y sintió una renovada y tranquilizadora confianza en su memoria. Claro que aquellas fotos sólo abrían las puertas de los recuerdos a largo plazo.

La dirección de John Black estaba guardada en su memoria reciente. Se necesitaba atención, retención, elaboración o significado emocional para que la información pasara de la memoria reciente a la de largo plazo; si no, con el paso del tiempo era rápidamente descartada. Al concentrarse en las preguntas e instrucciones del doctor Davis había dividido su atención, lo que le impidió asimilar o elaborar la dirección. Y aunque ahora el nombre despertaba en ella un poco de miedo y rabia, el ficticio John Black no significó nada dentro de la consulta del doctor Davis. En esas circunstancias, el cerebro medio suele ser susceptible al olvido. Claro que el suyo no era un cerebro medio.

Oyó cómo el correo caía al suelo tras ser introducido por la ranura de la puerta, y tuvo una idea. Lo repasó una sola vez: una tarjeta navideña de un antiguo alumno con el dibujo de un bebé tocado con un sombrero de Papá Noel, el anuncio de un club de *fitness*, la factura del teléfono, la factura del gas y otro catálogo de LL Bean. Regresó al sofá, bebió más té, guardó el álbum de fotos en el estante correspondiente y volvió a sentarse. El tictac del reloj y los ruiditos del vapor en los diversos radiadores de la casa eran los únicos sonidos. Contempló el reloj hasta que pasaron cinco minutos. Suficiente.

Sin mirar el montón de correspondencia, dijo en voz alta:

—Bebé con sombrero de Papá Noel, oferta de un gimnasio, factura de teléfono, factura de gas, catálogo de LL Bean.

«Pan comido.» Pero, para ser justos, el tiempo transcurrido entre que le dijeron la dirección de John Black y tuvo que repetirla fue bastante más de cinco minutos. Necesitaba un intervalo de tiempo mayor.

Sacó el diccionario de la estantería y se impuso dos reglas para escoger una palabra: que fuera un poco rara, una palabra que no utilizase habitualmente en el día a día, a la vez que una palabra que ya conociera. Estaba poniendo a prueba su memoria reciente, no su capacidad de aprendizaje. Abrió el tomo por una página al azar y puso el dedo sobre la palabra «Rabioso». La escribió en un trozo de papel, que dobló y guardó en el bolsillo de los pantalones. Después, reguló el reloj del microondas para que sonase la alarma a los quince minutos.

De niña, uno de sus libros favoritos era *Los hipopóta-*

mos se vuelven rabiosos. Se prometió volver a leerlo tras la cena de Nochebuena. Sonó el reloj.

«Rabioso.» Sin duda ni necesidad de consultar el papel donde lo tenía anotado.

Siguió con el mismo juego a lo largo de todo el día, incrementando las palabras a tres y el periodo de tiempo hasta los tres cuartos de hora. A pesar de estos grados de dificultad añadidos y la preparación de la cena, siguió sin cometer un solo error. «Estetoscopio, milenio, puercoespín.» Preparó los raviolis de *ricotta* y la salsa roja. «Cátodo, granada, enrejado.» Preparó la ensalada y puso a marinar los ingredientes. «Boca de dragón, documental, desaparecer.» Metió el asado en el horno y puso la mesa.

Anna, Charlie, Tom y John estaban sentados en el salón, y Alice oía cómo su esposo y su hija discutían. No estaba segura del tema, pero por el énfasis y el volumen de las voces podía deducirse que se trataba de una discusión. Seguramente por algún tema político. Charlie y Tom se mantenían al margen.

Lydia removía la sidra en el ponche y hablaba de sus clases de interpretación. Entre la concentración necesaria para preparar la cena, recordar las tres palabras que tocaban y atender a Lydia, Alice no tenía la energía mental necesaria para protestar o desaprobar las opiniones de su hija. Al no verse interrumpida, Lydia se había enfrascado en un apasionado monólogo acerca de su trabajo y, a pesar de su fuerte opinión en contra, Alice no podía evitar sentirse interesada.

—Tras la imagen que proyecta subyace la pregunta de Elijah: ¿por qué precisamente aquella noche y no cualquier otra? —estaba diciendo Lydia.

El reloj emitió su acostumbrado bip. Lydia se apartó

sin que nadie se lo pidiera y Alice miró el horno. Buscó una explicación de que el asado aún siguiera crudo y su rostro se volvió incómodamente caliente. Oh, y tenía que recordar las tres palabras que guardaba en el bolsillo: «Pandereta, serpiente...»

—Nunca interpretas un día normal tal como sueles actuar en la vida real. Las apuestas siempre son a vida o muerte —dijo Lydia.

—Mamá, ¿y el sacacorchos? —gritó Anna desde el salón.

Alice luchó por ignorar las voces de sus hijas, aquellas que su mente se había entrenado durante años para oír por encima de cualquier otro sonido del planeta, y se concentró en su propia voz interior, aquella que repetía las dos palabras como un mantra.

«Pandereta, serpiente, pandereta, serpiente, pandereta, serpiente.»

—¡Mamá! —volvió a gritar Anna.

—¡No sé dónde está, Anna! ¡Búscalo tú misma, estoy ocupada!

«Pandereta, serpiente, pandereta, serpiente, pandereta, serpiente.»

—Cuando reduces algo a su misma esencia, siempre se trata de un tema de supervivencia. ¿Qué necesita mi personaje para sobrevivir y qué le pasará si no lo consigue? —seguía Lydia.

—Lydia, por favor, no tengo ganas de escuchar todas esas tonterías —la cortó Alice, masajeándose las sudorosas sienes.

—Está bien —murmuró Lydia, girándose para quedar de espaldas al horno, visiblemente enfurecida, herida.

«Pandereta, serpiente.»

—¡No puedo encontrarlo! —gritó Anna.

—Iré a ayudarla —se ofreció Lydia.

«¡Compás!, pandereta, serpiente, compás.»

Aliviada, Alice preparó los ingredientes para su pudin de chocolate blanco y los colocó en la encimera: extracto de vainilla, nata, leche, azúcar, chocolate blanco, un poco de levadura y dos envases con media docena de huevos cada uno. «Espera, ¿una docena de huevos?» Si la hoja de papel donde tenía anotada la receta de su madre existiera todavía, no tenía ni idea de dónde podría haberla guardado, no la necesitaba desde hacía años. Era una receta sencilla, indiscutiblemente mejor que la del pastel de queso de Marty, y la preparaba cada Nochebuena desde que era adolescente. ¿Cuántos huevos necesitaba? Tenían que ser más de seis o sólo hubiera comprado media docena. ¿Eran siete, ocho, nueve...?

Intentó olvidarse de los huevos por un instante, pero el resto de los ingredientes le parecieron igual de extraños. ¿Se suponía que debía utilizar toda la nata o sólo una parte? ¿Cuánto azúcar? ¿Tenía que combinarlo todo a la vez o en una secuencia determinada? ¿Qué molde debía usar para la masa? ¿A qué temperatura se ajustaba el horno y por cuánto tiempo? La información no estaba en su cerebro.

«¿Qué diablos me está pasando?»

Contempló nuevamente los huevos. Nada. Odiaba aquellos malditos huevos. Cogió uno y lo lanzó contra el fregadero; a continuación hizo lo mismo con otro. Y después otro, y otro más. Uno a uno, los destrozó todos. Se sintió un poco más satisfecha, pero no lo suficiente. Necesitaba romper algo más resistente, algo para lo que necesitara emplear más fuerza, algo que la dejara exhausta. Paseó la mirada por la cocina. Sus ojos refulgían furiosos y salvajes cuando se encontraron con los de Lydia en el umbral de la cocina.

—Mamá, ¿qué está ocurriendo?

La masacre no se había concentrado en el fregadero. Cáscaras, claras y yemas estaban esparcidas por la pared y la encimera; incluso las puertas de los armarios estaban veteadas con lágrimas de albúmina.

—Los huevos estaban pasados. Este año no tendremos pudin.

—Oh, todos queremos pudin. Es Nochebuena.

—Bueno, pues no me quedan más huevos. Y estoy harta de pasarme las horas en esta cocina con tanto calor.

—Iré a comprar más. Tú ve al salón y descansa, yo me encargo del pudin.

Alice fue hasta el salón, temblando todavía pero liberada de aquella poderosa oleada de furia, insegura sobre si sentirse decepcionada o agradecida por ello. John, Tom, Anna y Charlie charlaban tranquilamente, sosteniendo copas de vino tinto. Al parecer, alguien había encontrado el sacacorchos. Con el abrigo y el sombrero puestos, Lydia se asomó a la sala.

—Mamá, ¿cuántos huevos necesito para el pudin?

Enero de 2004

Aquella mañana del 19 de enero tenía buenas razones para anular las citas con la neuropsicóloga y el doctor Davis: la semana de exámenes del semestre caía en enero, una vez que los estudiantes hubieran vuelto de sus vacaciones de Navidad, y el examen final de Cognición estaba programado para esa misma mañana. Su asistencia no era imprescindible, pero le gustaba la sensación de plenitud que proporcionaba su presencia, de haber estado todo el curso con sus alumnos desde el principio hasta el último día. Al final, aceptó a regañadientes que uno de sus colegas supervisase el examen.

Pero la razón principal era que su madre y su hermana habían muerto un 19 de enero hacía treinta y un años. No se consideraba supersticiosa como John, pero aquel día nunca recibía buenas noticias. Le preguntó a la recepcionista si podía buscar otra fecha, pero no había ninguna libre hasta un mes después, así que se resignó y no anuló la cita. La mera idea de esperar otro mes no le atraía nada.

Se imaginó a sus alumnos de Harvard nerviosos ante las preguntas del examen, teniendo que jugarse todo un semestre de estudio y trabajo en unos cuantos folios, deseando que sus sobresaturadas memorias a corto plazo no les fallaran... Comprendía perfectamente cómo se sentían.

La mayoría de las pruebas neuropsicológicas que afrontó aquella mañana le eran familiares: la del efecto Stroop, la de las coloreadas matrices progresivas de Raven, la de rotación mental de imágenes, la del test de denominación de Boston, la de reorganización de fotos WAIS-R, la de retención visual de Benton, la de memoria de la Universidad de Nueva York... Estaban diseñadas para descubrir cualquier sutil fallo en la integridad del flujo del lenguaje, de la memoria reciente y del proceso de razonamiento. De hecho, las había utilizado muchas veces en sus estudios de cognición con varios estudiantes, pero actuando como control; hoy no era ella la que controlaba, sino el sujeto que se sometía a las pruebas.

Tardó casi dos horas en completar las pruebas consistentes en copiar, nombrar, organizar y recordar. Cuando terminó, se sintió aliviada y bastante confiada en los resultados. Igual que sus alumnos, supuso. Escoltada por la neuropsicóloga, Alice entró en la consulta del doctor Davis y se sentó en una de las dos sillas situadas frente a la mesa. Él miró la silla vacía a su lado con un suspiro de desaprobación. Antes incluso de que abriera la boca, ella supo que estaba metida en un lío.

—Alice, ¿no acordamos que tenía que venir acompañada?

—Así es.

—Bien, es un requisito imprescindible que todo paciente que acuda a esta consulta venga acompañado de alguien que lo conozca bien. No podré tratarla adecuadamente, a menos que pueda hacerme un retrato lo más ajustado posible de lo que le está ocurriendo, y no estaré seguro de tener toda la información posible sin la presencia de esa tercera persona. La próxima vez sin excusas, Alice, ¿de acuerdo?

—Está bien.

La próxima vez. Cualquier atisbo de alivio y confianza generado por su propia evaluación del examen neuropsicólogico se evaporó al instante.

—Dispongo de los resultados de todas las pruebas, así que tenemos una visión de conjunto. No he descubierto nada anormal en su resonancia magnética, ni enfermedades cerebrales vasculares ni ningún rastro de una pequeña y silenciosa apoplejía. Tampoco hidrocefalia o masas extrañas. Todo parece bien. El análisis de sangre y la punción lumbar también han dado un resultado negativo. Hemos sido tan agresivos como podíamos y buscado cualquier tipo de enfermedad que cuadre con sus síntomas. Así que sabemos que no tiene sida, cáncer, enfermedades priónicas, deficiencias vitamínicas, fallo mitocondrial u otras enfermedades poco comunes.

Su discurso estaba bien construido, obviamente no era la primera vez que lo recitaba. La parte de «lo que sí tiene» venía ahora, al final. Ella asintió con la cabeza para mostrarle que lo había seguido hasta ese momento y que podía continuar.

—Ha puntuado un noventa y nueve por ciento en las pruebas de atención y en aspectos como la praxis, el razonamiento abstracto, la habilidad espacial y la fluidez de lenguaje. Lamentablemente, sabemos que ha tenido recientes problemas de memoria desproporcionados para su edad y un declive significativo en sus niveles previos de funcionamiento. Lo sabemos por sus propias palabras y por su descripción de lo mucho que interfieren en su vida profesional. La última vez que estuvo aquí, yo mismo presencié su dificultad para recordar una dirección concreta. Y aunque hoy ha estado casi perfecta en la mayoría de los campos cognitivos, también ha mostrado mucha variabilidad en dos pruebas relacionadas con la memoria reciente. De hecho, en una su porcentaje cae hasta el sesenta por ciento.

»Si reunimos toda esa información, el resultado encaja en los criterios que definen una probable enfermedad de Alzheimer.

«La enfermedad de Alzheimer.»

Aquellas palabras la dejaron sin aliento. ¿Qué le estaba diciendo exactamente? Las palabras reverberaron en su cabeza, especialmente una: «Probable.» Eso le dio fuerzas para inhalar una profunda bocanada de aire, fuerza para hablar.

—¿«Probable» significa que no está seguro del todo?

—No. Utilizamos la palabra «probable» porque, ahora mismo, el único diagnóstico definitivo para el Alzheimer es examinar la histología del tejido cerebral. Para ello, tendríamos que realizar una autopsia o una biopsia, y ninguna de las dos opciones son buenas para usted. De momento, sólo es un diagnóstico clínico. No existe una proteína de la demencia mezclada en su sangre que pueda decirnos si usted padece esa enfermedad, y una resonancia magnética no muestra ninguna atrofia cerebral hasta los estadios muy avanzados de la enfermedad.

«Atrofia cerebral.»

—Pero... no es posible. Sólo tengo cincuenta años.

—Usted tiene Alzheimer temprano. Suele creerse que el Alzheimer es una enfermedad que afecta a los ancianos, pero el diez por ciento de los afectados padece una forma temprana de la misma, y son menores de sesenta y cinco años.

—¿En qué se diferencia del que padecen los ancianos?

—En nada, excepto en que normalmente está relacionado con una fuerte herencia genética y en que se manifiesta a edades mucho más tempranas.

«Fuerte herencia genética. Anna, Tom, Lydia.»

—Pero si sólo está seguro de lo que no tengo, ¿cómo puede afirmar que padezco Alzheimer?

—Tras escuchar su descripción de sus síntomas y de leer su historial médico, más las pruebas de orientación, atención, retención, lenguaje y memoria, estoy seguro en un noventa y cinco por ciento. Si su examen neurológico, el de sangre, el cerebral, el de fluido espinal o la resonancia no nos ofrecen otra explicación para el origen de sus trastornos, el otro cinco por ciento prácticamente desaparece. Estoy seguro, Alice.

«Alice.»

El sonido de su nombre penetró en todas y cada una de sus células y pareció diseminar sus moléculas más allá de su propia piel. Se vio a sí misma desde el rincón más alejado de la consulta.

—¿Y qué significa todo esto? —se oyó preguntar.

—Tenemos un par de medicamentos que quiero que empiece a tomar. El primero es Aricept y potencia el funcionamiento colinérgico; el segundo es Namenda, ha sido aprobado este mismo otoño y parece muy prometedor. Ninguno de los dos cura la enfermedad, pero pueden frenar la progresión y los síntomas. Y queremos ganar todo el tiempo posible.

«Tiempo. ¿Cuánto tiempo?»

—También quiero que tome vitamina E dos veces al día, vitamina C, aspirina infantil y un inhibidor del colesterol una vez al día. No muestra factores de riesgo para padecer una enfermedad cardiovascular, pero todo lo que sea bueno para el corazón lo será también para el cerebro, y queremos preservar todas las neuronas y sinapsis que podamos.

Escribió toda aquella información en una receta.

—Alice, ¿algún miembro de su familia sabe que ha venido hoy aquí?

—No —se oyó decir a sí misma.

—Bien, tendrá que decírselo a alguien. Podemos disminuir la rapidez del declive cognitivo, pero no detenerlo o invertirlo. Por su propia seguridad, es importante que alguien que la trate regularmente sepa lo que le está sucediendo. ¿Se lo dirá a su marido?

Ella asintió con la cabeza.

—Está bien. Entonces, tómese todo lo que le he recetado, llámeme si tiene problemas con los efectos secundarios y pida cita para otra visita dentro de seis meses. Entre ahora y entonces, si tiene alguna duda, puede llamarme o contactar conmigo por correo electrónico, y la animo a que hable con Denise Daddario. Es nuestra asistenta social, puede ayudarla y apoyarla. Dentro de seis meses nos reuniremos los dos con su marido, y veremos cómo ha ido todo.

Ella buscó sus ojos inteligentes esperando algo más. Era extrañamente consciente de que sus manos se aferraban a los fríos y metálicos brazos de la silla en que estaba sentada. Sus manos. No se había convertido en una etérea colección de moléculas que flotaban en un rincón de la sala. Ella, Alice Howland, estaba sentada en una silla fría y dura, junto a otra silla vacía, en la consulta de un neurólogo de la Unidad de Desórdenes de la Memoria del octavo piso del Hospital General de Massachusetts. Buscó en los ojos del doctor algo más, pero sólo encontró verdad y lamento.

19 de enero. En esa fecha nunca le pasaba nada bueno.

Una vez en el estudio de su casa, con la puerta cerrada, leyó el cuestionario sobre Actividades de un Día Corriente que el doctor Davis le había pedido que entregase a John. «Este apartado debe ser rellenado por un informante, *nunca* por el paciente», se leía resaltado al principio de la primera página. La palabra «informante», la puerta cerrada y su enloquecido corazón contribuían a que tuviera una sensación de conspicua culpabilidad, como si se estuviera escondiendo en alguna ciudad de Europa del Este por poseer unos documentos ilegales y la policía estuviera ya de camino, ensordeciendo las calles con sus sirenas.

La escala de porcentaje de cada actividad iba del 0 (sin problemas, igual que siempre) al 3 (gravemente discapacitada, totalmente dependiente de otros). Repasó rápidamente las características que daban a los «3» y supuso que representaban los estadios más avanzados de la enfermedad, el final de esa corta y recta carretera a la que se había visto repentinamente abocada con un coche sin dirección y sin frenos.

La lista de los «3» era humillante: debe ser alimentada, no tiene control de los intestinos o la vejiga, otras personas deben darle la medicación, se resiste a los esfuerzos del cuidador para limpiarla o cuidarla, ya no trabaja, requiere estar atendida en casa o en el hospital, ya no puede manejar dinero, ya no puede salir de casa sola. Humillante. Pero su mente analítica se tornaba instantáneamente escéptica si aplicaba los apartados de aquella lista a su situación personal. ¿Qué parte de ellos se referían a la progresión de la enfermedad de Alzheimer y qué parte se podía aplicar a la abrumadora población de ancianos en general? ¿Los ancianos de ochenta años eran incontinentes porque tenían Alzheimer o porque tenían ochenta años? Quizás aquella descripción de los «3» no se aplicaba a alguien como ella, alguien tan joven y en tan buena forma física.

Lo peor venía bajo el encabezamiento «Comunicación»: habla de forma casi ininteligible, no comprende lo que le dicen, ha dejado de leer, nunca escribe, ya no habla. Aparte de un fallo en el diagnóstico, no podía formular ninguna hipótesis que la hiciera inmune a aquella lista horripilante. Todo podía aplicarse a alguien como ella. A alguien con Alzheimer.

Miró las hileras de libros y revistas de su estantería, el montón de exámenes finales que esperaban sobre su mesa a ser corregidos, los mensajes electrónicos de su buzón de entrada, la lucecita roja y parpadeante de su teléfono... Pensó en los libros que siempre quiso leer, los que adornaban el estante superior de su dormitorio, los que suponía que siempre dispondría de tiempo para disfrutar. *Moby Dick*. Tenía experimentos que realizar, artículos que escribir, y conferencias que dar y a las que asistir. Todo lo que ella hacía, todo lo que le gustaba, todo lo que era, requería del lenguaje.

Las últimas páginas del cuestionario exigían del «informante» que indicara el porcentaje de gravedad de los siguientes síntomas experimentados por el paciente en el mes anterior: errores, alucinaciones, agitación, depresión, ansiedad, euforia, apatía, desinhibición, irritabilidad, repetición de problemas motrices, problemas de sueño, cambios en la dieta... Se sintió tentada de rellenar las respuestas por sí misma, así demostraría que se encontraba en perfectas condiciones y que el doctor Davis se equivocaba. Entonces recordó sus palabras. «Puede que usted no sea la fuente de información más fiable sobre lo que le está ocurriendo.» Quizá. Pero al menos recordaba que se lo había dicho. Se preguntó cuánto tardaría en no ser capaz de recordarlo.

Admitía que sus conocimientos sobre la enfermedad eran meramente superficiales. Sabía que el cerebro de los pacientes de Alzheimer tenía niveles reducidos de acetilcolina, un neurotransmisor importante para el aprendizaje y la memoria. También sabía que el hipocampo, una estructura cerebral con forma de caballito de mar, básica para la formación de nuevos recuerdos, se atascaba con placas y se enmarañaba, aunque no comprendía qué significaban exactamente esas placas y marañas. Y sabía que la anomía, una patología que impedía llamar a las cosas por su nombre, el típico «lo tengo en la punta de la lengua pero ahora no me sale», era otro síntoma fundamental. Eso era todo.

Necesitaba más. Había capas de perturbadora porquería por descubrir. Tecleó «enfermedad de Alzheimer» en Google. Su dedo medio estaba a punto de presionar la tecla *return* cuando dos golpecitos en la puerta la hicieron abortar el gesto con la velocidad de un reflejo involuntario y ocultar las pruebas del delito. La puerta se abrió sin más.

Temió que su rostro mostrase sorpresa, ansiedad o temor.

—¿Estás preparada? —preguntó John.

No, no lo estaba. Si le confesaba lo que le había dicho el doctor Davis, si le daba el Cuestionario de Actividades Diarias, todo se volvería real. John se convertiría en el «informante», y ella sería la paciente incompetente y moribunda. No estaba preparada para eso. Todavía no.

—Date prisa, dentro de una hora cerrarán las puertas —la apremió John.

—Vamos, estoy preparada.

Fundado en 1831, el Mount Auburn, el primer cementerio no sectario de Estados Unidos, era ahora un monumento histórico nacional, un arboreto famoso en el mundo entero, un apreciable paisaje horticultural y el lugar de reposo definitivo para la hermana y los padres de Alice.

Era la primera vez que su padre estaría presente en el aniversario del fatídico accidente de coche, muerto o como fuera, y eso la irritaba. Siempre había sido una reunión privada entre su madre, su hermana y ella. Ahora, él también estaba allí. Y no se lo merecía.

Avanzaron por la avenida Yew, en la sección antigua del cementerio. Sus ojos y su paso se acompasaron ante las lápidas familiares de la familia Shelton. Charles y Elizabeth Shelton habían enterrado allí a sus tres hijos: Susie, apenas un bebé, quizás un recién nacido, en 1866; Walter, dos años, en 1868; y Carolyn, cinco años, en 1874. Alice volvió a atreverse a imaginar el dolor de Elizabeth al tener que grabar los nombres de sus hijos en las lápidas. Nunca podía resistir las macabras imágenes por mucho tiempo: Anna, azulada y silenciosa al nacer; Tom, probablemente fallecido a causa de una penosa enfermedad, con su pijama amarillo sin perneras; y Lydia, rígida y sin vida tras un día en el jardín de infancia. Los circuitos de su imaginación siempre rechazaban esta clase de truculenta concreción, y sus tres hijos recuperaban rápidamente su edad y su estado de salud.

Elizabeth Shelton tenía treinta y ocho años cuando murió su último hijo. Alice se preguntó si había intentado tener más pero ya no podía concebir, o si Charles y ella habrían empezado a dormir en camas separadas, temerosos de arriesgarse a buscar otro pequeño primogénito. También se preguntó si Elizabeth, que vivió veinte años más que Charles, encontró alguna vez paz y descanso en su vida.

Continuaron en silencio hasta la parcela familiar. Sus tumbas eran sencillas, como cajas de zapatos de granito, y se erguían en una discreta fila bajo las ramas de un haya de hojas púrpura. Anne Lydia Daly, 1955-1972; Sarah Louise Daly, 1931-1972; Peter Lucas Daly, 1932-2003. Las ramas bajas del haya, que se alzaban por lo menos treinta metros de altura, estaban revestidas de preciosas y brillantes hojas de un púrpura profundo tanto en primavera como en verano y otoño. Ahora, en enero, las ennegrecidas ramas se veían desnudas y su aspecto era absolutamente terrorífico. A cualquier director de películas de terror le encantaría aquel árbol en enero.

John sostuvo su mano enguantada mientras permanecían de pie bajo el árbol. Ninguno de los dos habló. En meses más cálidos podía oírse el canto de los pájaros, el siseo de los aspersores, los vehículos de los encargados de mantenimiento y las radios de los coches de algunos visitantes. Ese día el cementerio estaba silencioso, excepto por el leve rumor del distante tráfico más allá de sus puertas.

¿En que pensaría John mientras permanecían silenciosos ante las tumbas? Nunca se lo había preguntado. No había conocido ni a su madre ni a su hermana, así que debía de costarle pensar en ellas durante mucho tiempo. ¿Pensaría en su propia mortalidad, en su espiritualidad? ¿En la de ella? ¿Pensaría en sus propios padres y hermanas, todos vivos todavía? ¿O se encontraba mentalmente en otro lugar, en las clases, repasando los detalles de su investigación? ¿O simplemente pensaba en qué cenaría aquella noche?

¿Cómo podía tener ella Alzheimer? «Fuerte herencia genética.» ¿Habría desarrollado su madre la enfermedad de haber vivido hasta los cincuenta? ¿O era cosa de su padre?

Cuando él era más joven, bebía cantidades obscenas de alcohol sin parecer ostensiblemente borracho. Poco a poco se fue volviendo más tranquilo e introvertido, pero reteniendo siempre la suficiente habilidad comunicativa como para pedir un whisky más o insistir en que podía conducir a pesar de su estado. Como seguramente insistió la noche que condujo el Buick por la carretera 93 hasta empotrarlo contra un árbol, matando a su esposa y su hija pequeña.

Sus hábitos alcohólicos nunca cambiaron pero su conducta sí, probablemente unos quince años atrás. Empezó a sufrir ataques de furia irracional, se tornó más beligerante, cultivó una desagradable falta de higiene, llegó a no reconocerla... En su momento, Alice asumió que todo se debía al alcohol, que finalmente se cobraba su peaje en un hígado escabechado y una mente marinada. ¿Era posible que hubiera vivido a saber cuántos años con un Alzheimer nunca diagnosticado? No necesitaba una autopsia. Encajaba demasiado bien para no ser verdad y le proporcionaba un blanco ideal sobre el cual descargar su ira.

«¿Te sientes feliz, papá? Llevo tu maldito ADN. Al final, vas a conseguir matarnos a todos. ¿Cómo te sientes al haber asesinado a toda tu familia?»

Su llanto repentino y angustiado le hubiera parecido lógico y apropiado a cualquier extraño que observase la escena: padres y hermana muertos, cementerio sombrío, haya aterradora... Pero, para John, resultó completamente inesperado. El pasado febrero, Alice no había derramado una sola lágrima por la muerte de su padre, y la pena por la pérdida de su madre y su hermana hacía mucho que se había atemperado.

Él la abrazó sin decirle que dejara de llorar, sólo la sostuvo mientras se desahogaba. Ella comprendió que el cementerio iba a cerrar de un momento a otro, que probablemente estaba preocupando a John, que no habría lágrimas suficientes en el mundo para lavar y limpiar su contaminado cerebro... Presionó su rostro contra el chaquetón de lana de su esposo y lloró hasta que se sintió vacía.

Él le sostuvo la cabeza entre las manos y besó sus húmedos párpados.

—¿Ya estás mejor, Ali?

«No, no estoy bien, John. Tengo la enfermedad de Alzheimer.»

Por un momento temió haberlo dicho en voz alta, pero no era así. Aquellas palabras seguían atrapadas en su cabeza, pero no porque estuvieran detenidas por placas y marañas. Sencillamente, no era capaz de pronunciarlas en voz alta.

Imaginó su propio nombre en una lápida contigua a la de Anne. Antes morir que perder la cabeza. Miró a John, a sus ojos pacientes, esperando una respuesta. ¿Cómo podía decirle que tenía Alzheimer? Él amaba la mente de ella. ¿Cómo iba a vivir con eso? Volvió a mirar el nombre de Anne grabado en la piedra.

—He tenido un día realmente malo.

Moriría antes de decírselo.

Quería suicidarse. Acuciantes ideas de suicidio la asaltaban con fuerza, superando y arrinconando cualquier otra, atrapándola en un oscuro y desesperado rincón durante días. Pero le faltaba la decisión necesaria para llevarlas a la práctica y se limitaba a juguetear con ellas. Seguía siendo una respetada profesora de Psicología de la Universidad de Harvard, todavía podía leer, escribir y utilizar el cuarto de baño adecuadamente. Tenía tiempo. Y tenía que decírselo a John.

Se sentó en el sofá con una manta gris en el regazo, abrazándose las rodillas y sintiendo que estaba a punto de vomitar. Él se sentó en el borde de la silla, frente a ella, y se quedó inmóvil.

—¿Quién te lo ha dicho? —preguntó John después.

—El doctor Davis, un neurólogo del General de Massachusetts.

—Un neurólogo. ¿Cuándo?

—Hace diez días.

John apartó la mirada y jugueteó con su anillo de casado haciéndolo girar en su dedo mientras parecía examinar la pintura de la pared. Ella contuvo el aliento, esperando que volviera a mirarla. Quizá nunca lo haría de la misma forma, quizás ella nunca podría volver a respirar. Se abrazó las rodillas con más fuerza todavía.

—Se equivoca, Ali.

—No.

—No te pasa nada.

—Sí me pasa. He estado olvidando cosas.

—Todo el mundo se olvida de algo. Yo mismo nunca me acuerdo de dónde he dejado mis gafas. ¿También diagnosticaría ese doctor que padezco Alzheimer?

—Los problemas que estoy teniendo no son normales. No es como olvidar dónde he dejado las gafas.

—Vale, está bien, olvidas cosas. Estás menopáusica y estresada, y probablemente la muerte de tu padre ha hecho aflorar toda clase de sentimientos reprimidos sobre la pérdida de tu madre y de Anne. Seguramente estás deprimida.

—No estoy deprimida.

—¿Cómo lo sabes? ¿Ahora eres médico? Deberías acudir a tu médica habitual, no a ese neurólogo.

—Ya lo hice.

—Dime exactamente lo que te dijo.

—Aunque no tenía una explicación concreta, ella tampoco creyó que fuera depresión o menopausia. En principio pensó que podía ser un problema de falta de sueño, quería esperar y volver a verme al cabo de un par de meses.

—¿Ves? Lo que pasa es que no te cuidas.

—No es neuróloga, John. Duermo perfectamente y eso fue en noviembre, hace dos meses. Mi situación no ha mejorado; al revés, ha empeorado.

Estaba pidiéndole que, con una sola conversación, creyera lo que ella se había negado a sí misma durante meses. Comenzó con un ejemplo que él ya conocía.

—¿Te acuerdas de que no fui a Chicago?

—Eso pudo pasarme a mí o a cualquiera de nuestros conocidos. Tenemos una agenda de locura.

—Siempre hemos tenido una agenda de locura, pero nunca he olvidado que tenía que coger un avión. Y no es que perdiera el vuelo únicamente, es que me olvidé por completo de la conferencia que estuve preparando todo el día.

Él esperó. Había secretos mayores que aún no conocía.

—Olvido palabras, olvidé completamente el tema de la clase que tenía que dar en el trayecto de mi despacho al aula, a mediodía no puedo descifrar lo que he escrito por la mañana en mi lista de asuntos pendientes...

Alice podía leerle la mente. No estaba convencido. Cansancio, estrés, ansiedad. Normal, normal, normal.

—No hice el pudin de Nochebuena porque no pude, no me acordaba ni de uno solo de los pasos de la receta. Se me había borrado de la mente, y es un postre que he hecho de memoria todos los años desde que era casi una niña.

Estaba presentando un caso sorprendentemente sólido contra sí misma. Con lo que había dicho, un jurado imparcial tendría suficiente para emitir un veredicto, pero John la amaba.

—Un día estaba frente a Nini's, en la plaza Harvard, y no tenía ni la menor idea de cómo volver a casa. No sabía dónde me encontraba.

—¿Cuándo ocurrió eso?

—En septiembre.

Ella había roto su silencio, pero no la determinación de su marido por defender la integridad de su salud mental.

—Y todo eso sólo es una parte de lo que me ocurre. Me siento aterrorizada sólo de pensar qué he podido olvidar sin ser consciente de ello.

La expresión de él cambió, como si hubiera identificado algo potencialmente significativo en las manchas tipo Rorschach de una de sus películas de ARN.

—La esposa de Dan —murmuró, más para sí mismo que para ella.

—¿Qué? —Alice se dio cuenta de que algo se rompía en el interior de John. La posibilidad de que tuviera razón se aceleró, diluyendo su anterior convicción.

—Necesito leer unas cuantas cosas. Y luego querré hablar con tu neurólogo.

Se levantó sin mirarla y se dirigió a su estudio dejándola en el sofá, abrazada a sus rodillas y con ganas de vomitar.

Febrero de 2004

Viernes:
Tomar las medicinas de la mañana ✓
Reunión del departamento a las 9, aula 545 ✓
Responder el correo electrónico ✓
Clase de Motivación y Emoción, 13 h, Centro de Ciencias, auditorio B (tema: «Homeostasis y Transmisión») ✓
Cita con la consejera genética (John tiene la información)
Tomar las medicinas de la tarde

Stephanie Aaron era la consejera genética asignada a la Unidad de Desórdenes de la Memoria del Hospital General. Su melena negra le caía hasta los hombros, y sus cejas arqueadas sugerían una sincera curiosidad. Los recibió con una cálida sonrisa.

—Bien, ¿cuál es el motivo de su visita? —dijo Stephanie.

—A mi esposa le han diagnosticado recientemente la enfermedad de Alzheimer, y queríamos que la sometiera a las pruebas para detectar las mutaciones APP, PS1 y PS2.

John llevaba hechos los deberes. Había pasado varias semanas leyendo sobre la etiología molecular del Alzheimer. Las proteínas errantes nacidas de cualquier mutación de aquellos tres genes eran las culpables conocidas de los casos tempranos.

—Dígame, Alice, ¿qué espera que descubramos con esas pruebas? —preguntó la genetista.

—Bueno, me parece una forma razonable de confirmar el diagnóstico. Al menos, es mejor que una biopsia cerebral o una autopsia.

—¿Le preocupa que el diagnóstico pueda estar equivocado?

—Creemos que es una posibilidad factible —interrumpió John.

—Bien, veamos. Primero, examinemos lo que significaría para usted una mutación negativa frente a una mutación positiva. Una mutación positiva de APP, PS1 o PS2, significará una confirmación sólida de su diagnóstico. Pero si las pruebas resultan negativas, entraremos en terreno delicado, ya que no podremos interpretar con seguridad lo que eso significa. El cincuenta por ciento de la gente que sufre Alzheimer temprano no muestra ninguna mutación en esos tres genes, pero eso no quiere decir que no padezcan realmente Alzheimer o que la causa de su enfermedad no sea genética, sino que todavía no habremos descubierto el gen cuya mutación ha provocado la enfermedad.

—Ha hablado de un cincuenta por ciento. ¿La proporción para alguien de su edad no está más cerca del diez por ciento? —preguntó John.

—El porcentaje es un poco más bajo en alguien de su edad, eso es cierto. Pero aunque las pruebas en Alice resulten negativas, por desgracia no podremos estar seguros de que no padezca la enfermedad. Puede que pertenezca al pequeño tanto por ciento de gente cuyo Alzheimer se debe a la mutación de un gen no identificado.

Era convincente. Sobre todo si coincidía con la opinión médica del doctor Davis. Ella creía que John lo entendería, pero su interpretación encajaba en la hipótesis de «Alice no tiene la enfermedad de Alzheimer, nuestras vidas no están destrozadas», mientras que la de Stephanie no.

—¿Todo esto tiene sentido para usted, Alice? —se interesó Stephanie.

Aunque la pregunta era legítima en aquel contexto, a Alice le molestó, ya que percibió el subtexto de futuras conversaciones: ¿era lo bastante capaz como para comprender lo que estaban diciendo? ¿Tenía el cerebro demasiado dañado y confuso para estar a la altura? Siempre la habían tratado con mucho respeto, pero si su capacidad mental se veía progresivamente sustituida por la enfermedad mental, ¿qué sustituiría a ese respeto? ¿Lástima? ¿Condescendencia? ¿Vergüenza?

—Sí —confirmó Alice.

—También quiero dejar claro que, si las pruebas muestran una mutación positiva, el diagnóstico genético no cambiará el tratamiento o el pronóstico.

—Lo comprendo.

—Bien. Necesito un poco de información sobre su familia, Alice. ¿Sus padres viven todavía?

—No. Mi madre murió en un accidente de coche a la edad de cuarenta y un años, y mi padre murió el año pasado a los setenta y uno debido a un fallo hepático.

—¿Qué tal era su memoria? ¿Alguno de los dos mostró signos de demencia o cambio de personalidad?

—Mi madre estaba perfectamente sana. Mi padre era alcohólico desde hacía mucho tiempo. Siempre fue un hombre tranquilo, pero a medida que envejecía se volvió extremadamente volátil. Era imposible mantener una conversación coherente con él. En sus últimos años no creo que fuera capaz de reconocerme siquiera.

—¿Nunca lo llevó a un neurólogo?

—No. Supuse que todo era a causa de la bebida.

—¿Cuándo diría que empezaron esos cambios?

—Alrededor de los cincuenta.

—Se emborrachaba todos los días —añadió John—. Murió de cirrosis, no de Alzheimer.

Alice y Stephanie hicieron una pausa antes de pasar a otro tema, y aceptaron de mutuo acuerdo y en silencio dejar que él pensara lo que quisiera.

—¿Tiene hermanos o hermanas?

—Mi única hermana murió a los dieciséis años en el mismo accidente que mi madre. No tuve hermanos.

—¿Tías, tíos, primos, abuelos?

Alice le explicó su incompleto conocimiento sobre la salud y las defunciones de sus abuelos y otros parientes.

—De acuerdo. Si no hay más preguntas, una enfermera le extraerá un poco de sangre. La secuenciaremos y tendremos los resultados dentro de un par de semanas.

Alice miraba por la ventanilla mientras conducían por Storrow Drive. Fuera hacía mucho frío y ya había oscurecido a pesar de ser sólo las cinco y media. A lo largo de las riberas del río Charles nadie se atrevía a desafiar a los elementos. No se veía ni rastro de vida y John llevaba el estéreo apagado. Nada la distraía de pensar en su ADN dañado y en su tejido cerebral necrótico.

—El análisis será negativo, Ali.

—Eso no cambiará nada. No significará necesariamente que no tenga Alzheimer.

—Técnicamente, no. Pero nos permitirá pensar que se trata de otra cosa.

—¿Como qué? Tú mismo has hablado con el doctor Davis. Ya me ha hecho pruebas para todas las causas de demencia que puedas imaginar.

—Mira, creo que te precipitaste yendo a ver a un neurólogo. Miró tu cuadro de síntomas y vio Alzheimer porque está entrenado para ver precisamente eso, no porque tenga razón. ¿Te acuerdas de cuando te lastimaste la rodilla el año pasado? Si hubieras ido a un cirujano ortopédico, habría visto un ligamento roto o un cartílago desgastado, y habría querido operarte. Siendo cirujano, la solución para él es la cirugía. Pero dejaste de correr un par de semanas, descansaste, tomaste ibuprofeno y te recuperaste muy bien.

»Creo que estás exhausta y estresada, creo que los cambios hormonales de la menopausia están provocando un caos en tu fisiología y creo que estás deprimida. Podemos manejar todo eso, Ali, sólo tenemos que afrontar los problemas uno a uno.

Sonaba bien. No era normal que alguien de su edad tuviera la enfermedad de Alzheimer. Estaba exhausta y menopáusica, y puede que incluso deprimida. Eso explicaría por qué no se reveló con más fuerza contra el diagnóstico, por qué no peleó con uñas y dientes contra la mera sugerencia de un destino así. No era propio de ella, desde luego. Quizás estaba exhausta, menopáusica, deprimida y también estresada. Quizá no tenía la enfermedad de Alzheimer.

Jueves:
7.00 - Tomar las medicinas de la mañana ✓
Repasar el comentario sobre Psiconomía ✓

11.00 - Reunión con Dan en mi despacho ✓
12.00 - Comida del seminario, aula 700 ✓
*15.00 - Cita con la consejera genética (John tiene
la información)*
20.00 - Tomar las medicinas de la tarde

Cuando entraron en la consulta, Stephanie estaba sentada tras su mesa de despacho, pero esta vez no sonreía.

—Antes de comentar los resultados de las pruebas, ¿hay algo que quieran aportar a lo que repasamos en la última visita? —preguntó.

—No —aseguró Alice.

—¿Sigue queriendo saber los resultados?

—Sí.

—Lamento tener que decírselo, Alice, pero ha dado positivo en la mutación del gen PS1.

Bien, ahí estaba. La prueba definitiva. Sin ambages, azúcar, sal o sustitutivos. Y tenía que apurarla hasta las heces. Podía tomar un cóctel de estrógenos, Xanax y Prozac, y pasarse los próximos seis meses durmiendo doce horas al día en el rancho Canyon, pero eso no cambiaría nada. Tenía la enfermedad de Alzheimer. Quería mirar a John, pero no podía mover la cabeza.

—Por lo que sabemos, esta mutación es autosomal dominante y se asocia con cierto desarrollo del Alzheimer, así que el resultado concuerda con el diagnóstico que ya tenían.

—¿Cuál es el porcentaje de error del laboratorio? ¿De qué laboratorio se trata? —preguntó John.

—El laboratorio es Diagnósticos Athena, y tienen más del noventa por ciento de acierto en la detección de esta mutación.

—John, ha dado positivo —reconoció Alice.

Por fin pudo mirarlo directamente. Su rostro, normalmente anguloso y determinado, ahora le parecía fofo y extraño.

—Lo siento. Sé que esperaban que las pruebas rebatieran el diagnóstico, pero...

—¿Qué repercusiones puede tener en nuestros hijos? —se interesó Alice.

—Sí, ése es un tema importante. ¿Qué edad tienen?

—Todos están en la veintena.

—Entonces, no sería lógico que presentaran algún síntoma. Cada uno de sus hijos tiene un cincuenta por ciento de posibilidades de heredar la enfermedad. Se pueden hacer una prueba genética presintomática, pero hay mucho que considerar. ¿Querrían ellos saber algo así? ¿Cómo afectaría a sus vidas? Y si uno de ellos da positivo y el otro negativo, ¿cómo afectaría a la relación entre ellos? ¿Conocen siquiera su diagnóstico, Alice?

—No.

—Quizá debería pensar en decírselo lo más pronto posible. Sé que es muy duro explicárselo de golpe, sobre todo cuando ustedes todavía tienen que asimilarlo. Con una enfermedad progresiva como ésta, puede que haya pensado retrasarlo lo máximo posible, pero también es posible que cuando se decida no esté en las mejores condiciones de hacerlo. ¿O acaso ha pensado que lo haga John?

—No; se lo diremos los dos —afirmó Alice.

—¿Alguno de sus hijos tiene hijos?

«Anna y Charlie.»

—Todavía no.

—Si están planeando tenerlos, éste puede ser un dato muy importante para ellos. Aquí tienen información que he compilado yo misma, pueden dársela si quieren. Tengan también mi tarjeta y la de un terapeuta maravilloso especializado en hablar con las familias que ya se han hecho las pruebas genéticas y tienen un diagnóstico. ¿Alguna otra pregunta?

—No, ahora mismo no se me ocurre nada.

—Siento no haberles podido dar el resultado que esperaban.

—Yo también.

Ninguno de los dos habló. Fueron hasta el coche, John pagó el aparcamiento y se dirigieron hacia Storrow Drive en silencio. Por segunda semana consecutiva las temperaturas habían caído bajo cero debido a un viento helado. Los practicantes de *footing* se veían obligados a quedarse en casa y correr sobre cintas mecánicas, o simplemente esperar un tiempo más favorable. Alice odiaba las cintas para correr. Se sentó en el asiento del pasajero y esperó que John dijera algo, pero no lo hizo. Lloró durante todo el trayecto a casa.

Marzo de 2004

Alice abrió la tapa correspondiente al lunes de su expendedor semanal de píldoras y vertió las siete pequeñas tabletas en el hueco de la mano. John iba a entrar en la cocina, pero al ver lo que tenía en la mano giró sobre los talones y se alejó como si hubiera sorprendido a su madre desnuda. Se negaba a mirar cómo su esposa tomaba las medicinas. Podía encontrarse en medio de una conversación, incluso a mitad de una palabra, pero en cuanto ella sacaba las píldoras, se apartaba apresuradamente. Fin de la conversación.

Ella las tragó con tres sorbos de té tan caliente que casi le abrasó la garganta. La experiencia tampoco era un placer para Alice. Se sentó frente a la mesa de la cocina, soplando el té y escuchando los pasos de John en el dormitorio.

—¿Qué estás buscando? —gritó.

—Nada.

Sus gafas, seguro. En el mes transcurrido desde que visitaran a la consejera genética, había dejado de pedirle ayuda para encontrar las gafas o las llaves, aunque Alice supiera que estaba buscándolas.

Entró en la cocina con pasos rápidos e impacientes.

—¿Puedo ayudarte en algo? —preguntó ella.

—No. Estoy bien.

Ella se preguntó por la fuente de su reciente y tozuda independencia. ¿Intentaba ahorrarle la carga mental de rastrear sus objetos perdidos? ¿Estaba practicando para un futuro sin ella? ¿Se sentía demasiado avergonzado para pedirle ayuda a una enferma de Alzheimer? Sorbió lentamente su té, absorta en la pintura de una manzana y una pera que colgaba de la pared desde hacía una década, y oyendo cómo él revisaba el correo en la encimera tras ella.

John pasó por su lado en dirección al recibidor. Oyó cómo abría y cerraba la puerta y los cajones del armario.

—¿Estás lista? —dijo.

Ella terminó el té y se reunió con él en el recibidor. Ya se había puesto el abrigo, llevaba las gafas en equilibrio sobre su alborotado cabello y tenía las llaves en la mano.

—Sí —respondió Alice. Y lo siguió al exterior.

El principio de la primavera en Cambridge era una fea mentira en la que no se podía confiar. Todavía no se veían yemas nuevas en las ramas de los árboles, ni tulipanes lo bastante valientes o estúpidos para emerger a través de la capa de nieve congelada, ni animales que lanzaran al aire sus llamadas de apareamiento. Las calles seguían siendo estrechas a causa de los montículos de nieve sucia. Lo poco que se fundía durante la relativa calidez del mediodía volvía a congelarse cuando la temperatura caía en picado por la tarde, convirtiendo los senderos de los parques de Harvard y las aceras en traicioneros carriles de hielo sucio. La fecha del calendario sólo conseguía que todo el mundo se sintiera engañado, consciente de que la primavera astronómica había llegado y de que, en muchos lugares, la gente podía llevar camisetas de manga corta y despertarse con el canto de los petirrojos. Pero el frío no mostraba signos de aflojar, y los únicos pájaros que Alice podía escuchar mientras caminaba por el campus eran los cuervos.

John se había mostrado de acuerdo en que fueran juntos a Harvard cada mañana. Ella le había dicho que no quería arriesgarse a perderse otra vez. La verdad es que sólo quería volver a pasar tiempo a su lado, reavivar su vieja tradición matinal. Por desgracia, habiendo juzgado que el riesgo de ser arrollados por un coche era menor que el de resbalar y caerse en las heladas aceras, caminaban en fila india. Y no hablaban.

Un poco de grava se había colado en su bota derecha. Se debatió entre detenerse para vaciarla o esperar a llegar a Jerri's. Para vaciarla, tendría que mantener el equilibrio en plena calle sobre un solo pie y exponer el otro al aire helado, así que decidió soportar aquella incomodidad las dos manzanas que restaban.

Situado en la avenida Massachusetts, a medio camino entre Porter y la plaza Harvard, Jerri's se había convertido en toda una institución de Cambridge gracias a su café fuerte, nada descafeinado, mucho antes de la invasión de los Starbucks. Su menú de café, té, pastas diversas y bocadillos, escrito con tiza en un tablón situado tras el mostrador, era el mismo desde los tiempos de estudiante de Alice. Sólo los precios mostraban cambios recientes: podía apreciarse el contorno de polvo de tiza con forma de borrador, y estaban escritos con una caligrafía distinta de la columna situada a la izquierda. Alice estudió perpleja el tablón.

—Buenos días, Jess. Un café y un bollo de canela —saludó John.

—Lo mismo para mí —pidió Alice.

—A ti no te gusta el café —le advirtió John.

—Sí me gusta.

—No, no te gusta. Ponle un té con limón, Jess.

—Quiero un café y un bollo.

Jess miró a John para ver si tenía algo que añadir, pero el partido había terminado.

—De acuerdo, dos cafés y dos bollos.

Una vez fuera, Alice dio un sorbo a su bebida. El sabor era acre, desagradable, y no reflejaba su delicioso olor.

—¿Cómo está tu café? —preguntó John.

—De primera.

Mientras caminaban por el campus, Alice se tragó el café, odiaba escupirlo. Ojalá estuviera ya en su despacho para poder tirar el resto de aquel horrible bebedizo. Además, ansiaba desesperadamente sacarse la grava de la bota.

Sin botas y con el café ya en la papelera, revisó su correo electrónico y abrió un e-mail de Anna.

Hola, mamá:

Nos gustaría cenar con vosotros, pero esta semana va a ser un poco difícil debido al juicio de Charlie. ¿Qué tal la semana que viene? ¿Qué día os va bien a papá y a ti? Nosotros estamos libres excepto el martes y el viernes.

ANNA

Se quedó contemplando el parpadeante y burlón cursor de la pantalla e intentó pensar en la réplica. Expresar sus pensamientos mediante la voz, una pluma o un teclado le exigía a menudo un esfuerzo consciente y mucha calma. Y tenía poca confianza en deletrear acertadamente las palabras, algo por lo que hacía mucho que recibía alabanzas, y ganaba estrellas doradas y felicitaciones de los profesores.

Sonó el teléfono.

—Hola, mamá.

—Oh, hola. Estaba a punto de contestar tu e-mail.

—No te he enviado ningún e-mail.

Insegura, Alice volvió a leer el mensaje en su pantalla.

—Acabo de leerlo. Charlie tiene un juicio y...

—Mamá, soy Lydia.

—¡Oh! ¿Qué haces levantada tan temprano?

—Siempre me levanto temprano. Anoche quise llamaros, pero era demasiado tarde para vosotros. He conseguido un papel increíble en una obra titulada *Memoria del agua*. Tenemos un director estupendo y en mayo ofreceremos seis representaciones. Creo que saldrá muy bien y con ese director conseguiremos mucha publicidad. Esperaba que papá y tú pudierais venir a verme.

La inflexión en el tono de Lydia y el silencio siguiente sirvieron de pista a Alice para saber que era su turno de hablar, pero todavía intentaba comprender todo lo que había dicho su hija. Las conversaciones telefónicas, sin ayuda de pistas visuales directas, a menudo la confundían. Las frases atropelladas o los cambios bruscos de tema eran dificultades que no podía anticipar ni seguir, y su comprensión mermaba considerablemente. La escritura también presentaba sus propios problemas, pero mientras no sintiera la presión de tener que dar una respuesta en tiempo real, podía mantenerlos ocultos.

—Si no quieres venir, sólo tienes que decirlo —sugirió Lydia.

—No, sí quiero, pero...

—O si estás demasiado ocupada o lo que sea. Sabía que tenía que haber llamado a papá.

—Lydia...

—No importa. Tengo que colgar.

Y colgó. Alice había estado a punto de decirle que necesitaba consultarlo con John, que si él podía tomarse un par de días libres en el laboratorio, a ella le encantaría ir; pero, sin el apoyo de John, no se atrevía a cruzar todo el país en avión, así que tendría que buscar alguna excusa. Últimamente evitaba viajar, temerosa de encontrarse confusa o perdida lejos de casa. Hacía poco había declinado una invitación para dictar una conferencia sobre lingüística en la Universidad de Duke, y había tirado a la basura el material recopilado para la conferencia sobre lenguaje que daba cada año desde que se licenciara. Quería ver la obra de Lydia, pero esta vez su asistencia estaba condicionada a la disponibilidad de John.

Se quedó contemplando el auricular, pensando en devolverle la llamada a Lydia. Al final se lo pensó mejor y también colgó. Cerró el documento abierto para responder el e-mail de Anna y abrió otro para Lydia. Miró el parpadeante cursor con los dedos congelados sobre el teclado. La pila de su cerebro parecía estar medio descargada.

«Vamos», se apremió, deseando poder conectar un par de cables a su cabeza y recibir una fuerte descarga. No tenía tiempo para el Alzheimer, tenía que responder unos cuantos mensajes electrónicos, rellenar la propuesta de una beca, dar una clase y asistir a un seminario. Y correr un poco al final del día. Quizás el ejercicio le diera algo de la claridad que tanto necesitaba.

Alice se metió un trozo de papel con su nombre, dirección y número de teléfono dentro de un calcetín. Lógicamente, si llegaba a sentirse lo bastante confusa como para no recordar el camino de vuelta a casa, era posible que tampoco recordara que llevaba esa utilísima información encima, pero aun así la consideraba una precaución útil.

Correr resultaba cada día menos eficaz para aclararle la mente. De hecho, cuando corría le parecía estar persiguiendo físicamente las respuestas a una interminable corriente de elusivas preguntas. Y no importaba lo mucho que acelerase, nunca podía alcanzarlas.

«¿Qué debería hacer?» Tomaba sus medicinas, dormía de seis a siete horas diarias y se aferraba a la cotidianeidad del día a día en Harvard, pero se sentía como un fraude. Era consciente de que ir a trabajar como si todo fuera normal y fuese a seguir así eternamente, haciéndose pasar por una profesora de Harvard sin una enfermedad progresiva, degenerativa, era engañar a sus colegas y alumnos.

En la vida de un profesor universitario no existen primas por rendimiento, ni responsabilidades que cumplir día a día necesariamente. No tenía libros de cuentas que cuadrar, un número determinado de chismes que fabricar o de informes que entregar. Disponía de cierto margen de error, pero ¿cuánto? Podía llegar un momento en que su funcionamiento se deteriorase hasta tal punto que los demás lo notaran y no lo toleraran. Y quería dejar Harvard antes de que eso ocurriera, antes de que llegasen las habladurías y la pena, pero no tenía forma de saber cuándo sucedería.

Aunque la idea de permanecer en su puesto demasiado tiempo la aterrorizaba, abandonar Harvard la aterrorizaba mucho, mucho más. ¿Qué sería si no podía ser profesora de Psicología en Harvard?

¿Debía intentar pasar tanto tiempo como le fuera posible con John y con sus hijos? ¿Y qué significaba eso en la práctica? ¿Sentarse junto a Anna mientras ella escribía a máquina sus informes? ¿Acompañar a Tom en sus rondas hospitalarias? ¿Observar a Lydia mientras recibía clases de interpretación? ¿Cómo iba a decirles que tenían un cincuenta por ciento de posibilidades de que les ocurriera lo mismo que a ella? ¿Y si la culpaban y la odiaban, igual que ella culpaba y odiaba a su padre?

Además, era demasiado pronto para que John se retirase. Siendo realistas, ¿cuánto tiempo de excedencia podía tomarse sin acabar con su propia carrera? ¿Cuánto tiempo le quedaba a ella? ¿Dos años? ¿Veinte?

Aunque el Alzheimer tendía a progresar más rápidamente en los casos tempranos que en los tardíos, las personas que padecían la versión temprana solían vivir con la enfermedad muchos más años, ya que la enfermedad mental atacaba cuerpos relativamente jóvenes y saludables. Y ella tendría que recorrer todo el camino hasta el definitivo y brutal final. Sería incapaz de alimentarse sola, de hablar, de reconocer a John y a sus hijos. Se acurrucaría en posición fetal y se olvidaría de cómo tragar, y al final desarrollaría una neumonía. Y John, Anna, Tom y Lydia estarían de acuerdo en no tratarla con antibióticos, sintiéndose culpables pero agradecidos de que por fin sucediera algo que pusiera fin a su inútil vida.

Se inclinó y vomitó la lasaña que había comido poco antes. Todavía faltaban varias semanas para que la nieve se fundiera lo bastante como para arrastrarla.

Alice sabía exactamente dónde se encontraba. Iba camino a casa y en ese momento estaba frente a la iglesia episcopaliana de Todos los Santos, a pocas manzanas de su hogar. Sí, sabía exactamente dónde se encontraba, pero nunca se había sentido más perdida en su vida. Las campanas de la iglesia empezaron a repicar con un tono que le recordaba al reloj de sus abuelos. Giró el redondo pomo de hierro de la puerta roja y, siguiendo su impulso, penetró en el interior.

Se sintió aliviada al descubrir que la iglesia estaba vacía, porque no había elaborado ninguna excusa sobre el motivo de su entrada. Su madre era judía, pero su padre había insistido en que Anne y ella fueran educadas como católicas. Cuando de niñas asistían a misa cada domingo, se confesaban y comulgaban, incluso llegaron a recibir la confirmación. Pero, como su madre no participaba en nada de todo aquello, Alice empezó a cuestionarse la validez de aquellas creencias a muy corta edad. Sin una respuesta satisfactoria por parte de su padre o de la Iglesia católica, nunca desarrolló una verdadera fe.

La luz de la calle se filtraba a través de las ventanas góticas de vidrios pintados y le proporcionaba suficiente iluminación para ver todo el interior de la iglesia. En todas las ventanas Jesucristo, vestido con una túnica blanca y roja, estaba representado como un pastor o un sanador que realizaba un milagro. Una pancarta a la derecha del altar proclamaba: «Dios es nuestro refugio y nuestra fuerza, una ayuda muy presente cuando tenemos problemas.»

Ella no podía tener más problemas y estaba dispuesta a pedir toda la ayuda del mundo. Pero sentía que no la merecía, que era una intrusa, una infiel. ¿Quién era ella para pedirle ayuda a un Dios en el que no estaba segura de creer, en una iglesia que jamás había visitado?

Cerró los ojos y escuchó las tranquilas oleadas del distante tráfico e intentó ser abierta de mente. No supo cuánto tiempo permaneció sentada en el banco forrado de terciopelo en aquella fría y oscura iglesia, esperando una respuesta. Una respuesta que no llegó. Esperó un rato más, deseando que un sacerdote o un feligrés entrase y le preguntase por qué estaba allí. Ahora ya tenía una explicación que dar. Pero no apareció nadie.

Pensó en las tarjetas profesionales del doctor Davis y Stephanie Aaron. Quizá debiera hablar con un asistente social o un terapeuta, quizás ellos podrían ayudarla. Entonces, con una lucidez tan simple como total, le llegó la respuesta. Tenía que hablar con John.

El ataque que recibió en cuanto entró por la puerta de casa la desarmó.

—¿Dónde has estado? —preguntó John.

—He salido a correr un poco.

—¿Has estado corriendo todo este rato?

—También entré en una iglesia.

—¿Una iglesia? No me lo trago, Alice. No te gusta el café ni vas a la iglesia.

Ella pudo oler el alcohol en su aliento.

—Bueno, pues hoy sí he ido.

—Se suponía que íbamos a cenar con Bob y Sarah. Tuve que llamar y anular la cita. ¿No te has acordado?

Cenar con sus amigos Bob y Sarah. Lo tenía anotado.

—Me olvidé. Tengo Alzheimer.

—No sabía dónde estabas o si te habías perdido. Tienes que llevar el teléfono móvil siempre que salgas de casa.

—No puedo llevarlo encima cuando corro. El chándal no tiene bolsillos.

—Pues pégatelo a la cabeza con cinta adhesiva, no me importa. No pienso pasar por lo mismo cada vez que te olvides de algo.

Ella lo siguió hasta el salón. John se sentó en el sofá sosteniendo su bebida en la mano, sin mirar directamente a su mujer. Las gotas de sudor de su frente eran similares a las de su vaso de whisky. Ella dudó, pero terminó por sentarse en su regazo y abrazarlo tan estrechamente, con su oreja contra la de él, que sus manos tocaron sus propios codos.

—Siento mucho tener Alzheimer. No soporto la idea de que mi enfermedad irá empeorando cada vez más, no soporto la idea de que algún día te miraré, miraré ese rostro que tanto amo, y no sabré quién eres.

Con el dedo índice trazó el contorno de su mandíbula y su mentón, de las arruguitas provocadas por la risa, tan escasa últimamente. Le secó el sudor de la frente y las lágrimas de los ojos.

—Cuando pienso todo eso apenas puedo respirar, pero tenemos que hacerlo. No sé cuánto tiempo seguiré reconociéndote. Tenemos que hablar sobre lo que me va a pasar.

Él recuperó su vaso y lo vació de un sorbo, y siguió sorbiendo un poco más las gotas que desprendía el hielo. Después la miró con un pesar tan temeroso y profundo en sus ojos como ella jamás le había visto.

—No sé si voy a poder.

Abril de 2004

Por inteligentes que fueran, no podían trazar un plan definitivo a largo plazo. Desconocían demasiados detalles y la ecuación contenía demasiadas X, entre ellas la más crucial: «¿Cuán rápido se desarrollará el proceso?» Seis años antes se habían tomado un año sabático para escribir *De las moléculas a la mente*, por lo que todavía faltaba un año para poder pedir otro. ¿Resistiría tanto? De momento habían decidido que ella terminara el semestre, que evitase viajar siempre que fuera posible y que pasarían todo el verano en Cape Cod. No se atrevían a hacer planes más allá de agosto.

Y estuvieron de acuerdo en no decírselo a nadie, excepto a sus hijos. Esa inevitable revelación, la conversación que más temían, la tendrían aquella mañana entre panecillos, ensalada de frutas, *frittata*, mimosas y huevos de chocolate.

La familia no se reunía por Pascua desde hacía años. A veces, Anna pasaba esa semana en Pensilvania, con la familia de Charlie; Lydia se había quedado en Los Ángeles varios años seguidos y, antes de eso, en algún lugar de Europa; y, unos cuantos años antes, John había ido a

Boulder para dictar una conferencia. Les costó un poco convencer a Lydia de que aquel año fuera a casa, ya que se encontraba en plenos preparativos de su obra y aseguraba que no podía interrumpir los ensayos, pero John la convenció de que se tomase un par de días de descanso y añadió que él le pagaría el viaje.

Anna rechazó una mimosa y un bloody-mary, y en su lugar se tragó los huevos de caramelo que devoró como si fueran palomitas de maíz. Pero, antes de que alguien pudiera albergar sospechas de que estaba embarazada, se lanzó a explicar los detalles de su inmediata inseminación intrauterina.

—Fuimos a ver a un especialista en fertilidad del Bringham, pero no sacamos nada en claro. Mis óvulos son fértiles y ovulo regularmente cada mes, y el esperma de Charlie es viable.

—Anna, cariño, no creo que les interese mucho que hablemos de mi esperma —interrumpió él.

—¿Por qué? Todo es cierto y por eso resulta tan frustrante. Incluso he intentado la acupuntura, y nada... excepto que me han desaparecido las migrañas. Por lo menos, ahora sabemos que soy capaz de quedarme embarazada. El martes empecé con las inyecciones de hormonas folículo-estimulantes, y la semana que viene me inyectaré algo que hará desprender el óvulo; entonces lo inseminarán con el esperma de Charlie.

—Anna... —susurró éste.

—¿Qué? Van a hacerlo, ¿no? Así que espero quedarme embarazada la semana que viene.

Alice se forzó a exhibir una sonrisa de apoyo, encerrando su temor tras los dientes apretados. Los síntomas del Alzheimer no se manifestaban hasta que terminaban los años reproductivos, después de que el gen deformado ya se hubiera transmitido a la siguiente generación. ¿Y si ella hubiera sabido antes que portaba ese gen, ese destino, en todas y cada una de las células de su cuerpo? ¿Habría concebido igualmente a sus hijos o habría tomado precauciones para impedir los embarazos? ¿Se habría arriesgado a una meiosis azarosa? Sus ojos ámbar, la nariz aquilina de John y su presenilina-1. Ahora, por supuesto, no podía imaginarse la vida sin ellos. Pero antes de haberlos tenido, antes de experimentar aquel visceral y anteriormente inconcebible amor que venía con ellos, ¿habría decidido que sería mejor para todos no tenerlos? ¿Lo haría Anna?

Tom entró en el salón pidiendo disculpas por llegar tarde y sin su novia más reciente. Mejor. Aquello debía ser exclusivamente una reunión de familia; además, Alice no se acordaba del nombre de la chica. Él trazó una curva para dirigirse hacia el comedor, visiblemente preocupado haberse quedado sin comida, y volvió al salón con una sonrisa en el rostro y un plato con un poco de todo. Se sentó en el sofá junto a Lydia, que con el guión de la obra de teatro en la mano y los ojos cerrados, musitaba silenciosamente su papel. Bien, ya estaban todos. Había llegado la hora.

—Vuestro padre y yo tenemos algo importante que comunicaros, y hemos querido esperar a estar todos juntos. —Miró a John, que asintió y le apretó la mano—. Desde hace algún tiempo vengo experimentando algunos problemas de memoria, y en enero me diagnosticaron la enfermedad temprana de Alzheimer.

El tictac del reloj, en la repisa de la chimenea, resonó en todo el salón como si alguien le hubiera subido el volumen, igual que cuando la casa estaba vacía. Tom se quedó inmóvil con un bocado de *frittata* a medio camino de su boca. Alice tendría que haberle dado tiempo para que comiese.

—¿Estáis seguros de que es Alzheimer? ¿Habéis pedido una segunda opinión? —preguntó Tom.

—Se ha hecho un análisis genético —apuntó John—. Tiene una mutación en su presenilina-1.

—¿Es autosomal dominante? —insistió Tom.

—Sí —respondió, y con la mirada añadió algo más.

—¿Qué significa eso? —preguntó Anna—. ¿Qué ha querido decir, papá?

—Significa que nosotros tenemos un cincuenta por ciento de posibilidades de desarrollar la enfermedad de Alzheimer —sentenció Tom.

—¿Y mi bebé?

—Ni siquiera estás preñada —protestó Lydia.

—Anna... si tienes la mutación, hay que aplicar a tus hijos la misma regla. Cada uno de ellos tendrá un cincuenta por ciento de posibilidades de heredar el gen —explicó Alice.

—Entonces, ¿qué debemos hacer? ¿Someternos a una prueba? —quiso saber Anna.

—Deberíais.

—Oh, Dios mío. ¿Y si tengo esa mutación? Mi hijo podría heredarla —se quejó Anna.

—Probablemente, para cuando tus hijos la necesiten, ya existirá una cura —dijo Tom.

—Pero no para nosotros, ¿es eso lo que quieres decir? ¿Que mis hijos podrán curarse, pero que yo seré una zombi descerebrada?

—¡Anna, ya basta! —cortó John.

Alice apretó los dientes con el rostro enrojecido. Una década atrás hubiera enviado a su hija a su cuarto. En vez de eso, le dio un suave apretón en la mano y unos golpecitos cariñosos en la pierna. En eso, como en tantas otras cosas, se sentía impotente.

—Lo siento —susurró Anna.

—Cuando tengas mi edad, es muy probable que ya exista un tratamiento preventivo. Ésa es una de las razones por las que conviene saber si tienes la mutación. Si la tienes, podrás medicarte mucho antes de que aparezcan los síntomas y, con suerte, nunca padecerás la enfermedad —explicó Alice.

—¿Qué tipo de tratamiento tienen para ti, mamá? —preguntó Lydia.

—Bueno, estoy tomando vitaminas antioxidantes, algo contra el colesterol y dos neurotransmisores.

—¿Y eso impedirá que los síntomas de la enfermedad empeoren?

—Quizá... durante cierto tiempo. En realidad no están seguros.

—¿Y los experimentos clínicos? —intervino Tom.

—Estamos en ello —respondió John.

Era cierto. John había empezado a contactar con médicos clínicos y científicos de Boston que investigaban la etiología molecular del Alzheimer y estudiaban nuevas terapias en diversos proyectos clínicos. John era un biólogo especializado en cáncer celular, no un neurocientífico, pero tampoco le costaba demasiado comprender el comportamiento de frenéticas moléculas criminales capaces de expandirse por el cerebro. Todos hablaban el mismo lenguaje, receptores, fosforilación, regulación transcripcional, cubiertas de clatrina, secreciones... Como le ocurriría al miembro del club más exclusivo del mundo, pertenecer a Harvard le otorgaba credibilidad instantánea y acceso a los mejores y más reputados investigadores de la enfermedad de Alzheimer de la comunidad de Boston. Si existía un tratamiento mejor —o la posibilidad de que pronto pudiera existir—, John lo encontraría.

—Pero, mamá, tienes un aspecto estupendo. Seguro que lo han detectado en sus inicios, nadie diría que estás enferma —apuntó Tom.

—Lo sabía —cortó Lydia—. No que fuera Alzheimer exactamente, pero sabía que algo iba mal.

—¿Por qué lo dices? —preguntó Anna.

—Porque a veces, cuando hablábamos por teléfono, decía cosas sin sentido o se repetía mucho, o no recordaba algo que había dicho hacía cinco minutos. Y las Navidades pasadas no se acordó de cómo hacer el pudin.

—¿Cuánto hace que notaste algo raro? —dijo John.

—Por lo menos hace un año.

Ni siquiera Alice podía rastrear los síntomas tanto tiempo atrás, pero creyó a su hija. Y sintió la humillación de John.

—Quiero saber si tengo esa mutación —aseguró Anna—. Quiero hacerme esa prueba. ¿Y vosotros? ¿Os la haréis también?

—Para mí, vivir con la ansiedad de no saberlo es peor que estar seguro... aunque tenga la mutación —aseguró Tom.

Lydia cerró los ojos. Los demás esperaron. Alice jugueteó con la absurda idea de que estaba repasando su papel en la obra de teatro o que se había dormido en plena conversación. Tras un largo e incómodo silencio, la joven abrió los ojos para responder:

—Yo no quiero saberlo.

Lydia siempre era distinta a los demás.

Todo estaba extrañamente tranquilo en el edificio William James. La habitual cháchara de los estudiantes por los pasillos —preguntando, discutiendo, bromeando, quejándose, presumiendo, flirteando— había desaparecido. Las vacaciones de primavera precipitaban el repentino secuestro de alumnos de todo el campus en los dormitorios y los cubículos de las bibliotecas, pero no empezaban hasta la próxima semana. Algunos estudiantes de Psicología Cognitiva tenían cita para pasar todo el día observando los estudios funcionales de las resonancias magnéticas en Charlestown. Quizás era hoy.

Cualquiera que fuera la razón, Alice agradeció la oportunidad de dar salida a un montón de trabajo sin verse interrumpida por nada ni nadie. Había optado por no detenerse en Jerri's de camino a su despacho, pero ahora deseó haberlo hecho. Ahora le iría bien la teína. Leyó los artículos del *Linguistics Journal* del mes, preparó las preguntas del examen final de su clase de Motivación y Emoción, y respondió todos los mensajes electrónicos acumulados. Y todo sin que el teléfono sonase o llamaran a la puerta.

Estuvo en casa antes de darse cuenta siquiera de que tampoco esta vez había hecho una parada en Jerri's. Y seguía queriendo su té. Fue a la cocina y puso la tetera sobre el fogón. El reloj del microondas marcaba las 4.22.

Miró por la ventana, pero sólo vio oscuridad y su reflejo en el cristal. Llevaba puesto el pijama.

Hola, mamá:

La fecundación in vitro no ha funcionado, no estoy embarazada. No estoy tan decepcionada como preveía (y Charlie parece casi aliviado). Espero que mi otra prueba también salga negativa. Tenemos cita para mañana. Tom y yo pasaremos a veros cuando salgamos de la consulta para que papá y tú sepáis los resultados.

Con cariño,

ANNA

Cuando sus hijos tardaban una hora más de lo que Alice había calculado, la posibilidad de que las pruebas resultasen negativas en ambos habían descendido a remota. Si ambas resultaban negativas, la consulta habría sido rápida: «Ambos estáis bien, chicos. Ya podéis marcharos.» Quizá Stephanie había llegado tarde a la consulta, quizás Anna y Tom habían tenido que esperar más tiempo del que Alice tenía previsto...

La posibilidad cayó de remota a infinitesimal cuando por fin llegaron a casa. Si los resultados de ambos fueran negativos, habrían irrumpido jubilosos, mostrando alegría en sus rostros. En cambio, mientras entraban en el salón, era obvio que intentaban ocultar la información, alargando tanto como les era posible esos momentos preciosos de «nuestra vida antes de que nos pasara esto», esos momentos preciosos hasta que soltaran la horrible información que tan obviamente portaban.

Se sentaron en el sofá: Tom a la izquierda y Anna a la derecha, como solían hacerlo en el asiento trasero del coche cuando eran niños. Tom era zurdo y le gustaba la ventanilla, y a Anna no le importaba ir en medio. Ahora se sentaron más juntos de lo que lo hacían antes, y cuando Tom tomó la mano de su hermana, ella no gritó: «¡Mamá, Tommy me está tocando!»

—No tengo la mutación —anunció Tom.

—Pero yo sí —dijo Anna.

Cuando Tom nació, Alice se había sentido bendecida por tener la parejita, el ideal de todo matrimonio. Veintiséis años después, esa bendición se transformaba en una maldición. La fachada estoica y maternal de Alice se derrumbó y empezó a llorar.

—Lo lamento —susurró.

—No te preocupes, mamá. Como dijiste, seguro que pronto encontrarán un tratamiento preventivo —intentó consolarla Anna.

Cuando Alice lo pensó, mucho después, la ironía le pareció absoluta. En apariencia al menos, dio la impresión de que Anna era la más fuerte de las dos, la más capaz de consolar a la otra, y en aquel momento Alice no se sorprendió. De todos sus hijos, Anna era la más parecida a ella. Tenía su pelo, su tono de piel y su temperamento. Y la presenilina-1 de su madre.

—Pienso seguir adelante con la fecundación in vitro. Ya he hablado con mi médico y realizarán una prueba genética con el embrión antes de implantarlo. Buscarán la mutación en una célula de cada embrión y sólo me implantarán aquellos que no la tengan. Así estaremos seguros de que mis hijos no tendrán que pasar por esto.

Eran buenas noticias. Pero, mientras los demás las paladeaban satisfechos, el sabor le pareció a Alice ligeramente amargo. A pesar de su remordimiento envidiaba a Anna y envidiaba que pudiera conseguir lo que ella no había podido: mantener a sus hijos a salvo de aquella enfermedad. Anna nunca tendría que sentarse frente a su hijo o hija, su primogénito, y ver cómo luchaba por asimilar la noticia de que quizás, algún día, desarrollaría el Alzheimer. Ojalá esa clase de avances en el campo de la medicina reproductiva hubiera estado disponible para ella. Claro que, entonces, el embrión que se desarrolló para terminar convirtiéndose en Anna habría sido descartado.

Según Stephanie Aaron, Tom estaba bien, pero no lo

parecía. Se veía pálido, conmocionado, frágil. Alice había imaginado que un resultado negativo para cualquiera de ellos sería un gran alivio. Pero eran una familia, unida por la historia, el amor y el ADN, y Anna era su hermana mayor. Le había enseñado cómo masticar un chicle para hacer globos, y siempre le regalaba sus dulces de Navidad.

—¿Quién va a decírselo a Lydia? —preguntó Tom.

—Yo lo haré —respondió Anna.

Mayo de 2004

Al principio, Alice pensó en ir a echarle un vistazo la semana siguiente al diagnóstico, pero no lo hizo. Aunque su inevitable futuro estaba cada día más cerca, no tenía prisa por conocerlo, y las galletitas de la fortuna, los horóscopos, las cartas del tarot y los centros asistenciales no conseguían atraer su interés. Aquella mañana no sucedió nada de particular que alimentara su curiosidad o su valor para conocer de primera mano el Centro de Atención Mount Auburn, pero lo hizo.

El vestíbulo no contenía nada intimidante. La acuarela de un paisaje marino colgaba de la pared, una descolorida alfombra oriental se extendía por el suelo y una mujer con los ojos muy pintados, y el pelo corto y teñido de negro, estaba sentada tras una mesa orientada hacia la puerta de entrada. La sala bien podía tomarse por el vestíbulo de un hotel, pero el suave olor a medicina y la falta de equipajes, conserjes y clientes yendo y viniendo desmentían esa primera idea.

—¿En qué puedo ayudarla? —preguntó la mujer.

—Eh... sí. ¿Aquí atienden a pacientes de Alzheimer?

—Sí, tenemos un pabellón específicamente dedicado a los pacientes de Alzheimer. ¿Le gustaría visitarlo?

—Sí.

Siguió a la mujer hasta los ascensores.

—¿Tiene algún pariente afectado por la enfermedad?

—Así es.

Esperaron. Como la mayoría de la gente que transportaban, los ascensores eran viejos y lentos en responder.

—Un colgante precioso —comentó la mujer.

—Gracias.

Alice se llevó los dedos a la altura de su esternón y acarició las piedras azules incrustadas en alas de mariposa de su madre. Ésta solía ponérselo únicamente en sus cumpleaños y en las bodas, y, como ella, Alice también solía reservarlo para las ocasiones especiales. Pero en su calendario no había ocasiones especiales a la vista, y a ella le encantaba el colgante, así que se lo había puesto el mes anterior con unos vaqueros y una camiseta. Le pareció perfecto.

Además, a ella le gustaban las mariposas. Recordó cuando, con seis o siete años, había llorado amargamente por el destino de las mariposas tras descubrir que su vida apenas duraba unos días. Su madre la consoló y le dijo que el hecho de que sus vidas fueran cortas no significaba que fueran trágicas. Al verlas volar entre las margaritas, bajo el cálido sol, su madre le había dicho:

—¿Lo ves? Tienen una vida corta, pero maravillosa.

Salieron del ascensor en el tercer piso, recorrieron un largo y alfombrado pasillo y cruzaron una doble puerta. Entonces se detuvieron. La mujer señaló las puertas mientras se cerraban automáticamente tras ellas.

—La Unidad de Cuidados Especiales del Alzheimer es un recinto cerrado. Nadie puede trasponer estas puertas sin saber el código.

Alice contempló el teclado empotrado en la pared,

junto a la puerta. Los números estaban distribuidos regularmente de arriba a abajo pero en orden inverso, de derecha a izquierda.

—¿Por qué los números están ordenados al revés?

—Oh, para impedir que los residentes descubran y memoricen el código.

Le pareció una precaución innecesaria. Si fueran capaces de memorizar el código, probablemente no necesitarían estar en aquella sección, ¿verdad?

—No sé si su pariente ha experimentado ya estos síntomas, pero cuando se está afectado de Alzheimer vagar por la noche y cierta agitación nocturna son conductas muy frecuentes. Nuestra unidad permite que los residentes vayan adonde quieran y en el momento que quieran, pero a salvo y sin riesgo de perderse. No les damos tranquilizantes por la noche, ni los encerramos en las habitaciones. Intentamos concederles tanta libertad e independencia como sea posible. Sabemos que es importante para sus familias y para ellos.

Una pequeña mujer de cabello blanco, vestida con una bata rosa de estar por casa, se plantó frente a Alice.

—Tú no eres mi hija.

—No; lo siento. No lo soy.

—¡Devuélveme mi dinero!

—Ella no tiene tu dinero, Evelyn. Tu dinero está en tu habitación. Mira en el cajón de tu cómoda y lo verás. Creo que lo pusiste allí.

La mujer miró a Alice con recelo y disgusto, pero aceptó el consejo de la otra mujer y arrastró sus zapatillas de felpa de vuelta a su cuarto.

—Tiene un billete de veinte dólares y lo esconde porque tiene miedo de que se lo roben. Después, claro, olvida dónde lo ha guardado y acusa a todo el mundo de ha-

bérselo robado. Hemos intentado convencerla de que lo
ingrese en el banco, pero se niega. Llegará un momento en
que olvidará que lo tiene, y ahí terminará el problema.

Liberadas de la paranoia de Evelyn, siguieron hasta
una sala común situada al fondo del pasillo. Estaba llena
de ancianos que comían en mesas redondas. Al fijarse un
poco más, Alice descubrió que casi todos eran mujeres.

—¿Sólo hay tres hombres?

—Sólo dos de los treinta y dos residentes son hombres.
El tercero, Harold, viene cada día a comer con su mujer.

Quizás en una regresión a la tonta costumbre de la
infancia, los dos hombres se sentaban a la misma mesa,
apartados de las mujeres. Los espacios entre las mesas estaban llenos de andadores, y muchas pacientes se sentaban
en sillas de ruedas. La mayoría tenía el pelo blanco y los
ojos hundidos, ampliados por gafas de cristales gruesos,
y todas comían como a cámara lenta. No parecían rela-
cionarse entre sí, no hablaban, ni siquiera Harold y su esposa. El único sonido audible, dejando aparte los propios
del acto de comer, provenía de una mujer que canturreaba
mientras comía. Su aguja interna volvía una y otra vez a
la misma estrofa de la canción de Irving Berlin «Play a
Simple Melody»:

Won't you play a simple melody,
Like my mother sang to me?
One with good old-fashioned harmony.
Play a simple melody.

—Como ya habrá deducido, esta estancia es a la vez comedor y sala de actividades. Los residentes desayunan,
comen y cenan aquí, todos los días a la misma hora. Las
rutinas son importantes para ellos. Aquí realizan también

actividades como competiciones de bolos, gimnasia con esos saquitos que puede ver ahí, bailes y manualidades. Esta mañana han hecho unas adorables casitas para pájaros. Y les leemos el periódico todos los días para que se mantengan al corriente de los acontecimientos mundiales.

Won't you play a simple melody,
Like my mother sang to me?

—Nuestros residentes tienen muchas oportunidades de mantener sus cuerpos y sus mentes tan ocupados y ricos como sea posible.

One with good old-fashioned harmony.
Play a simple melody.

—Tanto la familia como los amigos son siempre bienvenidos y los animamos a participar en las actividades, así como a comer con sus seres queridos siempre que quieran.

Aparte de Harold, Alice no veía a ningún otro «ser querido». Ni esposos, ni esposas, ni hijos o nietos, ni amigos.

—También disponemos de personal médico especializado, capaz de proporcionar a nuestros residentes todos los cuidados especiales que necesiten.

Won't you play a simple melody,

—¿Algún residente tiene menos de sesenta años?
—No. Creo que el más joven tiene unos setenta. La media es de ochenta y dos. Es raro ver a un enfermo de Alzheimer menor de sesenta.

«Pues ahora mismo tiene una enfrente.»

Like my mother sang to me?

—¿Cuánto cuesta la estancia?
—Puedo darle unos folletos a la salida, pero desde enero cuesta unos doscientos ochenta dólares diarios.
Ella hizo cuentas mentalmente. Unos cien mil dólares al año. Y eso habría que multiplicarlo por cinco años, diez, veinte...
—¿Tiene alguna pregunta más?

Play a simple melody.

—No, gracias.
Siguió a su guía de vuelta a la doble puerta y vio cómo tecleaba el código.
0791925.
Aquél no era su sitio.

Era un día de lo más raro en Cambridge, uno de esos días míticos con los que sueñan los habitantes de Nueva Inglaterra, pero de cuya existencia dudan todos los años, un soleado día de primavera con una temperatura de veinte grados, un día de primavera con un cielo azul radiante, un día para no malgastarlo encerrado en un despacho. Sobre todo si tienes Alzheimer.
Se desvió un par de manzanas al sureste del Yard y llegó al Ben & Jerry con la aturdida emoción de una adolescente haciendo novillos.
—Un cucurucho triple de chocolate y mantequilla de cacahuete, por favor.

«Rayos, voy a necesitar mucho Lipitor.»

Llevando su enorme cucurucho como si fuera un Oscar, pagó con un billete de cinco dólares, dejó el cambio en el bote de «Propinas para la Universidad» y siguió camino hacia el río Charles.

Hacía muchos años que había descubierto el yogur helado, una alternativa supuestamente más saludable, y olvidado lo denso, cremoso y delicioso que era el helado. Mientras caminaba y lamía extática el helado, pensó en lo que acababa de ver en el Centro de Atención Mount Auburn. Necesitaba un plan mejor, uno que no incluyera jugar con Evelyn y unos saquitos en la Unidad de Cuidados Especiales del Alzheimer, uno con el que no le costara a John una fortuna mantener viva, sana y salva a una mujer que ya ni siquiera lo reconocía y que, en lo más fundamental, él tampoco reconocía. No quería llegar al punto en que los problemas emocionales y financieros fueran mayores que los beneficios de seguir viviendo en aquellas condiciones.

Estaba cometiendo errores, pero creía que su coeficiente de inteligencia seguía siendo ligeramente superior a la media. Y la gente con un CI medio no se suicida. Bueno, algunos sí, pero no por razones relacionadas con su CI.

A pesar de que la erosión de su memoria iba en aumento, su cerebro todavía funcionaba bien en innumerables aspectos. Por ejemplo, en aquel mismo momento se estaba comiendo su helado sin que ninguna gota resbalase por el cucurucho o pringase su mano, utilizando una técnica de lamido y sorbido que había automatizado cuando era niña; seguramente estaba almacenada junto con «cómo montar en bicicleta» y «cómo anudarse los cordones de los zapatos». Trazó la curva del río y cruzó la calle, con su córtex motriz y su cerebelo resolviendo los complejos e inconscientes cálculos matemáticos necesarios para mantener en movimiento el cuerpo sin tropezar, caerse o cruzarse en el camino de un automóvil. Reconoció el dulce aroma de los narcisos y un leve olor a curry que emanaba del restaurante indio de la esquina. A cada lametón, saboreaba el delicioso sabor del chocolate y la mantequilla de cacahuete, demostrando que las conexiones cerebrales con sus centros de placer se mantenían intactas, y eran las mismas que necesitaba para disfrutar del sexo o de una buena botella de vino.

Pero llegaría el momento en que ya no recordaría cómo comer un cucurucho de helado, cómo atarse los cordones de los zapatos, incluso cómo caminar. Llegaría el momento en que las neuronas de sus centros de placer se corromperían ante una oleada de proteínas amiloides y ya no sería capaz de disfrutar de nada. Llegaría el momento en que, simplemente, el momento no existiría.

Deseó tener cáncer en lugar de Alzheimer, lo cambiaría sin vacilar. Se sentía avergonzada por pensar eso y sabía que era un intercambio sin sentido, pero igualmente se permitió fantasear sobre él. Con un cáncer, tendría algo contra qué luchar y armas para hacerlo, la cirugía, la radiación y la quimioterapia. Existía una oportunidad de vencer. Su familia y sus colegas de Harvard se unirían a su lucha y la considerarían noble. Y, aunque al final fuera derrotada, sería capaz de mirarlos, reconocerlos y despedirse de ellos antes de morir.

El Alzheimer era una bestia completamente distinta. No existían armas para combatirlo. Tomar Aricept y Namenda era como disparar con una pistola de agua contra un incendio incontrolado. John seguía investigando los medicamentos experimentales, pero dudaba de que cualquiera de ellos estuviera listo en un tiempo récord y fuera capaz de marcar alguna diferencia en su caso; de lo contrario, ya habría llamado al doctor Davis e insistido en que los consiguiera para ella. Ahora, todos los que padecían Alzheimer se enfrentaban al mismo problema, tuvieran cincuenta años u ochenta y dos, residieran en Mount Auburn o fueran profesoras de Psicología en Harvard. El fuego los consumiría a todos. Nadie saldría vivo.

Y mientras que una cabeza calva y una cinta en forma de lazo eran vistos como insignias de valor y esperanza, su reticente vocabulario y la progresiva desaparición de sus recuerdos sólo anunciaban inestabilidad mental y una inevitable locura. Los enfermos de cáncer recibían apoyo de sus parientes y amigos, pero Alice sólo sería una marginada. Incluso las personas más educadas y bienintencionadas tendían a mantener las distancias con los enfermos mentales. Y ella no quería convertirse en alguien temido y evitado.

Pero tenía Alzheimer, sólo podía contar con dos medicamentos de escasa eficacia y no podía cambiar su enfermedad por cualquier otra felizmente curable. Sin embargo, suponiendo que la fecundación in vitro de Anna funcionase, quería vivir lo suficiente para poder abrazar a su nieto, así como ver una actuación de Lydia de la que sentirse orgullosa, y ver a Tom realmente enamorado, y pasar otro año sabático con John, y leer todos los libros que pudiera antes de no poder leer siquiera.

Sonrió, sorprendida por ese pensamiento. No había nada en la lista que tuviera que ver con la lingüística, con la enseñanza o con Harvard. Se acabó el último resto de cucurucho. Quería más días soleados de veinte grados y quería más cucuruchos de helado.

Y cuando los problemas de su enfermedad superasen el placer de un helado, preferiría morir. Pero ¿retendría la suficiente capacidad mental para darse cuenta de cuándo había cruzado esa línea? La preocupaba ser incapaz de recordar su plan y ejecutarlo. Pedir ayuda a John o a uno de sus hijos no era una opción viable; nunca pondría a ninguno de ellos en una posición tan comprometida.

Necesitaba un plan de futuro que incluyera un suicidio a prueba de fallos que pudiera planificar ahora. Necesitaba crear un test sencillo, uno que pudiera llevar a cabo diariamente. Pensó en las preguntas que le habían hecho el doctor Davis y la neuropsicóloga, las que no había podido responder el pasado diciembre, y pensó en lo que pretendía. Ninguna de ellas requería una capacidad intelectual excesivamente aguda, podía vivir con algunos agujeros más o menos importantes en su memoria a corto plazo.

Sacó su Blackberry del bolso azul celeste de Anna Williams, regalo de cumpleaños de Lydia. Ahora lo llevaba todos los días en bandolera, apoyado sobre la cadera derecha y cargando el peso en el hombro izquierdo. Se había convertido en un accesorio indispensable, como el anillo de bodas de platino y el cronómetro. Combinaba estupendamente con su colgante de mariposa. Contenía el teléfono móvil, la Blackberry y las llaves. Sólo se lo quitaba para dormir.

Tecleó:

Alice, responde a las siguientes preguntas:
1. ¿Qué mes es?
2. ¿Dónde vives?
3. ¿Dónde se encuentra tu despacho?
4. ¿Cuándo nació Anna?
5. ¿Cuántos hijos tienes?

Si tienes problemas para recordar cualquiera de

las respuestas, ve al archivo de tu ordenador llamado «Mariposa» y sigue sus instrucciones de inmediato.

La programó para que vibrase y le sirviera como recordatorio permanente cada mañana a las ocho. Comprendió que su idea tenía numerosos problemas, que no era a prueba de idiotas. Sólo esperaba poder abrir el archivo «Mariposa» antes de convertirse en esa idiota.

Tuvo que correr para llegar a clase, preocupada por llegar tarde, pero cuando lo consiguió se dio cuenta de que todavía no había comenzado. Eligió un asiento de la cuarta fila, junto al pasillo de la izquierda. Unos cuantos alumnos seguían entrando por la puerta posterior, pero la mayoría ya estaba sentada y preparada. Miró su reloj: las 10.05. El que estaba colgado en la pared marcaba la misma hora. El retraso era muy raro, pero decidió aprovechar el tiempo. Miró el programa y repasó las notas de la última clase. Después hizo una lista de asuntos pendientes para el resto del día:

Laboratorio
Seminario
Correr
Estudiar para el examen final.

Las 10.10. Jugueteó con su bolígrafo, dando golpecitos en su cuaderno al ritmo de «My Sharona».

Los alumnos se removían en sus asientos, un poco intranquilos. Paseaban la mirada de sus cuadernos al reloj de la pared, pasaban las hojas de los libros de texto y los cerraban, conectaban sus ordenadores portátiles y tecleaban. Terminaban sus cafés. Comían barritas de chocolate, patatas fritas y otros aperitivos, y arrugaban sus envoltorios. Mordían capuchones de bolígrafos y uñas de dedos. Giraban sus torsos para mirar las puertas de la parte trasera del aula, se inclinaban para consultar a sus compañeros de otras filas, alzaban las cejas y se encogían de hombros. Susurraban y dejaban escapar risitas de complicidad.

—Quizá venga un profesor invitado —susurró una chica, sentada un par de filas detrás de Alice.

Ella volvió a consultar su programa de Motivación y Emoción. Martes 4 de mayo: Impotencia y Control (capítulos 12 y 14). Allí no decía nada de ningún profesor invitado. La energía de la sala pasó de expectante a disonante. Eran como granos de maíz en una sartén: una vez estallase el primero el resto lo seguiría, pero nadie sabía quién sería el primero o cuándo. La costumbre de Harvard decía que los alumnos tenían que esperar veinte minutos antes de que la clase se diera como oficialmente suspendida. Sin temor a ser la primera, Alice cerró su libreta de notas, tapó su bolígrafo y lo metió todo en su bolso. Las 10.21. Más que suficiente.

Mientras se levantaba y daba media vuelta para marcharse, miró a las cuatro chicas que se sentaban tras ella. Todas la miraban y sonreían, probablemente agradecidas porque su gesto liberaba la tensión y las liberaba a ellas. Señaló su muñeca, mostrando el reloj como una prueba irrefutable.

—No sé vosotras, chicas, pero yo tengo mejores cosas que hacer.

Subió las escaleras y salió del auditorio por las puertas traseras, sin mirar atrás, dejando estupefacta a toda la clase.

Se sentó en su despacho y contempló el brillante y denso tráfico que recorría Memorial Drive. Su cadera vibró. Las ocho de la mañana. Sacó su Blackberry.

Alice, responde a las siguientes preguntas:
1. ¿Qué mes es?
2. ¿Dónde vives?
3. ¿Dónde se encuentra tu despacho?
4. ¿Cuándo nació Anna?
5. ¿Cuántos hijos tienes?

Si tienes problemas para recordar cualquiera de las respuestas, ve al archivo de tu ordenador llamado «Mariposa» y sigue sus instrucciones de inmediato.

Mayo
34 Poplar Street, Cambridge, MA-02138
Edificio William James, sala 1002
14 de septiembre de 1977
Tres

Junio de 2004

Una anciana con las uñas y los labios pintados de rosa le hacía cosquillas a una niña de unos cinco o seis años, presumiblemente su nieta. Ambas parecían pasarlo muy bien. En el anuncio se leía: «La número uno haciendo cosquillas en la barriga toma el mejor medicamento contra el Alzheimer.» Alice había estado hojeando el *Boston Magazine*, pero no pudo pasar de aquella página. Un odio hacia aquella mujer y el anuncio la inundó como un líquido caliente. «Aricept puede ayudarle a frenar el progreso de los síntomas del Alzheimer como la pérdida de memoria. Ayuda a las personas a ser ellas mismas más tiempo.» Estudió la foto y las palabras, esperando que su mente absorbiera lo que sus entrañas habían comprendido al primer vistazo, pero antes de poder discernir por qué se sentía tan personalmente atacada, la doctora Moyer abrió la puerta de la sala de espera.

—Bien, Alice, veo que está teniendo algunos problemas para dormir. Deme más detalles.

—Tardo casi una hora en dormirme, y normalmente me despierto un par de horas después para repetir de nuevo todo el ciclo.

—¿Experimenta sofocos o malestar físico cuando se mete en la cama?

—No.

—¿Qué medicinas está tomando?

—Aricept, Namenda, Lipitor, vitaminas C y E, y aspirinas.

—Entiendo. Por desgracia, el insomnio puede ser un efecto secundario del Aricept.

—No quiero prescindir del Aricept.

—Dígame qué hace cuando no puede dormir.

—Me quedo tumbada en la cama y me angustio. Sé que todo irá a peor pero no sé cuándo, y me preocupa dormirme y despertar a la mañana siguiente sin saber quién soy, dónde estoy o qué hago allí. Sé que es irracional, pero tengo la idea de que el Alzheimer sólo mata mis células cerebrales mientras duermo, no mientras esté despierta y vigilante.

»Sé que es toda esa ansiedad la que me impide dormir, pero no puedo evitarlo. En cuanto veo que no puedo dormir, me angustio y entonces eso mismo me desvela. Explicarlo ya resulta agotador.

Sólo parte de lo que decía era verdad. Se angustiaba, sí, pero dormía como un bebé.

—¿Siente ese tipo de ansiedad en algún otro momento del día?

—No.

—Puedo recetarle un antidepresivo.

—No quiero tomar antidepresivos, no estoy deprimida.

La verdad era que sí lo estaba un poco. Le habían diagnosticado una enfermedad fatal e incurable. Y a su hija también. Prácticamente había dejado de viajar, su ritmo de lectura —antes veloz y dinámico— ahora era terriblemente aburrido. Incluso John, en las raras ocasiones que estaba en casa con ella, parecía a un millón de kilómetros de distancia. Pero, dada la situación, resultaba una respuesta apropiada y no una razón para añadir otro medicamento, y más efectos secundarios, a su abundante toma diaria. Y no había ido a la consulta para eso.

—Podemos probar con Restoril, un comprimido diario antes de acostarse. Hará que se duerma rápidamente y le permitirá dormir unas seis horas seguidas. Además, por la mañana no despertará grogui.

—Preferiría algo más fuerte.

Una pausa.

—Pida una nueva cita y venga a la consulta con su marido. Entonces hablaremos sobre la conveniencia de algo más fuerte.

—Esto no es asunto de mi marido. No estoy deprimida ni desesperada. Soy consciente de lo que le estoy pidiendo, Tamara.

La doctora estudió su rostro unos segundos. Y Alice estudió el de ella. Ambas pasaban de los cuarenta años, eran más jóvenes que viejas, casadas y profesionales con estudios universitarios. Alice no conocía los métodos de su doctora, y si era necesario ver a otra, lo haría. Su demencia empeoraría paulatinamente, no podía arriesgarse a seguir esperando. Quizá se olvidara.

Había preparado más argumentos, pero no los necesitó. La doctora Moyer cogió su talonario de recetas y rellenó una.

Estaba en la sala donde la doctora Sarah Algo, la neuropsicóloga, realizaba sus pruebas. Se había vuelto a presentar hacía un momento, pero ya no se acordaba de su apellido. Mala señal. No obstante, la sala era la misma que recordaba del pasado diciembre, pequeña, estéril e impersonal. Contenía una mesa, con un iMac en ella, dos sillas típicas de cafetería y un archivador de metal. Nada más. Ni ventanas, ni plantas, ni fotos, ni calendarios en las paredes o la mesa. Nada de distracciones, y nada que diera posibles pistas o permitiera asociaciones de ideas.

Sarah Algo comenzó con un miniexamen de su estado mental.

—¿Qué día es hoy, Alice?

—Siete de junio de 2004.

—¿Y en qué época del año estamos?

—Primavera, pero ya se adivina el verano.

—Lo sé, hoy hace bastante calor. ¿Y dónde nos encontramos en este momento?

«En un miniarmario mental.»

—En la Unidad de Desórdenes de la Memoria del Hospital General de Massachusetts, en Boston.

—¿Puede nombrarme los tres objetos de esta fotografía?

—Un libro, un teléfono y un caballo.

—¿Y qué sostengo en la mano?

—Un lápiz.

—¿Qué llevo en la muñeca?

—Un reloj.

—¿Puede deletrear la palabra «mundo» al revés?

—O-d-n-u-m.

—Repita después de mí: sin síes, íes o peros.

—Sin síes, íes o peros.

—¿Puede cerrar los ojos, levantar la mano y abrir la boca?

Ella lo hizo.

—Alice, ¿cuáles eran los tres objetos que vio antes en la foto?

—Un caballo, un teléfono y un libro.

—Estupendo. ¿Puede dibujar lo que hay en esta foto? Los pentágonos intersectados. Lo hizo.

—Escríbame aquí una frase.

No puedo creer que algún día no sea capaz de acordarme de esto.

—Muy bien. Ahora, pronuncie tantas palabras como pueda en un minuto que comiencen por la letra S.

—Sara, sonido, serpiente, supervivencia, serio, social, sin, seguro, sexo, sonido... Ups, ésa ya la había dicho. Suerte, secreto.

—Y ahora, tantas como pueda que comiencen por la F.

—Futuro, fe, fabuloso, figura, familia, follar. —Se rio, sorprendida—. Perdón. —«Perdón comienza por P», pensó y sonrió.

—No importa. Suele salir mucho.

Alice se preguntó cuántas palabras habría sido capaz de recitar un año antes y cuántas palabras por minuto se consideraba normal.

—Ahora, tantos vegetales como pueda.

—Espárrago, col, coliflor. Puerro, cebolla. Pimienta. Bueno, pimienta no sé si entra en la definición. No se me ocurren más.

—Y tantos animales de cuatro patas como sea capaz.

—Perros, gatos, leones, tigres, osos. Cebras, jirafas. Gacelas.

—Ahora lea esta frase en voz alta.

—El lunes cuatro de julio, en Denver, Colorado, una ventisca azotó el aeropuerto Hackett de Bullings Road, obligando a sesenta pasajeros a permanecer en tierra, y atrapando con ellos a ocho niños y veintidós policías —leyó Alice.

Era un ejercicio de memoria declarativa. Lo utilizaban en la Universidad de Nueva York.

—Ahora, deme todos los detalles que pueda de la frase que acaba de leer.

—El lunes cuatro de julio, en Denver, Colorado, una ventisca atrapó a sesenta personas en un aeropuerto, incluidos cuatro niños y veinte policías.

—Muy bien. Ahora voy a mostrarle una serie de fotografías y tiene que decirme qué hay en ellas.

El test de denominación de Boston.

—Maletín, molinete, telescopio, iglú, reloj de arena, rinoceronte —«otro animal de cuatro patas»—, raqueta. Oh, espere, sé lo que es eso, una escalera para plantas. ¿Armazón? No. ¡Enrejado! Acordeón, galleta, sonajero. Espere. Tenemos una de ésas en nuestro jardín del Cabo. Se coloca entre los árboles. No es hangar, es... ¿driza? No. Dios, sé que empieza por H, pero no me sale.

La doctora Algo hizo una anotación en su hoja de puntuación. Alice quería argumentar que su olvido podía deberse a un bloqueo normal, no necesariamente a un síntoma del Alzheimer. Incluso alumnos de la universidad perfectamente saludables experimentaban un par de bloqueos similares por semana.

—No importa, sigamos.

Alice nombró sin más dificultades el resto de los objetos fotografiados, pero seguía sin poder activar la neurona que codificaba el nombre perdido de aquella red donde se podía descansar y dormir. La suya estaba colgada entre dos falsos abetos en su jardín de Chatham. Recordó algunas siestas compartidas con John: el placer de permanecer a la sombra, la intersección de su pecho y su hombro con la almohada, el familiar olor —que la embriagaba con cada inhalación— de su camiseta de algodón combinado con los aromas veraniegos de la piel tostada al sol, salada por el agua de mar. Podía recordar todo aquello, pero no el nombre de aquella maldita cosa en que descansaban y que empezaba por H.

Pasó por el test WAIS-R de Ordenación de Fotografías, el de Matrices Progresivas de Raven, el de Rotación Mental de Luria, el de Stroop, y la copia y memorización de figuras geométricas. Le echó un vistazo a su reloj de muñeca. Ya hacía una hora que había entrado en aquella sala.

—Bien, ahora me gustaría volver a la noticia que leyó antes. ¿Qué puede decirme sobre ella?

Alice se tragó el pánico, que se quedó, pesado y abultado, justo sobre su diafragma dificultándole la respiración. O sus senderos mentales a los detalles de la noticia eran infranqueables, o le faltaba la fuerza electroquímica necesaria para agitar las neuronas que los albergaban y que éstas escuchasen su muda súplica. Fuera de aquel armario en que se encontraba podía buscar la información perdida en su Blackberry, releer sus mensajes electrónicos y escribirse a sí misma notas en post-its o contar con el respeto que le otorgaba su posición en Harvard. Fuera de aquella pequeña habitación podía ocultar esos senderos infranqueables y sus débiles señales neurológicas. Y aunque sabía que aquellas pruebas estaban diseñadas para desvelar a qué regiones de su cerebro no podía acceder, había sido pillada confiada y avergonzada.

—La verdad es que no recuerdo gran cosa.

Ahí estaba su Alzheimer, desnudándola a la luz fluorescente, mostrándola para que Sara Algo la estudiase y juzgara.

—No importa. Dígame lo que recuerda, lo que sea.

—Bueno... Hablaba de un aeropuerto, creo.

—¿La noticia estaba fechada en domingo, lunes, martes o viernes?

—No me acuerdo.

—Dígame un día de todas formas.

—Lunes.

—¿Hablaba de un huracán, un tornado, una ventisca o una avalancha?

—Una ventisca.

—¿Tenía lugar en enero, febrero, marzo o abril?

—Febrero.

—¿Qué aeropuerto se vio colapsado: O'Hare, Hackett, Billings o Dulles?

—Dulles.

—¿Cuántos viajeros no pudieron coger su avión: cuarenta, cincuenta, sesenta o setenta?

—No lo sé. ¿Setenta?

—¿Cuántos niños se vieron atrapados en la ventisca: dos, cuatro, seis u ocho?

—Ocho.

—¿Quién más se vio atrapado con los niños: veinte bomberos, veinte policías, veinte hombres de negocios o veinte maestros?

—Bomberos.

—Bien, hemos terminado. Le enviaré los resultados al doctor Davis.

¿Bien? ¿Era posible que recordase los detalles de la noticia pero no recordar que los recordaba?

Entró en el consultorio del doctor Davis y se sorprendió al ver que John se encontraba allí, sentado en la silla que durante las dos visitas anteriores había permanecido vacía. Allí estaban ellos: Alice, John y Davis. No podía creerse que aquello estuviera sucediendo realmente, que aquello fuera su vida, que era una enferma que acudía con su esposo a la cita con su neurólogo. Se sentía como un personaje de una obra de teatro, *La mujer con la enfermedad de Alzheimer*. El esposo tenía su papel en el regazo. Sólo que no era su papel, sino el Cuestionario de Actividades de la Vida Cotidiana. (Interior de la consulta del doctor. El neurólogo está sentado frente al esposo de la mujer. Ella entra.)

—Siéntese, Alice. John y yo hemos estado hablando unos minutos.

John jugueteaba con su anillo de bodas y movía nerviosamente la pierna derecha. Sus sillas se tocaron, y la de Alice empezó a vibrar a causa del movimiento. ¿De qué habrían hablado? Ella hubiera querido charlar con su marido en privado antes de comenzar la visita y coordinar sus respectivas historias. Y quería pedirle que, por favor, dejara de moverse.

—¿Cómo se encuentra? —preguntó el doctor.

—Estoy bien.

Él le dirigió una sonrisa. Era una sonrisa amable, y eso suavizó las aristas de su aprensión.

—Estupendo. ¿Y qué me dice de su memoria? ¿Algo nuevo o algún cambio desde la última visita?

—Bueno, diría que me cuesta más mantenerme al tanto de mis actividades. Tengo que consultar constantemente mi Blackberry y mi lista de asuntos pendientes. Y ahora odio hablar por teléfono. Si no puedo ver a la persona con quien hablo, me cuesta captar el conjunto de la conversación. Mientras intento ordenar las palabras en mi cabeza, normalmente suelo perder la noción de lo que mi interlocutor está diciendo.

—¿Y la desorientación? ¿Algún episodio más de confusión o de sentirse perdida?

—No. Bueno, a veces me siento confusa sobre qué momento del día es, incluso aunque consulte el reloj, pero al final acabo aclarándome. Una vez fui a mi despacho creyendo que era por la mañana y hasta que no regresé a casa no comprendí que era plena noche.

—¿Hiciste eso? —preguntó John—. ¿Cuándo?

—No lo sé. El mes pasado, creo.

—¿Dónde estaba yo?

—Durmiendo.

—¿Por qué tengo que enterarme de esta forma, Ali?

—No lo sé. ¿Porque olvidé contártelo? —Ella sonrió, pero eso no pareció confortarlo. Más bien agudizó las aristas de su aprensión.

—La confusión y los paseos nocturnos son muy comunes, y es fácil que vuelvan a ocurrir —explicó Davis—. Tal vez convenga colocar una campanilla en la puerta delantera o algo que despierte a John si usted la abre en mitad de la noche. Y probablemente debería registrarse en el programa Regreso Seguro de la Asociación contra el Alzheimer. Creo que sólo cuesta cuarenta dólares, y a cambio le darán un brazalete de identificación con un código personal.

—Tengo el número de John programado en mi teléfono móvil, y lo llevo siempre en este bolso.

—Eso está muy bien, pero ¿y si la batería se agota o el teléfono de John está desconectado o fuera de cobertura, y usted se pierde?

—¿Qué tal un papel en el bolso con mi nombre, el de John, nuestra dirección y nuestros números de teléfono?

—Eso funcionará, siempre y cuando lo lleve siempre encima. Puede olvidarse el bolso. Con el brazalete no tendría que preocuparse por todo eso.

—Es una buena idea —aceptó John—. Conseguiremos uno de esos brazaletes.

—¿Cómo le va con la medicación? ¿La toma regularmente?

—Sí.

—¿Algún efecto secundario? ¿Náuseas, mareos?

—No.

—Aparte de esa noche que acudió a su despacho, ¿tiene problemas para conciliar el sueño?

—No.

—¿Sigue haciendo ejercicio regularmente?

—Sí, sigo corriendo cada día. Normalmente, unos ocho kilómetros.

—¿Usted corre también, John?

—No, camino del trabajo a casa. Eso me basta.

—Creo que sería una buena idea que corriera con ella. Tenemos datos convincentes de modelos animales que sugieren que el ejercicio puede frenar la acumulación de beta-amiloides y el declive cognitivo.

—He visto esos estudios —dijo Alice.

—Bien, siga con su ejercicio. Pero preferiría que corriera en pareja, así no tendrá que preocuparse por si se pierde o se equivoca de ruta.

—Correré con ella.

John odiaba correr. Había practicado squash y tenis, incluso un poco de golf, pero nunca había corrido. Ahora la superaba mentalmente casi con toda seguridad, pero físicamente ella le seguía llevando muchos kilómetros de ventaja. Le encantaba la idea de correr con él, pero dudaba de que John pudiera mantener su promesa.

—¿Cómo está de humor? ¿Se siente bien?

—Por regla general, sí. Me siento muy frustrada y exhausta intentando mantener mi ritmo de vida, y un poco ansiosa por lo que nos aguarda en el futuro. Pero, aparte de eso, me siento bien. En ciertos aspectos, desde que se lo conté a John y los chicos, incluso mejor que antes.

—¿Se lo ha comentado a alguien en Harvard?

—No, todavía no.

—¿Es capaz de seguir dando sus clases y afrontar todas sus responsabilidades durante este semestre?

—Sí. Me cuesta mucho más esfuerzo que el semestre pasado, pero sí.

—¿Sigue viajando sola a congresos y conferencias?

—Prácticamente ya no viajo. Anulé dos conferencias universitarias, me salté otra importante en abril, y este mismo mes me perderé otra en Francia. Normalmente viajo mucho en verano, ambos lo hacemos, pero este año lo pasaremos en nuestra casa de Chatham. Iremos allí la semana que viene.

—Bien, eso suena muy prometedor. Parece que tiene todo el verano bastante bien controlado. Creo que ahora deberían preparar un plan para el otoño, que incluya informar de su enfermedad a los rectores de Harvard, incluso un plan para efectuar la transición en su trabajo. Y llegados a este punto, creo que el viajar sola debería desecharse por completo.

Ella asintió. Septiembre la asustaba.

—También tendrían que adoptar ciertas medidas legales, como una cesión de poderes y un testamento vital. ¿Ha pensado si quiere donar su cerebro para la investigación?

Había pensado en ello e imaginado su cerebro desangrado, conservado en formol y estúpidamente coloreado, depositado en las manos de un estudiante de Medicina. El profesor le señalaría varias fisuras en las circunvalaciones del cerebro, indicando la situación del córtex somatosensorial, el auditivo y el visual. El olor del océano, las voces de sus hijos, las manos y el rostro de John. O se lo imaginaba cortado en lonchas finas, como un jamón, y adherido a un portaobjetos. Con tal preparación, los alargados ventrículos serían impresionantes, espacios vacíos donde una vez residiera su yo.

—Sí, me gustaría.

Pudo oír como rechinaban los dientes de John.

—Bien, rellenaré el papeleo antes de que se marche. John, ¿puede entregarme el cuestionario que tiene en las manos?

«¿Qué dice ese cuestionario sobre mí?» Pero sabía que nunca hablarían de ello.

—¿Cuándo le contó Alice su diagnóstico?

—Justo después de que usted se lo comunicara.

—Bien, ¿cómo diría que ha evolucionado ella desde entonces?

—Muy bien, creo. Lo del teléfono es cierto, prácticamente ya no responde a ninguna llamada. O bien respondo yo o deja que salte el contestador automático. Y parece estar compulsivamente obsesionada con su Blackberry. A veces, antes de salir de casa, la revisa cada dos minutos. Es un poco duro de presenciar.

Daba la impresión de que cada vez le costaba más mirarla. Y cuando lo hacía era con ojo clínico, como si ella fuera una de sus cobayas.

—¿Algo más? ¿Algo que Alice no haya mencionado?

—No se me ocurre nada.

—¿Qué opina de su estado de humor y su personalidad? ¿Ha notado muchos cambios?

—No; sigue siendo la misma. Quizá se muestra un poco más a la defensiva de lo normal. Y más tranquila, no toma la iniciativa en las conversaciones como hacía antes.

—¿Y usted? ¿Cómo le va a usted?

—¿A mí? Yo estoy bien.

—Tengo información para usted sobre nuestro grupo de apoyo a los cuidadores de enfermos de Alzheimer. Aquí, la asistente social es Denise Daddario. Debería concertar una cita con ella y contarle lo que está ocurriendo.

—¿Una cita para mí?

—Sí.

—No necesito una cita. En serio, estoy bien.

—Bueno, de acuerdo. Si en algún momento cree que puede necesitar esos recursos, ya sabe dónde encontrarlos. Ahora, tengo unas preguntas para Alice.

—Antes quisiera comentar algunas terapias adicionales y ensayos clínicos.

—No hay problema, pero antes permítame terminar con el examen. Alice, ¿qué día de la semana es?

—Lunes.

—¿Cuándo nació?

—El 14 de octubre de 1953.

—¿Quién es el vicepresidente de Estados Unidos?

—Dick Cheney.

—Bien. Ahora voy a darle un nombre y una dirección, y me lo repetirá. Más tarde le pediré que vuelva a repetirlo. ¿Preparada? John Black, 42 West Street, Brighton.

—El mismo de la última vez.

—Sí, lo es. Muy bien. ¿Puede repetirlo?

—John Black, calle Oeste, Cuarenta y dos, Brighton.

«John Black, calle Oeste, Cuarenta y dos, Brighton.» John nunca lleva ropa negra, Lydia vive en el Oeste y Tom en Brighton, hace ocho años yo tenía cuarenta y dos.

«John Black, calle Oeste, Cuarenta y dos, Brighton.»

—Muy bien. Ahora, ¿puede contar hasta veinte y luego contarlos hacia atrás?

Ella lo hizo.

—Ahora, quiero que me enseñe tantos dedos de su mano izquierda como el lugar que ocupa en el alfabeto la primera letra de la ciudad en que vive.

Alice repitió mentalmente las palabras del médico, y entonces hizo el signo de la paz con los dedos índice y medio de su mano izquierda.

—Bien. ¿Cómo se llama esta parte de mi reloj?

—El cierre.

—Bien. Ahora escriba una frase en esta hoja relacionada con el tiempo que hace hoy.

Es un día cálido, húmedo y con un poco de niebla.

—Vuelva la hoja y dibuje un reloj que indique las cuatro menos cuarto.

Alice dibujó un gran círculo y lo llenó con doce números empezando por el doce en la parte superior.

—¡Ups! Creo que he dibujado el círculo demasiado grande.

Escribió fuera de él:

3.45

—No, en forma digital no. Piense que es un reloj analógico —indicó el doctor.

—¿Está intentando descubrir si sé dibujar o si todavía puedo señalizar la hora? Si me dibuja un reloj, colocaré las agujas en la posición de las cuatro menos cuarto. Nunca he sido buena dibujando.

Cuando Anna tenía tres años le encantaban los caballos, y solía pedirle que dibujase caballos para ella. Los esfuerzos de Alice terminaban pareciendo, como mucho, una especie de perros-dragones posmodernos. Nunca conseguía satisfacer a su hija, ni siquiera contando con la generosa imaginación de una niña preescolar. «No, mamá, eso no. Dibújame un caballo.»

—En realidad intento descubrir ambas cosas, Alice. El Alzheimer afecta muy pronto al lóbulo parietal, y es ahí donde almacenamos nuestras representaciones internas del espacio extrapersonal. Por eso quiero que corra con ella, John.

Él asintió. Estaban conspirando contra ella.

—John, sabes que no sé dibujar.

—Es un reloj, Alice, no un caballo.

Sorprendida de que no la defendiera, se quedó mirándolo y alzó una ceja, dándole así una segunda oportunidad de aceptar que su protesta era perfectamente válida. Él se limitó a seguir mirándola y juguetear con su anillo.

—Doctor, si me dibuja un reloj, le señalaré las cuatro menos cuarto.

Davis dibujó la esfera de un reloj en una nueva hoja y Alice añadió las agujas en la hora indicada.

—De acuerdo. Ahora dígame el nombre y la dirección que le dije que recordase.

—John Black, calle Oeste nosecuántos, Brighton.

—¿Era cuarenta y dos, cuarenta y cuatro, cuarenta y seis o cuarenta y ocho?

—Cuarenta y ocho.

El doctor escribió algo en la hoja donde estaba dibujado el reloj.

—John, por favor, deja de mover mi silla.

—Bueno, ahora podemos hablar sobre las opciones de los ensayos clínicos. Hay varios estudios en marcha aquí y en Brigham. El que me parece más adecuado para usted abre la inscripción de pacientes este mismo mes. Es un estudio en fase III con un medicamento llamado Amylex y, a diferencia de los que está tomando ahora, parece bloquear los beta-amiloides solubles e impedir que se agrupen. Por tanto, tenemos la esperanza de que impida que la enfermedad progrese. La fase II del estudio fue muy prometedora. Se tolera bien y, tras un año de medicación, la función cognitiva de los pacientes pareció dejar de declinar, incluso mejoró un poco.

—Supongo que el estudio se efectuará con dos grupos, y que a uno de ellos sólo se le administrará un placebo —dijo John.

—Así es.

«Entonces podría estar tomando píldoras de azúcar», pensó ella, y sospechó que a los beta-amiloides les importaba una mierda el efecto placebo o la fuerza del pensamiento positivo.

—¿Qué opina de los inhibidores de secretase? —preguntó John, que conocía el tema. La beta-secretasa es una enzima natural que libera niveles normales e inofensivos de beta-amiloides. La mutación en la secretase de la presenilina-1 de Alice hacía que fuera incapaz de mantener una regulación adecuada y producía demasiados beta-amiloides. Y demasiados beta-amiloides era dañino. Era como si hubiera abierto un grifo y ahora no pudiera cerrarlo: su fregadero se estaba desbordando rápidamente.

—En este momento, los inhibidores de secretase son demasiado tóxicos para su uso clínico...

—¿Y el Flurizan? —Se trataba de un medicamento antiinflamatorio como el Advil, del que Myriad Pharmaceuticals aseguraba que disminuía la producción del beta-amiloide 42. Menos agua en el fregadero.

—Sí, ha despertado mucha expectación. Se está realizando un estudio de fase II, pero sólo en Canadá y Reino Unido.

—¿Qué le parecería que Alice tomase flurbiprofeno?

—Todavía no tenemos suficientes datos para saber si es efectivo o no en el tratamiento del Alzheimer. Si Alice decide no formar parte de un ensayo clínico, probablemente no le causará ningún daño. Pero si quiere entrar en el ensayo, el flurbiprofeno sería considerado un tratamiento en investigación contra el Alzheimer, y si ya lo estuviera tomando no podría formar parte del estudio clínico.

—Entiendo. ¿Y el anticuerpo monoclonal de Elan? —insistió John.

—Me gusta, pero todavía se encuentra en la fase I y ya no aceptan más sujetos para el ensayo. Suponiendo que todo vaya bien, no iniciarán la fase II hasta primavera del año que viene como muy pronto, y me gustaría que Alice entrara en los ensayos clínicos lo antes posible.

—¿Ha sometido a alguno de sus pacientes a una terapia de IVIG?

A John también le gustaba esa idea. Derivada del plasma sanguíneo, la IVIG, la inmunoglobulina intravenosa, estaba aprobada y se mostraba efectiva para el tratamiento de deficiencias inmunológicas y de cierto número de desórdenes neuromusculares autoinmunes. Sería un tratamiento caro y no reembolsable por el seguro porque su utilización no se incluía en la póliza. Pero si funcionaba, cualquier gasto valdría la pena.

—Nunca he tenido un paciente que siga ese tratamiento. No estoy en contra, pero todavía no conocemos la dosis apropiada y resulta un método muy rudimentario y poco específico. Creo que sus efectos serían poco más que modestos.

—Nos conformamos con eso —aseguró John.

—De acuerdo. Pero tienen que entender que deben elegir. Si deciden emprender la terapia de IVIG, Alice no podrá entrar en ninguno de los ensayos clínicos potencialmente más específicos contra su enfermedad.

—Al menos se asegurará de no estar en el grupo del placebo.

—Eso es cierto. Todas las decisiones tienen sus riesgos.

—Si participase en esos ensayos clínicos, ¿tendría que dejar de tomar Aricept y Namenda?

—No; podría seguir tomándolos.

—¿Podría seguir la terapia del sustitutivo de estrógenos?

—Sí. Existen bastantes pruebas que sugieren que es protector hasta cierto punto, así que puedo darle una receta para el Combipatch. Pero, insisto, se considera un medicamento en fase experimental y tampoco podría participar en los ensayos del Amylex.

—¿Cuánto duraría ese ensayo?

—Es un estudio de quince meses.

—¿Cómo se llama su esposa, doctor? —preguntó súbitamente Alice.

—Lucy.

—Si ella tuviera Alzheimer, ¿querría que entrara en ese ensayo?

—Sí, querría que probase el Amylex.

—Entonces, ¿la única opción que recomienda es el Amylex? —preguntó John.

—Sí.

—Pues yo creo que es mejor el IVIG, junto al flurbiprofeno y el Combipatch —replicó John.

La consulta quedó en silencio. Habían manejado una ingente información, y Alice presionó sus dedos contra los ojos, intentando analizar las opciones de los diversos tratamientos. Intentó colocarlas mentalmente en filas y columnas para compararlas, pero el diagrama imaginario no la ayudó y lo arrastró todo a la papelera imaginaria. Cambió de táctica. Pensó conceptualmente y llegó a una sola y escueta imagen que tenía sentido: una sola bala o un cartucho de perdigones.

—No necesitan tomar una decisión hoy. Pueden irse a casa, pensárselo y ya me darán su respuesta.

No, ella no necesitaba pensarlo más. Era una científica. Sabía lo que era arriesgarlo todo sin garantías, en busca de una verdad desconocida. Ella misma lo había hecho muchas veces durante los últimos años en sus propias investigaciones. Eligió la bala.

—Quiero entrar en los ensayos clínicos del Amylex.

—Ali, creo que deberías confiar en mí —rogó John.

—Todavía puedo sacar mis propias conclusiones. Quiero participar en la prueba.

—Bien, le traeré los formularios para que los firme.

(Interior de la consulta del doctor. El neurólogo sale de la habitación. El esposo hace girar su anillo de casado en el dedo. La mujer ansía una cura.)

Julio de 2004

—¿John? ¿John? ¿Estás en casa?

Estaba segura de que no, pero estar segura de algo en esos días tenía una base con demasiados agujeros para tener el significado habitual. Su marido se había ido a alguna parte, pero no recordaba cuándo o adónde. ¿Al supermercado a por leche o café? ¿A alquilar una película? Si era eso, volvería de un momento a otro. ¿O había vuelto a Cambridge? En ese caso tardaría varias horas en regresar, incluso puede que no volviera en toda la noche. ¿O finalmente había decidido que no era capaz de afrontar lo que el futuro les reservaba y sencillamente la había abandonado para no volver nunca más? No, él no haría eso. Estaba segura.

Su casa de Chatham en el Cabo, construida en 1990, parecía más grande, más abierta y menos compartimentada que la de Cambridge. Entró en la cocina, que no se parecía en nada a la suya. El efecto de paredes y armarios pintados de blanco, apliques blancos, taburetes de barra blancos y suelo de baldosas blancas sólo se rompía ligeramente gracias a las encimeras de azul cobalto y los toques del mismo color en diversas cerámicas blancas y en las tapas de los tarros de cristal. Parecía una página de un cuaderno para colorear en la que, de momento, sólo hubieran utilizado el lápiz azul.

Los dos platos y las servilletas de papel usadas en la encimera eran los únicos restos de la ensalada, los espaguetis y la salsa de tomate que habían cenado. Uno de los vasos todavía contenía un poco de vino blanco. Con la curiosidad objetiva de una científica forense, probó la temperatura del vino contra sus labios. Todavía estaba un poco frío. Se sentía llena. Miró la hora: pasaba un poco de las nueve de la noche.

Ya hacía una semana que estaban en Chatham. Otros años, tras una semana alejados de las preocupaciones diarias de Harvard, ya se habían acostumbrado al ritmo de vida relajado del Cabo y ella iría por su tercer o cuarto libro. Pero este año la agenda de Harvard, aunque apretada y exigente, le había proporcionado un programa que a ella le resultaba familiar y cómodo. Reuniones, simposios, clases y citas eran como miguitas de pan que la guiaban en sus deberes diarios.

Allí, en Chatham, no tenía que cumplir con ninguna obligación. Se levantaba tarde, comía a horas dispersas y tocaba de oído. Tomaba cada día su medicación, hacía cada mañana el test de la mariposa y corría cada tarde con John. Pero eso no la dotaba de suficiente estructura. Necesitaba más miguitas de pan y más grandes.

A menudo no sabía qué hora del día era o, ya puestos, ni siquiera qué día era. Cuando se sentaba a comer, más de una vez no sabía de qué comida se trataba. Cierto día, cuando la camarera del bar Sand le trajo un plato de almejas fritas, se lanzó sobre ellas tan dispuesta y entusiasta como lo hubiera hecho sobre un plato de tortitas. Y leer se había convertido en una tarea ingente que le destrozaba el corazón.

Las ventanas de la cocina estaban abiertas. Miró hacia la carretera. Ni un solo coche. El aire exterior todavía guardaba rastros del día caluroso y llevaba hasta ella el croar de las ranas, la risa de una mujer y el rumor de las olas en la playa Hardings. Dejó una nota junto a los platos sucios: «Me voy a pasear por la playa. Te quiero. Alice.»

Aspiró el fresco aire nocturno. El azul del cielo aparecía puntuado de estrellas y de una luna creciente de dibujos animados. No estaba tan oscuro como lo estaría de noche, pero más de lo que nunca lo vería en Cambridge. Sin farolas y alejada de la calle principal, la playa sólo se hallaba iluminada por las luces de los porches y las habitaciones interiores de las casas, los ocasionales faros de los coches y la luna. En Cambridge, pasear en medio de tanta oscuridad la habría incomodado, pero allí, en esa pequeña comunidad costera y vacacional, se sentía absolutamente segura.

No había coches en el aparcamiento ni personas en la playa; la policía del lugar desaconsejaba cualquier actividad nocturna. A esa hora no tenía que preocuparse de los niños gritones, las gaviotas, las conversaciones telefónicas por el móvil —imposibles de ignorar—, o de tener que marcharse corriendo para llegar a tiempo a la siguiente cita. Nada perturbaba la paz.

Caminó hasta la orilla del mar y dejó que el agua se tragara sus pies. Las cálidas olas le lamieron las piernas. Frente al Nantucket Sound, las protegidas aguas de la playa Hardings eran unos buenos diez grados más cálidas que las de otras playas cercanas, enfrentadas directamente al frío Atlántico.

Primero se quitó la camisa y el sujetador, después dejó caer la falda y las bragas en un solo movimiento antes de adentrarse en el mar. El agua, libre de las algas que normalmente arrastraban las olas, le acarició suavemente la piel y ella acompasó su respiración al ritmo de las olas. Mientras disfrutaba flotando de espaldas, se maravilló de las gotas fosforescentes que, como polvo de hadas, desprendían sus dedos y talones.

La luz de la luna se reflejó en la pulsera que llevaba en la muñeca derecha. El brazalete de cinco centímetros de acero inoxidable tenía grabada la inscripción «Regreso Seguro» en la parte exterior, y en la interior un número de teléfono, su identificación y la advertencia «Memoria deficiente». Sus pensamientos se dejaron arrastrar por las olas, viajando desde el no deseado brazalete al colgante de su madre, de allí a sus planes de suicidio y a los libros que tenía previsto leer, hasta que finalmente se encallaron en los destinos comunes de Virginia Wolf y Edna Pontellier. ¡Sería tan fácil! Podría nadar hacia Nantucket hasta que estuviera demasiado cansada para seguir, y entonces...

Estudió las oscuras aguas. Su cuerpo, fuerte y saludable, se erguía sobre el agua con todos sus instintos clamando por vivir. De acuerdo, puede que no recordase haber cenado con John aquella noche o dónde había dicho él que se iba. Y por la mañana quizá no recordaría esta noche, pero en ese momento no sentía ninguna desesperación. Estaba viva y era feliz.

Miró hacia la playa escasamente iluminada. Alguien se acercaba a la orilla. Supo que era John antes de distinguir sus rasgos por la forma de caminar y la longitud de sus pasos. No le preguntó adónde había ido o cuánto había tardado, y tampoco le dio las gracias por regresar.

Y él no la regañó por salir sola sin el móvil, ni le pidió que saliera del agua y regresara a casa.

Sin cruzar una sola palabra, él se desnudó y entró en las aguas para reunirse con ella.

—¿John?

Lo encontró pintando los ribetes del garaje.

—Te he estado llamando por toda la casa —dijo Alice.

—Estaba aquí fuera, no te he oído.

—¿Cuándo te marchas a esa conferencia?

—El lunes.

Se iba una semana a Filadelfia para asistir a la novena Conferencia Internacional Anual sobre el Alzheimer.

—Será después de que llegue Lydia, ¿verdad? —preguntó ella.

—Sí, ella llega el domingo.

—Vale.

Respondiendo a una solicitud por escrito de Lydia, la Compañía de Teatro Monomoy la había invitado a unirse a ellos durante el verano como actriz invitada.

—¿Preparada para correr un poco? —preguntó John.

La niebla matutina todavía no se había disipado y no iba vestida adecuadamente para un aire tan fresco.

—Tengo que ponerme algo más abrigado.

Entró en la casa y abrió el armario de las prendas de abrigo. Vestir adecuadamente en el Cabo a principios de verano suponía un reto constante. La temperatura de un día cualquiera empezaba siendo de cuatro o cinco grados, a mediodía ascendía hasta los veintitantos y volvía a caer hasta los cuatro o cinco al atardecer, a menudo acompañada de una fuerte brisa oceánica. Se necesitaba tener un sentido creativo de la moda, además de paciencia, para añadirse o quitarse prendas varias veces al día. Tocó las mangas de cada una de sus prendas. Aunque varias de ellas eran perfectas para sentarse en el porche o pasear por la playa, le parecían inadecuadas para correr.

Subió al primer piso y fue hasta el dormitorio. Tras buscar en varios cajones, encontró un jersey ligero y se lo puso. Vio en su mesita de noche el libro que estaba leyendo, lo cogió, bajó las escaleras y entró en la cocina. Se sirvió un vaso de té helado y salió al porche trasero. La niebla matutina todavía no se había levantado y hacía más frío de lo que suponía. Dejó el té y el libro en la mesa, entre las blancas sillas Adirondacks y volvió a entrar en la casa en busca de una manta.

Volvió a salir envuelta en la manta, se sentó en una silla y abrió el libro por la página marcada. Leer se estaba convirtiendo en algo descorazonador. Tenía que volver sobre las mismas páginas una y otra vez si quería retomar el hilo argumental, y si dejaba de leer algún día, incluso debía regresar al principio del capítulo. Además, sentía ansiedad ante la decisión de qué leer. ¿Y si no le quedaba tiempo para leer todo lo que quería? Dar prioridad a un libro sobre otro le resultaba duro, era un recordatorio de que el reloj avanzaba inexorablemente, de que le quedaban lecturas pendientes que nunca terminaría.

Ahora estaba con *El rey Lear*. Le encantaban las tragedias de Shakespeare, pero ésa aún no la había leído. Por desgracia, y ya se estaba convirtiendo en una costumbre, tras unos minutos de lectura se encontró atascada. Releyó la página anterior, trazando una línea imaginaria bajo las palabras con la uña de su índice. Se acabó el té helado y contempló el vuelo de los pájaros.

—Ah, estás aquí. ¿Qué haces? ¿No íbamos a correr? —preguntó John.

—Oh, sí, vamos. Este libro me está volviendo loca.

—Entonces, cuando quieras.

—¿Vas a ir a esa conferencia?

—El lunes.

—¿Y qué día es hoy?

—Jueves.

—Oh. ¿Y cuándo llega Lydia?

—El domingo.

—¿Antes de tu marcha?

—Sí, Ali. Ya te lo he dicho antes. Deberías anotarlo en tu Blackberry, seguro que te sentirás mejor.

—De acuerdo, perdona.

—¿Lista para correr?

—Sí. Bueno, espera, antes tengo que hacer pis.

—Muy bien. Te espero en el porche.

Dejó el vaso en la encimera, junto al fregadero, y la manta y el libro sobre la silla del salón. Quiso seguir caminando, pero sus piernas necesitaban nuevas instrucciones. ¿Por qué había entrado en la casa? Volvió sobre sus pasos: manta y libro, vaso en la encimera, porche con John... Pronto se iría a un simposio internacional sobre el Alzheimer. ¿El domingo, quizá? Tenía que preguntárselo para estar segura.

Ah, iban a correr, pero hacía un poco de frío. Había entrado por algo de abrigo. No, no era eso, ya lo llevaba puesto. «¡Oh, al diablo con todo!»

Cuando llegó a la puerta principal, una urgente presión en su vejiga le hizo recordar que debía ir al lavabo. Volvió rápidamente sobre sus pasos y abrió la puerta del cuarto de baño. Sólo que, ante su incredulidad, resultó que no era el cuarto de baño. Escoba, fregona, cubo, aspirador, caja de herramientas, bombillas, linterna, lejía. Era el cuarto de los trastos.

Miró más allá del recibidor. La cocina a la izquierda, el salón a la derecha. Eso era todo. Había un lavabo en la planta baja, ¿verdad? Tenía que estar allí. Estaba allí, pero no estaba. Corrió hasta la cocina, pero allí sólo vio otra puerta que daba al porche trasero. Volvió al salón, pero, por supuesto, en el salón no había ningún lavabo. Regresó al pasillo de entrada y aferró el pomo de la puerta.

—Dios, por favor. Dios, por favor. Dios, por favor.

Abrió la puerta de golpe, como un ilusionista revelando su truco más deslumbrante, pero el lavabo no reapareció mágicamente.

«¿Cómo puedo perderme en mi propia casa?»

Pensó en subir al primer piso para usar el cuarto de baño completo, pero se sentía extrañamente pegada al suelo y aturdida en aquella zona de la planta baja, oscura y sin lavabo. Incapaz de moverse, tuvo la etérea sensación de estar observándose a sí misma, una pobre y desconocida mujer que lloraba en un pasillo. Ni siquiera sonaba como el llanto de una mujer adulta, sino como el asustado, derrotado e irrefrenable llanto de una niña pequeña.

Sus lágrimas no fueron lo único que no pudo contener. John entró en casa, justo a tiempo de ver cómo la orina resbalaba por su pierna derecha, empapando la pernera de los pantalones, los calcetines y las zapatillas de deporte.

—¡No me mires!

—Ali, no llores. Todo va bien.

—No sé dónde estoy.

—No importa. Estás conmigo.

—Estoy perdida.

—No estás perdida, Ali. Estás conmigo.

Él la abrazó y la meció suavemente, tal como había visto que ella hacía con sus hijos pequeños tras las innumerables heridas físicas y unas cuantas injusticias sociales.

—No puedo encontrar el lavabo.

—No importa.

—Lo siento.

—No lo sientas, no importa. Vamos, te ayudaré a cambiarte. Al fin y al cabo, empieza a apretar el calor y necesitas algo más ligero.

Antes de irse a la conferencia, John le dio a Lydia instrucciones detalladas sobre la medicación que debía tomar Alice, las rutinas de ejercicio, el teléfono móvil y el programa de Regreso Seguro. También, por si acaso, le dio el número del neurólogo. Cuando repasó la conversación en su cabeza, le sonó muy parecida a las que solían tener con las canguros adolescentes que cuidaban de sus hijos mientras ellos pasaban el fin de semana en Maine o Vermont. Ahora era Alice la que necesitaba ser vigilada. Por su propia hija.

Tras su primera cena juntas en el Squire, Alice y Lydia volvieron caminando por Main Street sin intercambiar palabra. La fila de coches de lujo, deportivos y todoterrenos aparcados a lo largo de la curva, equipados con portabicicletas, kayaks en el techo, cochecitos de niño, tumbonas y sombrillas playeras, con matrículas de Connecticut, Nueva York y Nueva Jersey, además de la de Massachusetts, eran la prueba palpable de que estaban oficialmente en plena temporada veraniega. Las familias paseaban tranquilamente, sin preocuparse por el tráfico y sin destino concreto, deteniéndose, volviendo sobre sus pasos, observando los escaparates. Como si tuvieran todo el tiempo del mundo.

Una tranquila caminata de diez minutos las alejó del congestionado centro. Se detuvieron frente al faro de Chatham y contemplaron el paisaje de la playa bajo ellas, antes de descender los treinta escalones que las separaban de la arena. Una modesta hilera de sandalias y chancletas les esperaba allí donde sus dueños las dejaran aquella misma mañana. Alice y Lydia añadieron sus zapatos a un extremo de la fila y siguieron su paseo. El cartel frente a ellas indicaba:

ADVERTENCIA: FUERTES CORRIENTES. Olas repentinas y peligrosas. No hay socorristas. Zona de riesgo para: nadar, practicar submarinismo y esquí acuático, navegar en embarcaciones de vela, balsas y canoas.

Alice contempló y escuchó cómo las olas morían en la orilla. Si no fuera por los colosales rompeolas construidos en los límites de las propiedades de un millón de dólares de Shore Drive, el océano llegaría hasta sus casas, devorándolas sin compasión o disculpa. Imaginó que su Alzheimer era como aquel océano de la playa del faro: imparable, feroz, destructivo. Pero su cerebro no tenía rompeolas que protegieran sus recuerdos y pensamientos del constante asalto.

—Lamento no haber ido a ver tu obra —dijo por fin Alice.

—No importa. Sé que esta vez ha sido culpa de papá.

—Estoy ansiosa por verte este verano.

—Ajá.

El sol estaba bajo e imposiblemente grande en el cielo azul y rosa, dispuesto a sumergirse en el Atlántico. Pasaron junto a un hombre arrodillado en la arena, apuntando con su cámara al horizonte para intentar capturar su volátil belleza.

—¿El simposio al que asiste papá es sobre el Alzheimer?

—Sí.

—¿Está intentando encontrar un tratamiento mejor?

—Sí.

—¿Crees que lo encontrará?

Alice vio cómo una ola borraba las huellas de sus pisadas, demoliendo también un elaborado castillo de arena decorado con conchas y llenando un agujero excavado ese mismo día con infantiles palas de plástico, desvaneciendo de la orilla su historia diaria. Envidió las preciosas casas construidas tras el rompeolas.

—No.

Alice recogió una concha y la limpió de arena, revelando su brillante blancura nacarada y las elegantes rayas rosadas. Le gustaba su tacto suave, pero uno de sus extremos estaba roto. Pensó lanzarla de nuevo al agua, pero decidió guardarla.

—Bueno, si no pensara que puede encontrar algo, estoy segura de que no perdería el tiempo haciendo ese viaje —sugirió Lydia.

Dos chicas con sudaderas de la Universidad de Massachusetts se acercaron sonriendo. Alice les devolvió la sonrisa y las saludó al cruzarse con ellas.

—Ojalá fueras a la universidad —apuntó.

—Mamá, no. Por favor.

Como no quería comenzar la semana que pasarían juntas con una discusión, Alice guardó silencio rememorando los profesores que había querido y temido, y los chicos que había amado y temido y ante los que quedó todavía más en ridículo, las noches en vela antes de los exámenes, las clases, las fiestas, los amigos, John... Sus recuerdos de aquellos tiempos eran vívidos, intactos, fácilmente accesibles, y la forma en que llegaban a ella tan completos e intensos era casi divertida, como si no tuvieran ni idea de la guerra que se libraba unos centímetros más a su izquierda.

Cuando pensaba en la universidad, su mente siempre saltaba hasta el primer año. Poco después de que su familia se despidiera para regresar a casa tras una breve visita, Alice oyó unos suaves golpecitos en la puerta de su dormitorio. Recordaba al decano con toda clase de detalles: la profunda arruga sobre su frente, su cabello gris, las incipientes bolitas de su jersey verde selva, la profunda cadencia de su voz...

Su padre conducía por la carretera 93 y se había estrellado contra un árbol. Puede que se hubiera dormido, puede que hubiera bebido demasiado durante la cena. «Siempre bebía demasiado durante la cena.» Estaba ingresado en el hospital de Manchester. Su madre y su hermana habían fallecido.

—¿John? ¿Eres tú?

—No, soy yo cambiando las toallas —respondió Lydia.

El ambiente general estaba cargado, tocaba un poco de lluvia. El clima había cooperado toda la semana con unos días soleados, de postal, y unas noches con una temperatura perfecta para dormir tranquilamente. Su cerebro también había cooperado toda la semana y pudo distinguir la diferencia entre los días llenos de dificultades para encontrar recuerdos, y palabras, y cuartos de baño, y los días en que su Alzheimer había permanecido silencioso, sin interferir. En esos días aparecía su yo normal, el que lo comprendía todo y tenía confianza; en esos días casi se convencía de que el doctor Davis y su genetista estaban equivocados o que los últimos seis meses sólo habían sido un sueño horrible, una pesadilla, que el monstruo que albergaba debajo de su cama no era real.

Desde el salón vio cómo Lydia plegaba y apilaba las toallas en uno de los estantes de la cocina. Llevaba un top azul claro, atado a la espalda con cintas largas como espaguetis y una falda negra. Parecía recién duchada. Ella todavía conservaba el traje de baño bajo un vestido playero con un dibujo de peces.

—¿Crees que debería cambiarme? —preguntó Alice.

—Si te apetece...

Lydia guardó las tazas en un armario y consultó su reloj; después fue hasta el salón, reunió las revistas y los catálogos del sofá y el suelo, y los apiló en el estante bajo la mesita de café. Volvió a consultar su reloj. Tomó un ejemplar del *Cape Cod Magazine* de la parte superior del montón, se sentó en el sofá y empezó a hojearlo. Parecían estar matando el tiempo, pero Alice no entendía el motivo. Algo iba mal.

—¿Dónde está John?

Su hija levantó la vista de la revista y ella no supo discernir si su expresión era divertida o avergonzada. Quizás ambas cosas a la vez, no estaba segura.

—Llegará de un momento a otro.

—Así que estamos esperándolo.

—Ajá.

—¿Dónde está Anne?

—Anna está en Boston, con Charlie.

—No, no; me refiero a mi hermana Anne. ¿Dónde está Anne?

Lydia se quedó contemplándola sin parpadear, desaparecida toda expresión de su rostro.

—Mamá, Anne murió en un accidente de coche, como tu madre.

Los ojos de Lydia no se despegaban de los de su madre. Alice dejó de respirar y sintió como si un puño apretara su corazón. Sólo sentía rabia y dolor en todas y cada una de sus células, en su corazón enfermo, en sus lágrimas ardientes, y sólo podía oír su propia voz, aullando silenciosamente dentro de su cabeza por Anne y por su madre.

John apareció junto a ellas empapado.

—¿Qué ha ocurrido?

—Me preguntó por Anne. Cree que acaba de morir.

John le sostuvo la cabeza entre las manos. Le hablaba suavemente, intentando calmarla. «¿Por qué no está alterado como yo? Seguro que ya lo sabía, por eso. Y me lo ha estado ocultando.» No podía confiar en él.

Agosto de 2004

Su madre y su hermana habían muerto durante su primer año de universidad, y en sus álbumes de fotos familiares no aparecía ninguna de las dos. No había rastro de ellas en su graduación o en su boda, ni siquiera con John, los niños y ella en fiestas, vacaciones o nacimientos. No podía imaginarse a su madre como una anciana, que es lo que sería ahora, y en su mente Anne se mantenía adolescente. Aun así, por un momento habría asegurado que estaban a punto de entrar por la puerta principal, no como fantasmas del pasado, sino vivas y bien vivas, y que se quedarían en la casa de Chatham todo el verano. En cierta forma tenía miedo de estar tan confusa que, aun despierta y sobria, esperase con ansiedad una visita de su madre y su hermana muertas hacía tanto tiempo. Y más aterrador incluso era que eso la aterrase tanto.

Alice, John y Lydia desayunaban bajo el porche, en la mesa del jardín. Lydia les hablaba de los miembros de su compañía teatral y los ensayos. Pero, sobre todo, se dirigía a John.

—Antes de conocerlos me sentía intimidada, ¿sabéis? Quiero decir, tendríais que ver sus biografías. Masters of

Fine Art por sus actuaciones en los teatros neoyorquinos, títulos del Actor's Studio y diplomas de Yale, experiencia en Broadway...

—Uau, parece un grupo con mucha experiencia. ¿Cuál es su promedio de edad? —preguntó John.

—Yo soy la más joven. La mayoría anda por los treinta o los cuarenta, incluso tenemos un hombre y una mujer tan viejos como mamá y tú.

—«Tan» viejos, ¿eh?

—Ya me entiendes. De todas formas, al principio pensaba que me sentiría fuera de lugar, pero las clases y las improvisaciones me han ayudado mucho. Sé lo que estoy haciendo.

Alice recordó haber sentido la misma inseguridad durante sus primeros meses como profesora en Harvard.

—Todos tienen mucha más experiencia que yo, pero ninguno ha trabajado la técnica Meisner. Todos han estudiado Stanislavsky o el Método, pero creo que Meisner es el mejor enfoque para actuar con verdadera espontaneidad. Aunque no tengo mucha experiencia práctica, aporto al grupo algo único.

—Eso es estupendo, cariño. Seguro que ésa ha sido una de las razones por las que te han elegido —la aplaudió John—. Pero ¿qué significa exactamente «actuar con verdadera espontaneidad»?

Alice se preguntaba lo mismo pero las palabras, viscosas por la mugre amiloide de su cerebro, quedaban rezagadas frente a las de John, como le sucedía últimamente con cualquier conversación en tiempo real. Así que los escuchaba divagar sin esfuerzo y los observaba como si fueran actores interpretando una obra, con ella sentada en una butaca del público.

Cortó por la mitad su *bagel* con sésamo y le dio un

mordisco. No le gustaba sin nada. Sobre la mesa tenía varias opciones: mermelada de moras de Maine, un bote de mantequilla de cacahuete, un trozo de mantequilla en un plato y una tarrina de mantequilla blanca. Sólo que no era mantequilla blanca. ¿Cómo se llamaba? No, tampoco era mayonesa. Era casi tan compacta como la mantequilla. ¿Cómo se llamaba? La señaló con la punta de su cuchillo.

—John, ¿puedes pasarme eso?

John le pasó la tarrina de mantequilla blanca. Ella extendió una gruesa capa en una mitad del *bagel* y se quedó contemplándola. Sabía exactamente qué gusto tenía y que le encantaría, pero no podía comérsela hasta que no supiera qué nombre tenía. Lydia se dio cuenta de que su madre no apartaba los ojos de su *bagel*.

—Crema de queso, mamá.

—Exacto. Crema de queso. Gracias, Lydia.

Sonó el teléfono y John entró en la casa para responder. Lo primero que le vino a la mente fue que era su madre y que llamaba para advertirles que llegaría tarde. La idea, en principio realista y coloreada por el apremio, le parecía tan razonable como esperar que John volviera a la mesa unos minutos después. Alice corrigió ese pensamiento impetuoso, lo censuró y lo rechazó. Su madre y su hermana habían muerto durante su primer año de universidad. Era una locura tener que recordarlo constantemente.

A solas con su hija pequeña, al menos en ese momento, aprovechó la oportunidad para hablar con ella.

—Lydia, ¿qué te parecería estudiar teatro y conseguir una diplomatura?

—Mamá, ¿no has escuchado una sola palabra de lo que he dicho? No necesito ningún diploma.

—He escuchado todas y cada una de las palabras que has dicho. Estaba pensando más allá. Seguro que hay aspectos de tu profesión que todavía no conoces ni has explorado, cosas que todavía puedes aprender... dirección, por ejemplo. El asunto es que, si alguna vez lo necesitaras, un título te abriría más puertas.

—¿Y qué puertas son ésas?

—Bueno, el título te daría suficiente credibilidad como para poder enseñar... si algún día quisieras hacerlo.

—Mamá, quiero ser actriz, no profesora. La profesora eres tú, no yo.

—Lo sé, Lydia, lo has dejado claro muchas, muchísimas veces. No pensaba en que fueras necesariamente una profesora universitaria, aunque también. Pensaba en que algún día podrías organizar talleres como esos a los que has asistido y que tanto te han gustado.

—Lo siento, mamá, pero no pienso malgastar tiempo y energía en pensar lo que podría hacer, si resulta que no soy lo bastante buena como para ganarme la vida como actriz. En estos momentos, lo que menos necesito es dudar de mis posibilidades.

—No estoy dudando de que puedas hacer carrera como actriz. Pero ¿y si algún día decides fundar una familia y quieres tomarte un respiro, aunque sin abandonar el medio? Una solución sería organizar algunos de esos talleres, incluso en tu propia casa, podrías fijar el horario a tu conveniencia. Además, no siempre se trata de lo que puedes conocer, sino a quién, de la posibilidad de establecer contactos con compañeros de clase, profesores, otros alumnos... Estoy segura de que existe un círculo interno al que sin título ni experiencia simplemente no se puede acceder.

Alice hizo una pausa, esperando el «sí, pero» típico de Lydia, pero su hija no dijo nada.

—Piénsatelo. La vida te ocupa cada día más tiempo, y a medida que te haces vieja es más difícil encajar. Podrías hablar con gente de tu entorno y preguntarle por lo que implica mantener una carrera de actriz cuando has cumplido los treinta, los cuarenta e incluso más. ¿De acuerdo?

—De acuerdo.

De acuerdo. Eso sería lo máximo que conseguiría nunca sobre aquel tema. Alice intentó pensar otro tema de conversación pero no pudo, hacía mucho tiempo que no conversaban sobre otra cosa. El silencio duró varios segundos más.

—Mamá, ¿qué sientes?

—¿Que qué siento?

—Al tener Alzheimer. ¿Sientes en este momento que estás enferma de Alzheimer?

—Bueno, sé que no me siento confusa y que no estoy repitiéndome... Pero hace unos minutos no podía encontrar el nombre «crema de queso», y me resultaba imposible participar en la conversación con tu padre y contigo. Sé que sólo es cuestión de tiempo antes de que ese tipo de cosas vuelvan a ocurrir, y que el tiempo entre un periodo y otro se hace cada vez más corto. Incluso cuando me siento completamente normal, sé que no lo estoy, que los malos momentos no han terminado, que es sólo una tregua. No puedo confiar en mí misma.

En cuanto terminó de hablar, se preocupó por si había admitido demasiadas cosas. No quería asustarla. Pero Lydia ni siquiera parpadeó y siguió interesada. Alice se relajó.

—Así que... ¿te das cuenta de cuándo está sucediendo?

—Casi siempre.

—¿Sabes lo que te está pasando cuando no puedes recordar el nombre de la crema de queso?

—Sé que estoy buscando un nombre, pero mi cerebro no lo encuentra. Es como si decidieras que quieres beber un vaso de agua, pero tu mano no lo coge. Se lo pides amablemente, incluso la amenazas, pero la mano no se mueve. Al final lo consigues, pero entonces, en lugar del vaso coges el salero o golpeas el vaso incontroladamente, lo vuelcas y derramas el agua sobre la mesa, o cuando consigues que tu mano coja el vaso y te lo llevas a los labios, el picor de tu garganta se ha calmado y ya no necesitas un sorbo de agua. El momento de la necesidad ha pasado.

—Parece una tortura, mamá.

—Lo es.

—Lamento que sufras Alzheimer.

—Gracias.

Lydia extendió su mano a través de platos, vasos y años de distancia, y apretó cariñosamente la de su madre. Alice le devolvió el apretón y sonrió. Por fin habían encontrado otro tema de conversación.

Alice despertó en el sofá. Últimamente dormía mucho, a veces hasta hacía dos siestas diarias. Mientras que su capacidad de atención y su energía se veían sumamente beneficiadas por ese descanso extra, recuperar la rutina era chocante. Miró el reloj de la pared. Las cuatro y cuarto. No recordaba a qué hora se había dormido, pero sí la comida del mediodía: un sándwich de... de algo con John, probablemente alrededor de las doce. La esquina de algo duro presionaba contra su cadera. Era el libro que había estado leyendo. Debió de quedarse dormida mientras leía.

Las cuatro y veinte. El ensayo de Lydia duraría hasta las siete. Se irguió en el sofá y escuchó. Podía oír las gaviotas graznar en la playa y las imaginó persiguiendo su comida, una carrera enloquecida para encontrar y devorar hasta la última migaja de alimento dejada por los descuidados y bronceados humanos. Se levantó y comenzó su propia búsqueda, la de John, menos frenética que la de las gaviotas. Miró en el dormitorio y en el estudio. Miró hacia la carretera. El coche no estaba. Estaba a punto de maldecirlo por no dejarle una nota, cuando la encontró sujeta con un imán en la puerta del frigorífico. «Ali: He ido a dar un paseo en coche. Volveré pronto. John.»

Volvió a sentarse en el sofá y cogió el libro. Era *Sentido y sensibilidad*, de Jane Austen, pero no lo abrió. La verdad era que en aquel momento no le apetecía leer. Tiempo atrás había empezado *Moby Dick* y logró llegar hasta la mitad antes de perderlo. John y ella habían puesto la casa patas arriba sin conseguir encontrarlo. Incluso habían mirado en aquellos lugares peculiares en que sólo un chiflado habría podido dejar un libro: el frigorífico y el congelador, la despensa, los cajones del armario, el cajón de la mantelería, la chimenea... Pero no lo hallaron. Seguramente lo habría olvidado en la playa. Deseó que fuera así, olvidado en la playa, eso al menos era algo que habría podido pasarle antes del Alzheimer.

John se ofreció a comprarle otro ejemplar. Quizás había ido a la librería. Deseó que hubiera ido a la librería. Si tardaba mucho más en reanudar la lectura, se olvidaría de lo ya leído y tendría que volver a empezar. Tanto trabajo para nada. Sólo pensarlo hizo que volviera a sentirse cansada. Mientras se entretenía con Jane Austen, que siempre le había gustado, pero no conseguía captar toda su atención.

Subió hasta el dormitorio de Lydia. De sus tres hijos, era la que menos conocía a fondo. Sobre el tocador vio anillos de plata y turquesas, un collar de cuero y una colorida bisutería en una caja abierta de cartón. Junto a la caja había un montón de clips para el pelo y una varita de incienso quemándose. Lydia era un poco *hippie*.

Sus vestidos estaban desparramados por el suelo; algunos plegados, otros no. No podían quedar muchos en los cajones de su cómoda y no había hecho la cama. Lydia era un poco vaga.

Libros de poesía y teatro se alineaban en los estantes. *Madre Noche, Cena entre amigos, La verdad oculta, Un delicado equilibrio, Antología de Spoon River, Agnes de Dios, Ángeles en América...* Lydia era actriz.

Cogió varias obras de teatro y las hojeó. Tenían ochenta o noventa páginas, y cada página contenía poco texto. «Quizá sería más fácil y satisfactorio leer obras de teatro. Así podría hablar de ellas con Lydia.» Se quedó con *La verdad oculta.*

Sobre la mesita de noche vio el diario de Lydia, un iPod, *El Método Sandford Meisner de interpretación* y una foto enmarcada. Cogió el diario. Dudó, pero poco. No podía permitirse el lujo de perder el tiempo. Se sentó en la cama y leyó página tras página los sueños y confesiones de su hija. Leyó sobre bloqueos y ataques de nervios en las clases, miedos y esperanzas en las pruebas, alegrías y decepciones en los *castings*. Leyó sobre la pasión y la tenacidad de una mujer joven.

Y leyó sobre Malcolm. Lydia se había enamorado de él en plena clase, representando una escena dramática. En cierta ocasión creyó que podía estar embarazada, pero se equivocó y se sintió aliviada, no creía estar preparada para casarse o tener hijos. Primero quería encontrar su camino.

Alice estudió la fotografía enmarcada de Lydia y un

hombre, presumiblemente Malcolm, con sus sonrientes caras pegadas una a la otra. En la foto, el hombre y la mujer parecían felices. Lydia era una mujer.

—¿Estás en casa, Ali? —llamó John.

—¡Aquí arriba!

Dejó el diario y la foto sobre la mesita de noche y bajó las escaleras.

—¿Adónde has ido? —preguntó.

—Salí a pasear un rato.

Llevaba dos bolsas blancas de plástico, una en cada mano.

—¿Me has comprado otro ejemplar de *Moby Dick*?

—Algo parecido.

Le alargó a Alice una de las bolsas, llena de DVD: *Moby Dick*, interpretada por Gregory Peck y Orson Welles, *El rey Lear* con Laurence Olivier, *Casablanca*, *Alguien voló sobre el nido del cuco* y *Sonrisas y lágrimas*, su película favorita de todos los tiempos.

—He pensado que te resultaría más fácil. Y además podemos verlas juntos.

Ella sonrió.

—¿Y qué llevas en la otra bolsa? —Se sentía emocionada y aturdida, como una niña la mañana de Navidad.

John sacó de la otra bolsa un paquete de palomitas para preparar en el microondas y una caja de bolitas de chocolate.

—¿Podemos ver primero *Sonrisas y lágrimas*? —preguntó ansiosa.

—Claro.

—Te quiero, John. —Lo abrazó con fuerza.

—Y yo a ti, Alice.

Con las manos de su marido acariciándole la espalda, ella presionó el rostro contra su pecho. Quería decirle muchas más cosas sobre lo que él significaba para ella, pero no pudo encontrar las palabras. Él la abrazó con más fuerza. Lo sabía. Permanecieron un buen rato en la cocina quietos, abrazados, sin proferir palabra.

—Toma, prepara las palomitas mientras yo me encargo del reproductor. Nos vemos en el sofá —dijo John al fin.

—De acuerdo.

Se acercó al microondas, abrió la puerta y estalló en carcajadas sin poder evitarlo.

—¡Cariño, he encontrado *Moby Dick*!

Hacía un par de horas que Alice estaba sola. Durante aquella solitaria mañana bebió té verde, leyó un poco e hizo yoga en el jardín delantero. Adoptó la postura del perro, llenó sus pulmones de la deliciosa brisa marina y se regodeó en el extraño, casi doloroso placer del estiramiento de sus glúteos y corvas. Con el rabillo del ojo observó su tríceps izquierdo, ocupado en mantener el cuerpo en aquella posición. Sólido, esculpido, precioso. Todo su cuerpo parecía fuerte y hermoso.

Jamás había estado en mejor forma física. Buena alimentación más ejercicio diario dotaban de fuerza a sus flexionados tríceps, de flexibilidad a sus caderas, de potencia a sus pantorrillas y de una fácil respiración a las carreras diarias de seis kilómetros. Al margen, por supuesto, quedaba el estado de su mente. Indiferente, desobediente, debilitada.

Tomó Arocept, Namenda, una píldora del misterioso Amylex del ensayo clínico, Lipitor, vitaminas C y E y una aspirina infantil. Además consumía antioxidantes en forma de moras, vino tinto y chocolate negro. Bebía té verde y había probado el ginko biloba. Meditaba y se lavaba los dientes con la mano izquierda, su mano no dominante. Dormía cuando se sentía cansada. Pero ninguno de esos esfuerzos daba resultados visibles, mensurables. Quizá su capacidad cognitiva fuera notablemente peor si no hacía ejercicio, o si no se tomaba el Aricept o las moras. Quizá su demencia avanzaba incontrolable, sin encontrar oposición alguna. Quizá. No lo sabía, y no podría saberlo a menos que dejase de tomar las medicinas, el chocolate y el vino, y se sentase todo un mes a esperar percibir un empeoramiento. Pero ése era un experimento que no estaba dispuesta a realizar.

Cambió a la postura del guerrero. Exhaló y forzó la posición de la teórica estocada, aceptando la incomodidad y el reto adicionales para su concentración y su resistencia, dispuesta a mantener la posición, dispuesta a seguir siendo una guerrera.

John salió de la cocina casi como un zombi, recién levantado de la cama pero ya vestido para la carrera diaria.

—¿Quieres primero un café? —preguntó Alice.

—No; salgamos a correr. Me lo tomaré cuando volvamos.

Corrieron unos tres kilómetros a lo largo de la calle principal hasta el centro de la ciudad, y regresaron por la misma ruta. El cuerpo de John se había vuelto ostensiblemente más delgado y definido, y ahora podía correr aquellas distancias más fácilmente, pero no disfrutaba de la carrera ni un solo segundo. Corría con ella, resignado y sin quejarse, pero con el mismo entusiasmo con que pagaba las facturas o ponía la lavadora. Y ella lo amaba por eso.

Alice iba detrás, dejando que él impusiera el ritmo, contemplándolo y escuchándolo como si fuera un instrumento musical: el movimiento pendular de sus hombros, los rítmicos y profundos resoplidos, la percusión de sus zapatillas deportivas sobre el arenoso pavimento... Entonces, John escupió y ella rio. Él no le preguntó el motivo.

Regresaban a casa cuando Alice se situó a su altura. En un arranque de compasión, estuvo a punto de decirle que no tenía que seguir corriendo con ella si no le apetecía, que conocía lo suficiente la ruta como para correr sola. Pero entonces, en una bifurcación de Mill Road, cuando ella iba a girar hacia la izquierda, giraron a la derecha. Al Alzheimer no le gustaba que lo ignorasen.

Una vez en casa, Alice le dio las gracias y un beso en su sudorosa mejilla, antes de dirigirse directamente hacia Lydia, que seguía en pijama bebiendo café bajo el porche. Cada mañana hablaba con su hija de la obra que estuviera leyendo, frente a un plato de cereales con moras o un *bagel* de sésamo untado con ¡crema de queso! y café o té. El instinto de Alice había acertado. Disfrutaba infinitamente más con las obras teatrales que leyendo novelas o biografías, y charlaba de ellas con Lydia, ya fuera sobre la obra entera o la primera escena del primer acto. Era una forma deliciosa y poderosa a la vez de reforzar su memoria. Analizando escenas, personajes y argumentos con Lydia, se dio cuenta de la profundidad del intelecto de su hija menor, de su rica comprensión de las necesidades, las emociones y los conflictos humanos. Vio lo que era Lydia y cómo era. Y la adoraba.

Hoy discutían una escena de *Ángeles en América*, intercambiando preguntas y respuestas, adelante y atrás. Una divertida conversación entre dos personas. Entre dos iguales. Y como Alice no tenía que competir con John para completar frases e ideas, podía tomarse su tiempo sin quedarse atrás.

—¿Cómo fue hacer esta escena con Malcolm? —preguntó Alice.

Lydia la contempló como si aquella pregunta le hubiera hecho estallar el cerebro.

—¿Qué?

—¿No interpretasteis Malcolm y tú esta escena en clase?

—¿Has leído mi diario?

El estómago de Alice dio un vuelco. Estaba segura de que Lydia se lo había contado.

—Cariño, lo siento...

—¡No puedo creer que hayas leído mi diario! ¡No tenías derecho!

Lydia empujó la silla hacia atrás y se marchó furiosa, dejando a su madre sola frente a la mesa, aturdida y mareada. Unos minutos después, oyó un portazo en la fachada delantera de la casa.

—No te preocupes, ya se calmará —aseguró John.

Intentó mantenerse ocupada el resto de la mañana limpiando, arreglando el jardín, leyendo, pero sólo consiguió preocuparse cada vez más. Por haber hecho algo imperdonable y por haber perdido el respeto, la confianza y el amor de su hija cuando apenas empezaba a conocerla.

Tras la comida, Alice y John pasearon por la playa Hardings, y ella nadó hasta que su cuerpo estuvo demasiado exhausto para sentir otra cosa que puro agotamiento. Con el agujero de su estómago desaparecido momentáneamente, volvió a su silla playera, reclinó el respaldo, cerró los ojos y se puso a meditar.

Había leído que la medicación regular incrementaba el espesor cortical y retardaba la merma relacionada con la edad. Lydia meditaba todos los días, y cuando Alice expresó interés, ella le enseñó. Al margen de que eso ayudara a preservar o no su espesor cortical, a Alice le gustaban esos momentos de tranquila concentración que lograban silenciar el ruido confuso y la preocupación que anidaban en su cabeza. Le proporcionaban, literalmente, paz mental.

Veinte minutos después regresó a un estado más consciente, relajada, vigorizada y acalorada. Volvió a sumergirse en el océano para un baño rápido, intercambiando sudor y calor por sal y frescor. De vuelta hacia la hamaca, reparó en una mujer que, sentada junto a ellos, hablaba de la maravillosa obra que había visto en el Monomoy. El agujero de su estómago reapareció.

Esa noche, John preparó hamburguesas con queso y Alice hizo una ensalada. Lydia no apareció para la cena.

—Seguro que han estado ensayando hasta tarde —dijo John.

—Ahora me odia.

—No te odia.

Después, ella bebió dos copas más de vino tinto, y John, tres copas más de escocés con hielo. Lydia seguía sin aparecer. Más tarde todavía, ella añadió la ración de píldoras a su inquieto estómago, y se sentaron juntos en el sofá con un bol de palomitas y una caja de bolitas de chocolate para ver *El rey Lear*.

Cuando John la despertó, seguía en el sofá. La televisión estaba apagada y la casa a oscuras. Supuso que se había dormido antes de que la película terminase porque no se acordaba del final. Él la guio hasta el dormitorio del piso superior.

Alice se quedó de pie junto a la cama, incrédula, con la mano tapándose la boca, lágrimas en los ojos y la preocupación expulsada de cuajo de su estómago y su mente. El diario de Lydia estaba sobre su almohada.

—Llego tarde, lo siento —dijo Tom al entrar.

—Bien, ahora que ha llegado Tom, ya estamos todos —repuso Anna—. Charlie y yo tenemos una noticia que daros: estoy embarazada de cinco semanas... ¡y de gemelos!

A los abrazos, besos y felicitaciones siguieron preguntas excitadas, y respuestas e interrupciones, y más preguntas y respuestas. A medida que declinaba la habilidad de Alice para seguir conversaciones complejas con varios participantes, aumentaba su sensibilidad para detectar aquello que no se expresaba con palabras, sino mediante el lenguaje corporal y las emociones. Hacía un par de semanas que se lo había explicado a Lydia, y ésta le confesó que sería una habilidad envidiable para un actor. Le explicó que sus compañeros y ella tenían que concentrarse al límite para sentirse sinceramente afectados por lo que los demás actores estaban haciendo y sintiendo. Alice no lo comprendió del todo, pero amó a Lydia por ver sus problemas de comunicación como una «habilidad envidiable».

John parecía feliz y excitado, pero Alice intuyó que sólo mostraba parte de la felicidad y excitación que realmente sentía, probablemente haciéndose eco de la advertencia de Anna de que «todavía era pronto». Aun sin la advertencia de Anna, le era imposible librarse de cierto toque supersticioso, común en la mayoría de los biólogos, y no quería contar abiertamente con esos dos polluelos antes de que salieran del cascarón. Pero ella podía captar su ansiedad. Él quería tener nietos.

Bajo la felicidad y la excitación de Charlie, Alice descubrió una espesa capa de nerviosismo, cubriendo una capa todavía más gruesa de terror. Ambas eran obviamente visibles para ella, pero Anna parecía ajena y nadie más hizo un comentario al respecto. Aquello que estaba viendo ¿era simplemente la preocupación típica de un padre primerizo? ¿Era ese nerviosismo producto de la responsabilidad de alimentar a dos bocas más y pagar dos colegios simultáneamente? Eso sólo explicaría la primera capa. ¿Estaba aterrorizado por la perspectiva de tener al mismo tiempo dos hijos en el colegio y una esposa que acabaría demente?

Lydia y Tom estaban hablando con Anna. Sus pequeños eran preciosos, sus pequeños que ya no eran pequeños. Lydia parecía radiante. Disfrutaba de las novedades y de que toda su familia se hubiera reunido para verla actuar.

La sonrisa de Tom era sincera, pero Alice percibió en él una sutil incomodidad: ojos y mejillas ligeramente hundidos, más huesudo. ¿Sería por las clases? ¿Por alguna chica? Él advirtió que su madre lo estaba estudiando.

—¿Cómo te encuentras, mamá? —preguntó.

—Bastante bien.

—¿De verdad?

—Sí, de verdad. Me siento genial.

—Se te ve demasiado callada.

—Es que somos demasiados hablando a la vez y demasiado deprisa —intervino Lydia.

La sonrisa de Tom desapareció de repente y dio la impresión de estar a punto de llorar. La Blackberry de Alice vibró contra su cadera desde el interior del bolso azul celeste, indicándole que era la hora de su dosis de pastillas, pero decidió esperar unos minutos. No quería tomárselas en ese momento, no delante de Tom.

—¿A qué hora es la representación de mañana, Lyd? —se interesó Alice, Blackberry en mano.

—A las ocho.

—No hace falta que lo apuntes, mamá, todos estaremos allí. Te aseguro que no nos olvidaremos de llevarte con nosotros —bromeó Tom.

—¿Y cuál es la obra que vais a representar? —preguntó Anna.

—*La verdad oculta* —respondió Lydia.

—¿Estás nerviosa? —quiso saber Tom.

—Un poco, porque es el estreno y porque estaréis vosotros. Pero os olvidaré en cuanto pise el escenario.

—Lydia, ¿a qué hora es la función? —interrumpió Alice.

—Ya lo has preguntado antes, mamá. No te preocupes por eso —cortó Tom.

—A las ocho en punto, mamá —dijo Lydia—. Tom, no estás ayudando en nada.

—No, no está ayudando en nada. ¿Por qué mamá tiene que preocuparse en recordar algo que no le hace falta recordar? —se quejó Anna.

—No se preocuparía si lo anotase en su Blackberry —apuntó Lydia—. Deja que lo haga.

—Es que no debería apoyarse tanto en esa Blackberry. Tendría que ejercitar su memoria siempre que le sea posible —insistió Anna.

—¿Por ejemplo? ¿Debería memorizar la hora de la función o dejarlo todo en nuestras manos? —contraatacó Lydia.

—Tendrías que animarla a prestar atención y concentrarse —aclaró Anna—. Debería intentar recordar la información por sí misma, no ser perezosa y apoyarse siempre en su maquinita —añadió.

—Mamá no es perezosa —protestó Lydia.

—Esa Blackberry y tú estáis haciendo que lo sea. Mira, mamá, ¿a qué hora es la función de Lydia? —preguntó Anna.

—No lo sé, por eso lo he preguntado —respondió Alice perpleja.

—Ya te lo ha dicho dos veces, mamá. ¿No puedes intentar recordar lo que te ha dicho?

—Anna, deja de agobiarla —intervino Tom.

—Iba a anotarlo en mi Blackberry, pero no me habéis dejado.

—No te estoy pidiendo que consultes tu Blackberry, te estoy pidiendo que recuerdes la hora que te ha dicho Lydia.

—Bueno, si me dejarais anotar la hora, no tendría que recordarla.

—Mamá, piensa por un segundo. ¿A qué hora es la función mañana?

Ella no sabía la respuesta, pero la pobre Anna necesitaba que la pusieran en su lugar.

—Lydia, ¿a qué hora es la función? —preguntó Alice.

—A las ocho, mamá.

—A las ocho, Anna.

Cinco minutos antes de las ocho, ya estaban sentados en sus asientos. Segunda fila, centrados. El teatro Monomoy era un local pequeño, casi íntimo, con sólo cien asientos y un escenario situado apenas a un metro de la primera fila.

Alice estaba impaciente porque las luces se apagasen. Había leído la obra y la había comentado extensamente con Lydia. Incluso la había ayudado a repasar su texto. Lydia interpretaba a Catherine, la hija de un matemático loco. Y estaba impaciente por ver cómo los personajes cobraban vida ante ella.

Desde la primera escena la actuación fue sincera, llena

de matices, y Alice se encontró completamente absorbida por el mundo creado en el escenario. Catherine clamaba que tenía una prueba revolucionaria, pero ni su supuesto pretendiente, ni su distanciada hermana la creían y cuestionaban su estabilidad mental. El personaje se torturaba a sí mismo, temeroso de que pudiera volverse loco como su genial padre. Alice experimentó su dolor, su traición y su miedo. Se sintió hechizada desde el principio hasta el final.

Más tarde, cuando los actores salieron a saludar al público, Lydia/Catherine resplandecía. John le entregó un ramo de flores y le dio un gran abrazo.

—¡Has estado sorprendente, absolutamente increíble! —exclamó.

—¡Muchas gracias! ¿No es una obra genial?

Los demás también la abrazaron, besaron y felicitaron.

—¡Ha estado genial! —dijo Alice—. Verla ha sido hermoso.

—Gracias, mamá.

—¿La veremos en alguna otra obra este verano?

Lydia la miró tanto tiempo antes de responder que la espera se hizo incómoda.

—No. Éste es el único papel que haré este verano.

—¿Se quedará aquí todo el verano?

La pregunta pareció entristecerla. Sus ojos se llenaron de lágrimas.

—Sí. Iré a Los Ángeles a finales de agosto, pero volveré muy a menudo para visitar a mi familia.

—Mamá, es Lydia. ¡Es tu hija! —casi gritó Anna.

El bienestar de una neurona depende de su habilidad para comunicarse con las demás. Los estudios han demostrado que la estimulación eléctrica y química de las neuronas ayuda a mantener la vitalidad del proceso celular. Las neuronas incapaces de conectarse con otras se atrofian. Una vez que se vuelve inútil, una neurona abandonada se muere.

Septiembre de 2004

Aunque oficialmente comenzaba el semestre otoñal en Harvard, el tiempo seguía inalterable las reglas del calendario romano. Esa veraniega mañana de septiembre, mientras Alice caminaba hacia el campus de Harvard, tenía que soportar una bochornosa temperatura de treinta grados. Todos los años, en las fechas anteriores y posteriores a la matriculación, le divertía observar a los alumnos de primero que llegaban de otros estados. El otoño en Nueva Inglaterra evocaba imágenes de hojas de colores vibrantes, cosechas de manzanas, encuentros de rugby, y jerséis de lana y bufandas. Mientras que no era extraño despertarse en Cambridge a finales de septiembre y encontrar un poco de escarcha en las calabazas, a principios de ese mismo mes todavía resonaban en el aire los sonidos de los acondicionadores de aire, zumbando hasta el paroxismo, y las discusiones patológicamente optimistas sobre los Red Sox. Aun así, como cada año, allí estaban aquellos estudiantes transplantados, moviéndose por las aceras de la plaza Harvard con la incertidumbre de unos turistas de temporada, siempre acalorados por las múltiples capas de ropa de abrigo, y un exceso de bolsas de tiendas, llenas con todo el material de escritorio necesario y jerséis con logotipo de Harvard. Pobrecillos.

Cuando llegó al despacho de Eric Wellman, Alice se sentía incómodamente sofocada, a pesar de que sólo llevaba una camiseta blanca de algodón, sin mangas, y una falda negra de rayón. Situado encima del suyo, aquel despacho tenía el mismo tamaño, mobiliario y vista del río Charles y de Boston que el de ella, pero parecía más impresionante, más imponente. Cuando se encontraba en aquel despacho, siempre se sentía como una alumna, y esa sensación se había acentuado ese día, cuando Wellman la llamó para «charlar un minuto».

—¿Cómo has pasado el verano? —comenzó Eric, afable.

—Muy relajada. ¿Y tú?

—Bien, pero me ha parecido muy corto. Te echamos de menos en la conferencia de junio.

—Lo sé. Yo también lamenté no poder asistir.

—Bueno, Alice, antes de que den comienzo las clases, quería comentar contigo las evaluaciones del último semestre.

—Oh, todavía no he tenido oportunidad de echarles un vistazo.

Un paquete de evaluaciones de su curso de Motivación y Emoción, sujeto por una goma elástica, yacía en alguna parte de su despacho. Las opiniones de los alumnos de Harvard sobre sus profesores eran anónimas y sólo las leían el profesor de la asignatura y el director del departamento. En el pasado solía leerlas por pura vanidad. Sabía que era una buena profesora y las evaluaciones de sus estudiantes siempre resultaban positivas. Pero Eric nunca le pidió que las leyeran conjuntamente. Temió que, por primera vez en su carrera, no le gustaría la imagen que de ella reflejarían aquellos papeles.

—Tómate unos minutos y revisémoslas ahora.

Él cogió su copia de un montón de papeles. La primera hoja era un resumen.

En una escala de uno, fuerte desacuerdo, a cinco, completamente de acuerdo, ¿el profesor ha dado a los alumnos un alto estándar de calidad?

Todo cuatros y cincos.

¿Las reuniones profesor/alumnos para discutir el contenido de las clases refuerzan la comprensión de la materia?

Cuatros, treses y doses.

El profesor me ayudó a comprender conceptos difíciles e ideas complejas.

Otra vez cuatros, treses y doses.

El profesor animó a plantear preguntas y considerar puntos de vista diversos.

Dos alumnos le habían dado un uno.

En una escala de uno a cinco, de pobre a excelente, da una evaluación general del profesor.

La mayoría eran treses. Si recordaba correctamente, nunca había recibido una evaluación más baja de cuatro en esa categoría.

Todo el resumen estaba cuajado de treses, doses y unos. No intentó convencerse de que fuera otra cosa que un meditado y certero juicio de sus alumnos, sin malicia o animadversión. Sus habilidades como profesora habían mermado más de lo que pensaba. Aun así, apostaba a que no era la profesora peor valorada del departamento. Podía estar hundiéndose con rapidez, pero todavía no había llegado al fondo del pozo.

Miró a Eric, dispuesta a enfrentarse a la música. Quizá no fuera su melodía favorita, pero probablemente tampoco sería demasiado desagradable.

—Si no hubiera visto tu nombre encabezando este resumen, ni siquiera le habría dado una segunda ojeada. Es una evaluación decente, no la que esperaría de ti, pero no horrible. Lo que me ha preocupado especialmente han sido los comentarios, por eso he creído que debíamos hablar.

Alice no había pasado más allá de la página del resumen. Él se refería a las observaciones y leyó en voz alta:

—«Se salta muchas secciones del programa, así que tú también te las saltas; pero después, en el examen, te exige que las sepas.» «No parece conocer la materia que enseña.» «Las clases son una pérdida de tiempo. Habría bastado con leerme el libro de texto.» «Me resultó difícil seguir sus clases. Hasta ella se perdía. Estas clases han sido mucho peores que su curso de introducción.» «Una vez entró en el aula pero no hizo nada. Se sentó entre nosotros unos minutos y después se marchó. En otra ocasión, repitió la misma clase que ya nos había dado la semana anterior. No quisiera hacerle perder el tiempo a la doctora Howland, pero tampoco quiero que ella me haga perder el mío.»

Era duro de escuchar. Era mucho, mucho peor de lo que pensaba.

—Alice, nos conocemos desde hace mucho tiempo, ¿verdad?

—Sí.

—Me arriesgaré a ser rotundo y demasiado personal. ¿Va todo bien en casa?

—Sí.

—¿Y tú? ¿Es posible que estés estresada o deprimida?

—No, no es eso.

—Es un poco embarazoso de preguntar, pero ¿crees que puedes tener un problema con la bebida o algún otro tipo de sustancias?

Ya no lo soportó más. «No puedo vivir con una reputación de deprimida, estresada o adicta. Confesar que sufro demencia es un estigma menos pesado que ése.»

—Eric, tengo la enfermedad de Alzheimer.

Él se quedó blanco. Estaba preparado para oír la confesión sobre alguna infidelidad de John, para darle el nombre de un buen psiquiatra, para orquestar una intervención o que la admitieran en el hospital McLean para que la desintoxicaran... pero no para eso.

—Me la diagnosticaron en enero. El semestre pasado lo pasé muy mal en las clases, pero no era consciente de que hubiera estado tan mal.

—Alice, lo siento mucho.

—Yo también.

—No me esperaba algo así.

—Yo tampoco.

—Suponía que era algo temporal, algo que superarías. Pero no es un problema pasajero.

—No, no lo es.

Alice casi podía ver la maquinaria mental de él a pleno

rendimiento. Era como un padre para todos los del departamento, un padre protector y generoso, pero también pragmático y estricto.

—Actualmente, los padres están pagando cuarenta de los grandes al año. Esto no les sentará bien.

No, no les sentaría nada bien. No estarían dispuestos a pagar una suma astronómica para que sus hijos e hijas recibieran clases de una profesora con Alzheimer. Ya podía oír las protestas airadas, la escandalosa repercusión en las noticias de la tarde.

—Además, un par de tus alumnos quieren impugnar sus notas. Me temo que esto apenas está empezando. —En veinticinco años de profesión nadie, ni un solo estudiante, había impugnado una sola de sus notas—. Creo que no deberías seguir dando clases, pero quiero respetar tus plazos. ¿Qué tienes planeado?

—Esperaba poder seguir un año más, y entonces tomarme uno sabático, pero no me daba cuenta de la amplitud de mis síntomas y que estaban influyendo tanto en mis clases. No quiero terminar siendo una mala profesora, Eric, nunca lo he sido.

—Lo sé muy bien. ¿Qué tal un permiso médico? Puedes empalmarlo con tu año sabático.

Quería librarse de ella. Alice tenía un currículum ejemplar, un historial de buen rendimiento y lo más importante: una cátedra. No podían despedirla legalmente. Pero no quería manejar el asunto de aquella manera. Por mucho que le costase terminar con su carrera en Harvard, su lucha era contra el Alzheimer, no contra Eric ni contra la universidad.

—No me siento preparada para marcharme, pero estoy de acuerdo contigo. Por mucho que me rompa el corazón, creo que tengo que dejar las clases, pero me gustaría seguir como asesora de Dan y asistir a los seminarios y reuniones del departamento.

«Ya no soy profesora.»

—Creo que podemos arreglarlo. Pero tendré que hablar con Dan, explicarle la situación y dejar que él decida. Estoy dispuesto a actuar de coasesor contigo, si eso hace que te sientas más cómoda. También, obviamente, no deberías tutorar más graduados. Dan será el último.

«Ya no soy investigadora.»

—Probablemente no deberías aceptar invitaciones para dar conferencias o acudir a otras universidades. No creo que sea buena idea que representes a Harvard a ningún nivel. Me he dado cuenta de que últimamente viajas muy poco, así que quizá ya hayas pensado en eso.

—Sí, y estoy de acuerdo.

—¿Cómo quieres hacerlo oficial ante la administración de la facultad y los profesores del departamento? También en esto respetaré tu decisión, decidas lo que decidas.

Iba a dejar de enseñar, de investigar, de viajar y de dar conferencias. La gente lo notaría. Iban a especular, a susurrar, a chismorrear. Iban a pensar que estaba deprimida, estresada o que era una drogadicta o una alcohólica. Quizás algunos ya lo pensaban.

—Yo misma lo comunicaré oficialmente. Prefiero que se enteren por mí.

17 de septiembre de 2004

Queridos amigos y colegas:

Tras una profunda reflexión y lamentándolo profundamente, he decidido abandonar mis responsabilidades como profesora, investigadora y conferenciante de la Universidad de Harvard. En enero de este año me fue diagnosticado un Alzheimer temprano. Aunque todavía me encuentro en los primeros estadios de la enfermedad, ya he experimentado impredecibles lapsus cognitivos que me imposibilitan estar a la altura de las exigencias de mi actual posición y garantizar los estándares que siempre me he exigido a mí misma y que esta institución espera.

Aunque ya no me veréis en la tarima de las clases o rellenando nuevas propuestas de becas, continuaré como asesora de la tesis de Dan Maloney y asistiré a las reuniones y seminarios del departamento, donde espero seguir siendo una participante activa y bien recibida.

Con el mayor de los afectos y respetos,

ALICE HOWLAND

La primera semana del semestre, Marty se hizo cargo de las responsabilidades docentes de Alice. Cuando se reunieron para confeccionar el programa y listar los materiales de lectura, él la abrazó, le dijo cuánto lo lamentaba, y le preguntó cómo se sentía y si podía hacer algo por ella. Pero en cuanto tuvo todo lo que necesitaba, se marchó de su despacho tan rápido como pudo.

Más o menos lo mismo ocurrió con el resto del personal del departamento.

«Lo siento mucho, Alice.»

«No puedo creerlo.»

«No tenía ni idea.»

«¿Puedo hacer algo por ti?»

«¿Estás segura? No pareces distinta.»

«Lo siento.»

«No sabes cuánto lo lamento.»

Y se marchaban lo más rápidamente posible. Cuando acudían a ella se mostraban políticamente correctos, pero tampoco lo hacían muy a menudo. Eso se debía, sobre todo, a sus apretadas agendas y a la prácticamente vacía de Alice; pero otra razón significativa era el verdadero motivo de que la evitaran. Al enfrentarse a su fragilidad mental, también se enfrentaban al inevitable pensamiento de que, en un abrir y cerrar de ojos, podía pasarles lo mismo. Enfrentarse a ella les resultaba terrorífico. Así que, excepto en reuniones o seminarios, procuraban no hacerlo.

Aquel día se celebraba la primera comida del seminario semestral de Psicología. Leslie, una de las estudiantes graduadas de Eric, parecía muy tranquila y preparada para encabezar la mesa de conferencias, con la diapositiva del título proyectándose en la pantalla tras ella: «Buscando respuestas: Cómo la falta de atención afecta a la habilidad para identificar lo que vemos.» Alice también se sentía muy tranquila y preparada, sentada frente a Eric. Mientras Eric y Leslie hablaban y la sala empezaba a llenarse, se dedicó a comer sus berenjenas rellenas y una ensalada.

Pasados unos minutos, Alice vio que todos los asientos de la mesa estaban ocupados excepto uno, el contiguo a ella, y que la gente ya tomaba posiciones al fondo del recinto. Sentarse a la mesa era algo muy codiciado, no sólo porque desde allí se veía mejor la presentación, sino porque el hecho de estar sentado eliminaba los torpes e inevitables equilibrios de tener que manejar al mismo tiempo platos, cubiertos, bebidas, bolígrafos y cuadernos de notas. Unas cincuenta personas abarrotaban la sala, gente que ella conocía desde hacía muchos años, gente a la que consideraba como su familia.

Dan entró acelerado, despeinado, con la camisa fuera de los pantalones y llevando gafas en vez de lentillas. Hizo una breve pausa para observar el panorama, y después se dirigió hacia la silla vacía junto a Alice, reclamándola como suya al dejar su libreta de notas en la mesa.

—He pasado toda la noche escribiendo. Voy a por un poco de comida, ahora vuelvo.

Leslie habló durante toda una hora y Alice pudo seguirla hasta el final, aunque necesitó una excesiva cantidad de energía. Cuando Leslie pasó la última diapositiva y la pantalla quedó en blanco, se abrió el turno de discusión (preguntas y observaciones). Alice fue la primera en intervenir.

—¿Sí, doctora Howland? —la animó Leslie.

—Creo que has olvidado un grupo de control que mida la distracción real de los que distraen. Podría decirse que algunos elementos, por la razón que sea, pasan simplemente desapercibidos y que su mera presencia no constituye materia de distracción. Podrías analizar la habilidad de los sujetos para hacerse notar y atender al que distrae simultáneamente, o podrías plantear otra serie en la que se intercambien los que distraen y sus objetivos.

Varios asistentes asintieron. Dan logró balbucear un «ajá» mientras masticaba un bocado de berenjena. Leslie cogió su bolígrafo antes incluso de que Alice terminase su parlamento y tomó varias notas.

—Sí, Leslie, volvamos por un momento a la diapositiva del diseño experimental —pidió Eric.

Alice echó un vistazo general a la sala. Todos los ojos estaban centrados en la pantalla, escuchando atentamente a Eric mientras reelaboraba su teoría introduciendo las modificaciones sugeridas por Alice. Muchos volvieron a asentir con la cabeza, y Alice se sintió victoriosa y hasta un poco ufana. Que tuviera Alzheimer no significaba que ya no fuera capaz de pensar analíticamente. Que tuviera Alzheimer no significaba que no pudiera sentarse con ellos en aquella sala. Que tuviera Alzheimer no significaba que no mereciera ser escuchada.

Preguntas y respuestas, y más preguntas y respuestas subsiguientes se sucedieron durante varios minutos, que Alice aprovechó para terminar su berenjena y su ensalada. Dan se levantó y regresó en pocos segundos con más comida en su plato. Leslie se atascó en la respuesta a una pregunta del nuevo posdoctorado de Marty. La diapositiva del diseño experimental se proyectó de nuevo en la pantalla. Alice lo estudió y volvió a alzar la mano.

—¿Sí, doctora Howland? —dijo Leslie.

—Creo que has olvidado un grupo de control que mida la distracción real de los que distraen. Es posible que algunos pasen simplemente desapercibidos. Podrías probar su capacidad de distracción simultáneamente o plantear otra serie en la que se intercambien los que distraen y sus objetivos.

Era una observación válida. De hecho era la forma correcta de realizar el experimento y, si esa posibilidad no se veía satisfecha, su trabajo no sería publicable. Alice estaba segura, aunque nadie parecía haberse percatado. Paseó la mirada por la sala y vio que nadie la miraba; es más, el lenguaje corporal de los asistentes sugería incomodidad y espanto. Volvió a fijarse en la pantalla. El experimento necesitaba un control adicional. Que tuviera Alzheimer no significaba que no pudiera pensar analíticamente. Que tuviera Alzheimer no significaba que no supiera de qué estaba hablando.

—Ah... Sí, gracias, doctora Howlard —dijo Leslie por fin.

Pero no tomó ninguna nota, ni miró directamente a Alice. No parecía agradecida por su corrección.

Alice no tenía clases que dar, becas que conceder, experimentos que realizar, conferencias que preparar o discursos que repasar. Y nunca más tendría nada de todo eso. Sintió que la mayor parte de su yo, la parte que procuraba pulir regularmente en su poderoso pedestal, había muerto. Y las otras partes que completaban su yo, más pequeñas y menos admiradas, gemían de dolorosa autocompasión, preguntándose de qué servían sin la otra, mucho más importante.

Miró por la enorme ventana de su estudio de casa y contempló a los practicantes de *jogging* correr por las ventosas riberas del Charles.

—¿Tienes tiempo para ir a correr hoy? —preguntó.

—Es posible —respondió John.

Él también se puso a mirar por la ventana mientras bebía café. Alice se preguntó qué vería y cómo lo vería, si sus ojos también eran atraídos por los mismos corredores o si se fijaban en otra cosa.

—Ojalá pasásemos más tiempo juntos —suspiró.

—¿Qué quieres decir? Hemos pasado juntos todo el verano.

—No, no me refería únicamente al verano, sino a nuestras vidas. He estado pensando que ojalá hubiéramos pasado más tiempo juntos.

—Ali, vivimos en la misma casa, trabajamos en el mismo lugar... Hemos pasado toda nuestra vida juntos.

Y al principio lo habían hecho. Vivían sus vidas juntos, el uno con el otro, pero eso cambió con el paso de los años. Ellos permitieron que cambiara. Pensó en los años sabáticos que cada uno tomó por su cuenta, en la división del trabajo respecto a los hijos, en los viajes, en la singular dedicación a sus respectivos trabajos. Durante mucho, mucho tiempo no vivieron juntos, simplemente compartieron el mismo espacio.

—Creo que hace mucho que dejamos de hacerlo.

—Yo no me siento solo. A mí me han gustado nuestras vidas, me siguen gustando. Creo que hemos conseguido equilibrar bastante bien nuestra vida en común con la independencia necesaria para perseguir nuestros objetivos personales.

Ella pensó en la pasión de John, sus investigaciones. Incluso cuando sus experimentos fallaban, cuando los datos obtenidos no eran consistentes, cuando las hipótesis se demostraban equivocadas, su pasión nunca flaqueó. Aunque todo fallase, aunque pasara toda la noche tirándose de los pelos, le encantaba lo que hacía. El tiempo, el cuidado, la atención y la energía que John invertía siempre la habían inspirado para poner más empeño en sus propias investigaciones.

—No estás sola, Ali. Siempre estoy contigo. —Echó un vistazo a su reloj y se acabó el café de un trago—. Tengo que irme a clase.

Recogió su cartera, dejó la taza en el fregadero y volvió con ella. Se inclinó, sostuvo su cabeza de cabello negro y rizado entre las manos y la besó suavemente. Ella alzó la mirada y forzó sus labios para que sonrieran ligeramente, tragándose las lágrimas hasta que él salió de la habitación.

Ojalá la pasión de John hubiera sido ella.

Estaba sentada en su despacho contemplando el luminoso tráfico que recorría Memorial Drive, mientras su clase de Cognición se celebraba sin ella. Bebió un sorbo de té. Tenía todo el día por delante y nada que hacer. Su cadera vibró, eran las ocho de la mañana. Sacó la Blackberry de su bolso.

Alice, responde a las siguientes preguntas:
1. ¿Qué mes es?
2. ¿Dónde vives?
3. ¿Dónde se encuentra tu despacho?
4. ¿Cuándo nació Anna?
5. ¿Cuántos hijos tienes?

Si tienes problemas para recordar cualquiera de las respuestas, ve al archivo de tu ordenador llamado «Mariposa» y sigue sus instrucciones de inmediato.

Septiembre
34 Poplar Street, Cambridge
William James Hall, despacho 1002
14 de septiembre
Tres

Bebió otro sorbo de té y contempló el luminoso tráfico que recorría Memorial Drive.

Octubre de 2004

Fuera aún estaba oscuro, era de noche. Se sentó en la cama preguntándose qué debía hacer, aunque no se sentía confusa. Sabía que debería estar durmiendo, John dormía y roncaba boca arriba a su lado, pero no podía. Últimamente tenía problemas para dormir por la noche, seguramente porque dormitaba mucho durante el día. ¿O dormitaba mucho durante el día porque no podía dormir ni descansar por la noche? Estaba atrapada en un círculo vicioso, un bucle, un mareante viaje del que no sabía cómo salir. Si luchaba contra las ganas de dormir durante el día, quizá podría conciliar el sueño por la noche y así romper la pauta. Pero solía sentirse tan cansada por las tardes que siempre sucumbía y se tumbaba en el sofá. Y ese descanso la conducía inexorablemente al sueño.

Recordó que cuando sus hijos tenían unos dos años se enfrentó a un dilema similar. Si no hacía una siesta por la tarde se sentía malhumorada y poco cooperativa; en cambio, si se tumbaba y dormía unos minutos, lograba permanecer despierta hasta mucho después de su hora normal de irse a la cama. Pero no podía recordar cómo había solucionado el problema.

«Con todos los medicamentos que estoy tomando, cualquiera diría que al menos uno podría provocar somnolencia. Oh, espera. Tengo una receta de píldoras para dormir.»

Bajó de la cama y descendió al piso inferior. Vació el bolso, aunque estaba segura de que no la llevaba allí: monedero, Blackberry, teléfono móvil, llaves... Abrió el monedero: tarjeta de crédito, carnet de conducir, tarjeta de identificación de Harvard, tarjeta del seguro, veinte dólares y un puñado de monedas.

Revisó el contenido del bol blanco con forma de champiñón donde solían dejar el correo: factura de la electricidad, factura del gas, factura del teléfono, recibo de la hipoteca, algo de Harvard y recibos.

Abrió los cajones de la mesa y el archivador de su despacho, y vació su contenido. Repasó revistas y catálogos de los revisteros del salón. Leyó un par de páginas de la revista *The Week* y marcó una página de *J Jill* porque tenía un bonito jersey. Le gustó su dibujo azul.

Abrió el cajón de las herramientas: pilas, un destornillador, cinta adhesiva, tornillos, pegamento, llaves, algunos cargadores, cerillas y un batiburrillo de otras cosas. Probablemente no se tocaba desde hacía años. Lo sacó por completo y lo volcó sobre la mesa de la cocina.

—¿Qué estás haciendo, Ali? —preguntó John.

Sorprendida, vio a su marido en las escaleras, con el pelo revuelto y los ojos entornados.

—Estoy buscando... —Miró todo lo que había sobre la mesa: pilas, kit de costura, pegamento, cinta métrica, varios cargadores, un destornillador—. Estoy buscando algo.

—Ali, son las tres de la madrugada. Y estás haciendo un ruido infernal. ¿No puedes buscar lo que sea por la mañana? —Su voz sonaba impaciente. No le gustaba que le interrumpieran el sueño.

—Está bien.

Alice se tumbó en la cama e intentó recordar qué estaba buscando. Fuera aún estaba oscuro, aún era de noche. Sabía que debería estar durmiendo. John se había desplomado sin más y ya estaba roncando. Siempre se dormía rápidamente, y ella también. Pero ahora no podía. Últimamente tenía problemas para dormir por la noche, seguramente porque dormitaba mucho durante el día. ¿O dormitaba mucho durante el día porque no podía dormir ni descansar por la noche?

«Oh, espera. Ya sé cómo podré dormir. Tengo una receta del doctor Moyer. ¿Dónde la puse?»

Bajó de la cama y descendió al piso inferior.

Aquel día no tenía reuniones ni seminarios, y los libros de texto, los periódicos y el correo de su despacho no le interesaban. Dan no había preparado nada que pudiera leer y la bandeja de entrada de su buzón electrónico estaba vacía. El mensaje diario de Lydia no llegaría hasta pasado el mediodía. Miró por la ventana. Los coches zigzagueaban en las curvas de Memorial Drive y los practicantes de *footing* recorrían las riberas del río. Las copas de los árboles se cimbreaban por las ráfagas del viento otoñal.

Sacó del archivador todas las carpetas marcadas como «Reimpresiones de Howland». Era la autora de más de un centenar de trabajos publicados. Sostuvo en las manos el paquete de artículos de investigación, comentarios y críticas, su truncada carrera de ideas y opiniones. Pesaba. Sus ideas y opiniones tenían peso. O solían tenerlo. Echaba de menos sus investigaciones, pensar en ellas, hablar de ellas, de sus ideas e intuiciones, del elegante arte de su ciencia.

Dejó el montón de carpetas sobre la mesa y escogió el texto titulado *De las moléculas a la mente*. También pesaba lo suyo. Era el texto del que se sentía más orgullosa, eran sus ideas y sus palabras mezcladas con las ideas y las palabras de John, creando unidas algo único, informando e influenciando las ideas y palabras de otros. Había asumido que algún día escribirían algo más juntos. Pasó las páginas sin que nada la atrajera. Tampoco tenía ganas de releer aquel trabajo.

Miró el reloj. Se suponía que John y ella tenían que ir a correr más tarde, pero todavía faltaban muchas horas. Decidió volver a casa corriendo.

Apenas estaba a un par de kilómetros, así que llegó rápida y fácilmente. Bien, ¿y ahora qué? Fue a la cocina para prepararse un poco de té. Llenó la tetera, la colocó sobre un fuego y lo encendió. Fue a buscar una bolsita de té, pero el bote de hojalata donde las guardaba no estaba en la encimera. Abrió el armario de las tazas de café y se quedó contemplando tres estantes llenos de platos. Abrió el armario contiguo, donde esperaba encontrar filas de vasos, pero sólo descubrió boles y tazas.

Lo sacó todo y lo colocó sobre la encimera. Después, sacó los platos y los dejó junto a lo anterior. Abrió el siguiente armario: vacío. La encimera no tardó en llenarse de platos, boles, tazas, vasos para agua, vasos para vino, tarros, sartenes, *tupperwares*, salvamanteles, servilletas y hasta una cubertería de plata. Puso toda la cocina patas arriba. ¿Dónde estaban antes esas cosas? La tetera silbaba y no podía pensar. Apagó el fuego.

Oyó que la puerta delantera se abría. «Oh, Dios, John llega a casa temprano.»

—John, ¿por qué has cambiado toda la cocina? —gritó.

—Ali, ¿qué haces?

La voz de la mujer la sorprendió.

—¡Lauren! Me has asustado.

Era su vecina, la que vivía enfrente, al otro lado de la calle. Lauren no dijo nada.

—Lo siento, ¿quieres sentarte? Me estaba preparando un té.

—Alice, ésta no es tu cocina.

«¿Qué?» Miró alrededor: encimeras de granito negro, armarios de abedul, suelo de baldosas blancas, horno doble... Un momento, ella no tenía un horno doble, ¿verdad? Entonces, por primera vez, se fijó en el frigorífico. El *collage* de fotos pegadas con imanes en la puerta era de Lauren y del esposo de Lauren y del gato de Lauren y de bebés que Alice no reconoció.

—Oh, Lauren, mira lo que le he hecho a tu cocina. Te ayudaré a devolverlo todo a su lugar.

—No importa, Alice. ¿Estás bien?

—No, la verdad es que no.

Quería irse a su casa, a su propia cocina. ¿Podrían olvidar ambas lo que había pasado? ¿Realmente debían tener ahora la conversación soy-una-enferma-de-Alzheimer? Odiaba la conversación soy-una-enferma-de-Alzheimer.

Intentó leer la expresión de Lauren. Ella parecía perpleja y asustada. Su rostro expresaba claramente: «Alice se ha vuelto loca.» Cerró los ojos y aspiró profundamente.

—Soy una enferma de Alzheimer.

Abrió los ojos. La mirada de Lauren no había cambiado.

Ahora, cada vez que entraba en la cocina, lo primero que hacía para asegurarse de que no se equivocaba de casa era mirar el frigorífico. Por si eso no le hubiera bastado, John había escrito una nota en letras grandes y negras, y después colgado con un imán en la puerta del frigorífico.

ALICE:
NO SALGAS A CORRER SIN MÍ

MI MÓVIL: 617-555-1122
ANNA: 617-555-1123
TOM: 617-555-1124

John había hecho prometerle que no saldría a correr sin él. Y ella lo prometió, incluso se puso la mano sobre el corazón. Claro que siempre podía olvidarse.

De todas formas su tobillo le agradecería el descanso, ya que la semana pasada había resbalado al tomar una curva. Su percepción espacial estaba un poco distorsionada. Algunas veces los objetos parecían más cerca, más lejos o en otra parte de la que realmente estaban. Había acudido al oftalmólogo, pero el problema no estaba en sus ojos, tenía la visión de una chica de veinte años. El problema no estaba en sus córneas, cristalinos o retinas. Según John, el problema estaba en su córtex occipital, en alguna parte del proceso de información visual. Aparentemente, tenía los ojos de una estudiante universitaria, pero el córtex occipital de una octogenaria.

No saldría a correr sin John, podía perderse o sufrir un accidente. Aunque últimamente tampoco es que corriera con John. Él viajaba mucho y, cuando no estaba fuera de la ciudad, se marchaba a Harvard temprano y trabajaba hasta tarde, así que cuando volvía a casa siempre estaba cansado. Odiaba depender de él para correr, sobre todo dadas sus largas ausencias.

Cogió el teléfono y marcó el número que indicaba la nota del frigorífico.

—¿Sí?

—¿Iremos hoy a correr? —preguntó.

—No lo sé, es posible. Ahora estoy en una reunión, te llamo después —respondió John.

—Necesito salir a correr, de verdad.

—Te llamo después.

—¿Cuándo?

—En cuanto pueda.

—Está bien.

Colgó, miró hacia la ventana y después hacia el suelo, a las zapatillas deportivas que llevaba puestas. Se las quitó y las lanzó contra la pared.

Intentó ser comprensiva. Él necesitaba trabajar. Pero ¿por qué no comprendía que ella necesitaba correr? Si algo tan simple como el ejercicio regular refrenaba la progresión de su enfermedad, tenía que correr tan a menudo como pudiera. Cada vez que él le decía «hoy no», perdía neuronas que podría haber salvado. Se moría más rápidamente de forma innecesaria. John la estaba matando.

Volvió a descolgar el teléfono.

—¿Sí? —contestó John en voz baja y enfadada.

—Quiero que me prometas que hoy iremos a correr.

—Disculpen un momento —oyó que le decía a alguien—. Por favor, Alice, te llamaré en cuanto termine la reunión.

—Necesito correr hoy.

—No sé cuándo terminaré aquí.

—¿Y?

—Por eso creo que deberíamos comprar una cinta andadora.

—Que te jodan —le espetó. Y colgó.

No estaba siendo muy comprensiva. Últimamente tenía demasiados estallidos de furia. No sabía si eso era un síntoma de la progresión de la enfermedad o una respuesta justificada ante situaciones injustas. Pero no quería una cinta andadora, lo quería a él. Quizá no debería ser tan tozuda. Quizá también se estaba suicidando por no aceptar la cinta.

Siempre podía pasear, ir a algún lugar sin él. Claro que ese lugar, fuera el que fuese, tenía que ser «seguro». Podía pasear hasta su despacho de la universidad, pero no quería pasear hasta su despacho. Allí se sentía ridícula. Aquel lugar ya no era «su» lugar. Entre toda la expansiva grandeza de Harvard ya no había sitio para una profesora de Psicología Cognitiva con una psique destrozada.

Se sentó en el sillón del salón e intentó decidir qué podía hacer. Intentó imaginarse el día siguiente, y la siguiente semana, y el próximo invierno, pero no se le ocurrió nada significativo. Se sentía aburrida, ignorada y alienada en el sillón de su salón. El sol del atardecer producía sombras extrañas a lo Tim Burton, que se deslizaban ondulantes por el suelo y escalaban las paredes. Contempló cómo se disolvían las sombras y el salón se oscurecía. Cerró los ojos y se durmió.

Se encontró de pie en su dormitorio, desnuda excepto por un par de calcetines cortos y su brazalete de Regreso Seguro, luchando y gruñendo con una prenda elástica alrededor de la cabeza. Como una danza de Martha Graham, su batalla contra aquella prenda parecía una poética expresión de angustia. Dejó escapar un largo grito.

—¿Qué sucede? —preguntó John, llegando apresuradamente a su lado.

Lo miró a través de un agujero redondo en la retorcida prenda con un ojo lleno de pánico.

—¡No puedo hacerlo! No puedo averiguar cómo salir de este estúpido sujetador. ¡No puedo recordar cómo se pone un sujetador, John! ¡No puedo ponerme mi maldito sujetador!

Él se acercó.

—No es un sujetador, Ali. Son unas bragas.

Ella estalló en carcajadas.

—No es divertido —observó John.

Ella rio todavía más fuerte.

—Basta, no es divertido. Mira, si quieres salir a correr, date prisa y vístete. No tengo mucho tiempo.

Y se fue del dormitorio, incapaz de seguir mirándola desnuda y con las bragas en la cabeza, riéndose de su propia absurda locura.

Sabía que la joven sentada frente a ella era su hija, pero tenía una perturbadora falta de seguridad en ese dato. Sabía que tenía una hija llamada Lydia, pero cuando miraba a aquella joven, saber que era su hija Lydia era más un dato académico que una comprensión implícita del hecho. Un hecho con el que estaba de acuerdo porque le habían dado la información y ella la aceptó como cierta.

Miraba a Tom y a Anna, también sentados a la mesa, y podía conectarlos automáticamente con los recuerdos que tenía de sus hijos mayores. Era capaz de ver a Anna con su traje de bodas, o con sus trajes de graduación en el instituto y la facultad de Derecho, incluso con el de Blancanieves que se empeñó en ponerse todos los días cuando tenía tres años. Podía recordar a Tom con gorra y traje en una función escolar, cuando se rompió la pierna esquiando, con aparatos en los dientes, con el uniforme de la liga infantil, en sus brazos cuando apenas era un bebé.

También podía recordar la historia de Lydia, pero, de alguna manera, aquella mujer sentada frente a ella no estaba inextricablemente conectada con los recuerdos de su hija menor. Eso hacía que Alice fuera dolorosamente consciente de que su cerebro declinaba, de que su pasado se disociaba de su presente. Y lo más extraño es que no tenía ningún problema en identificar al hombre que permanecía junto a Anna: era Charlie, el esposo de Anna, un hombre que había entrado en su vida apenas un par de años atrás. Se imaginó que el Alzheimer era como un demonio metido en su cabeza que sembraba un feroz e ilógico sendero de destrucción, seccionando las conexiones entre «Lydia ahora» y «Lydia antes», dejando intactas todas las conexiones «Charlie».

El restaurante estaba atestado y ruidoso. Las voces de las otras mesas competían por atraer la atención de Alice, y la música de fondo entraba y salía del primer plano. Las voces de Lydia y Anna le sonaban iguales. Todo el mundo utilizaba demasiados pronombres. Luchó por concretar quién estaba hablando en aquel momento y así poder seguir lo que estaba diciendo.

—¿Estás bien, cariño? —preguntó Charlie.

—Los olores —respondió Anna.

—¿Quieres que salgamos fuera un momento?

—Yo iré con ella —se ofreció Alice.

Su espalda se tensó en cuanto dejaron la acogedora calidez del restaurante; ambas habían olvidado llevar sus abrigos. Anna sujetó la mano de su madre y la alejó de un grupo de fumadores reunidos cerca de la puerta.

—¡Por fin aire fresco! —exclamó Anna, aspirando hondo y expirando por la nariz.

—Y tranquilidad.

—¿Cómo te encuentras, mamá?

—Estoy bien.

Anna le acarició el dorso de la mano, que todavía retenía en la suya.

—Aunque he estado mejor —añadió tras una pausa.

—Lo mismo digo. ¿Te sentías mal como yo cuando estuviste embarazada de mí?

—Ajá.

—¿Cómo te las arreglaste?

—Seguí adelante. Tranquila, pronto pasará todo. Antes de que te des cuenta llegarán los bebés.

—Ya estoy ansiosa.

—Yo también. —Pero su voz no se correspondía con sus palabras.

De repente, los ojos de su hija se humedecieron.

—Mamá, me encuentro mal constantemente. Y agotada, y cada vez que me olvido de algo creo que es un síntoma de... de...

—Oh, cariño, no. No te pasa nada, sólo estás cansada.

—Lo sé, lo sé. Es que cuando pienso que ya no puedes seguir siendo profesora y que lo estás perdiendo todo...

—No lo hagas. Estos meses tendrían que ser excitantes para ti. Por favor, piensa únicamente en lo que te está ocurriendo a ti.

Alice le apretó suavemente la mano y le puso la otra sobre el vientre. Su hija sonrió, pero las lágrimas siguieron aflorando a sus ojos.

—Es que no sé cómo voy a manejarlo todo. Mi trabajo, los dos bebés y...

—Y Charlie. No te olvides de Charlie y de ti. No te olvides de lo que compartís. Intenta mantener un equilibrio entre Charlie, tu carrera, tus hijos y todo lo que amas. No creas que tienes garantizadas las cosas que amas. Cuídalas. Charlie te ayudará.

—Más le vale —amenazó Anna, sorbiéndose la nariz.

Alice rio. Anna se enjugó los ojos varias veces con el dorso de la mano y volvió a inhalar hondo por la boca.

—Gracias, mamá. Ya me siento mejor.

—Bien.

Volvieron al restaurante, se sentaron en sus respectivas sillas y se centraron en la cena. La joven sentada frente a Alice, su hija menor, Lydia, llamó la atención de los demás golpeando su copa de vino vacía con una cucharita.

—Mamá, queremos darte tu regalo ahora.

Y colocó ante ella un paquete pequeño y rectangular, envuelto en papel dorado. Debía de ser algo importante. Alice lo desenvolvió. Dentro había tres DVD: *Los chicos Howland*, *Alice y John*, y *Alice Howland*.

—Son vídeos de recuerdo para ti. *Los chicos Howland* es una colección de entrevistas de Anna, Tom y yo. Las grabé este verano. Son nuestros recuerdos de ti y de nuestra infancia. *Alice y John* se centra en papá; ha grabado los recuerdos de cuando os conocisteis y salíais juntos, las vacaciones y montones de cosas más. Toda vuestra vida. Hay un par de anécdotas realmente geniales que ni siquiera nosotros conocíamos. El tercero todavía está por grabar. Será una entrevista contigo… si quieres hacerla.

—Claro que quiero. Me encanta la idea. Gracias, estoy ansiosa por verlos.

La camarera les trajo café, té y un pastel de chocolate con una vela. Cantaron «Cumpleaños feliz», y Alice sopló la vela y pidió un deseo.

Noviembre de 2004

Las películas que John le comprara en verano habían caído en la misma infortunada categoría que los libros que sustituyeron. Ya no podía seguir los vericuetos de las tramas o la importancia de los personajes, a menos que aparecieran en todas las escenas. Podía apreciar pequeños momentos, pero una vez que aparecían los títulos de crédito sólo retenía una sensación general. «Ha sido divertida.» Si John o Anna veían la película con ella, muchas veces reían a carcajadas, daban respingos de alarma o se encogían de disgusto, reaccionando de una forma obvia y visceral a algo que había pasado, pero ella no entendía el motivo. Podía hacer lo mismo que ellos, fingir, intentar ocultarles lo perdida que se sentía. Ver películas con ellos la hacía consciente de lo extraviada que se sentía.

Los DVD de Lydia ocuparon el puesto de las películas normales. Cada anécdota narrada por John o los chicos apenas duraba unos minutos, así que podía asimilarla y comprenderla, sin necesidad de retener la información de una historia general para entenderla o disfrutarla. Los veía una y otra vez. No recordaba todo lo que decían en el vídeo pero le parecía completamente normal, ni John ni sus hijos recordaban tampoco todos los detalles. Y cuando Lydia les pedía que relatasen el mismo hecho, cada uno de ellos lo hacía de forma ligeramente distinta, omitiendo algunas partes, exagerando otras y enfatizando sus propias e individuales perspectivas. Incluso las biografías no contaminadas por una enfermedad mental eran vulnerables a agujeros y distorsiones.

Sólo tuvo estómago para ver una vez el vídeo titulado *Alice Howland*. Ella solía ser elocuente y siempre se sintió cómoda hablando frente a cualquier tipo de público; ahora utilizaba demasiado la palabra «eso» y se repetía un embarazoso número de veces. Pero se sentía agradecida por disponer de aquellos recuerdos, reflexiones y consejos grabados y conservados a salvo del caos molecular de la enfermedad de Alzheimer. Sus nietos los verían algún día y dirían: «Ésa es la abuela cuando todavía podía hablar y recordar las cosas.»

Terminó de ver *Alice y John*. Cuando la pantalla fundió en negro, siguió en el sofá arrebujada en una manta y escuchó. El silencio le gustaba. Respiró hondo y no pensó en nada durante varios minutos, excepto en el tic-tac del reloj de la chimenea. Entonces, de repente, aquel tictac adquirió significado y sus ojos se abrieron de golpe.

Miró su reloj de pulsera. Faltaban diez minutos para las diez de la noche. «Oh, Dios mío, ¿qué hago aquí todavía?» Apartó la manta de un manotazo, se calzó los zapatos, corrió hacia el estudio y cerró la funda de su portátil. «¿Dónde está mi bolso azul?» No lo encontró en la silla, ni en la mesa del despacho, ni en los cajones de la mesa, ni en la funda del portátil. Corrió hasta el dormitorio. No estaba en la cama, ni en la mesita de noche, ni en el armario de la ropa, ni en el trastero. Se hallaba en el recibidor, rehaciendo sus pasos en su aturdida mente, cuando lo vio colgado del pomo del cuarto de baño.

Lo abrió. Teléfono móvil y Blackberry, pero no llaves. Siempre las guardaba allí. Bueno, eso no era completamente cierto. Siempre quería guardarlas allí, pero a veces las dejaba en el cajón de la mesa del despacho, el cajón de la cubertería, el cajón de su ropa interior, el joyero, el champiñón del correo o en cualquier bolsillo. A veces, hasta las olvidaba en la propia cerradura. Odiaba pensar cuántos minutos pasaba diariamente buscando las cosas que ella misma perdía.

Bajó las escaleras para regresar al salón. No encontró las llaves, pero sí su abrigo en el sillón. Se lo puso y metió las manos en los bolsillos. ¡Las llaves!

Corrió hacia el recibidor, pero se detuvo antes de llegar a la puerta. Era muy extraño. Frente a ella, frente a la puerta, había un enorme agujero en el suelo. Ocupaba la mitad del recibidor, unos dos metros y medio o tres de longitud, con el oscuro sótano bajo él. No podía saltarlo, era demasiado amplio. Algunos tablones del recibidor se habían abombado y agrietado, y hacía poco que John y ella habían hablado de cambiarlos. ¿John había avisado a un contratista? ¿Habían venido ese mismo día los obreros y no se acordaba? Cualquiera que fuera la razón no podía utilizar la puerta delantera hasta que taparan aquel agujero.

Sonó el teléfono.

—Hola, mamá. Llegaré sobre las siete y te llevaré la cena.

—De acuerdo —dijo Alice, en un tono ligeramente alto.

—Soy Anna.

—Lo sé.

—Papá estará en Nueva York hasta mañana, ¿recuerdas? Esta noche me quedaré a dormir contigo. No puedo salir hasta las seis y media, así que espérame para cenar. Quizá deberías anotarlo y pegarlo en la puerta del frigorífico.

Ella miró el tablero blanco de los mensajes. «No salgas a correr sin mí.» Indignada, sintió ganas de gritar que no necesitaba una canguro y que podía arreglárselas sola en su propia casa. Pero se limitó a inspirar hondo.

—Bien, nos vemos luego.

Colgó y se felicitó por seguir controlando sus reacciones. Algún día, pronto, no lo conseguiría. Le iría bien tener compañía y disfrutaba de la presencia de Anna.

Tenía puesto el abrigo y el bolso azul colgaba de su hombro. Miró por la ventana de la cocina: era un día gris, ventoso y húmedo. ¿Era la mañana o la tarde? No tenía ganas de salir, pero tampoco de sentarse en su despacho. En su estudio se sentía aburrida, ignorada y alienada. Ridícula. Aquél ya no era su lugar.

Soltó el bolso, se quitó el abrigo y se dirigió al estudio, pero un repentino golpe y un ruido metálico la hicieron cambiar de idea y regresar al recibidor. Acababan de meter el correo a través de la ranura de la puerta y allí estaba. Flotando sobre el agujero. No; tenía que estar sobre una viga o un tablón que ella no veía. «Correo flotante. ¡Mi cerebro está acabado!» Se retiró al despacho e intentó olvidarse de aquel agujero capaz de desafiar la gravedad. Le fue sorprendentemente difícil.

Sentada en el estudio, con las rodillas abrazadas, contemplaba cómo oscurecía y esperaba que Anna llegara con la cena o que John volviera de Nueva York para salir a correr con él. Estaba sentada y esperando. Estaba sentada y esperando que todo empeorase. Estaba harta de estar sentada y de esperar.

Era la única persona en Harvard con Alzheimer temprano, que ella conociera. Era la única persona en el mundo con Alzheimer temprano, que ella conociera. Al menos no era la única persona en el mundo que padecía esa enfermedad. Necesitaba poblar ese nuevo mundo en que ahora habitaba, ese mundo de demencia.

Tecleó «Alzheimer temprano» en Google y apareció un montón de datos y estadísticas.

Se estima que existen quinientas mil personas en Estados Unidos que padecen la enfermedad de Alzheimer temprano.

El Alzheimer temprano se define como el Alzheimer que padecen los menores de sesenta y cinco años.

Los síntomas pueden desarrollarse incluso a los treinta o los cuarenta años.

Entró en páginas web con listas de síntomas, factores genéticos de riesgo, causas y tratamientos. Abrió artículos sobre investigación y descubrimiento de nuevos medicamentos. Ya había leído todo aquello antes.

Añadió la palabra «ayuda» a su frase de búsqueda y pulsó *enter*.

Encontró foros, enlaces, recursos, tablones de anuncios y chats. Para cuidadores. Los temas de ayuda a los cuidadores incluían visitas a una instalación médica, preguntas sobre medicación y alivio del estrés, consejos sobre cómo enfrentarse a los delirios y alucinaciones, a la negación y la depresión, qué hacer ante los paseos nocturnos... Unos cuidadores planteaban preguntas y otros ofrecían respuestas, observaciones acerca de problemas concretos y su resolución, ya fueran de madres de ochenta y un años, esposos de setenta y cuatro, o abuelas de ochenta y cinco.

¿Qué pasaba con la ayuda a los que padecían la enfermedad? ¿Dónde estaban los pacientes dementes de cincuenta y un años? ¿Dónde estaba la gente que había visto su carrera truncada cuando el diagnóstico le arrancó la vida? No negaba que padecer Alzheimer era trágico a cualquier edad. No negaba que los cuidadores necesitaran ayuda. No negaba que ellos también sufrían. Sabía que John sufría. «Pero ¿y yo?»

Se acordó de la tarjeta de la asistente social del Hospital General de Massachusetts. La encontró y marcó el número.

—Aquí Denise Daddario.

—Hola, Denise. Me llamo Alice Howland y soy paciente del doctor Davis, él me dio su tarjeta. Tengo cincuenta y un años, y hace casi uno que me diagnosticaron un Alzheimer temprano. Me preguntaba si el HGM tiene algún grupo de ayuda.

—No, desgraciadamente no. Tenemos un grupo de ayuda, pero sólo para los parientes y cuidadores de los afectados. La mayoría de nuestros pacientes no sería capaz de participar en un grupo de ayuda como ése.

—Seguro que algunos querrían.

—Sí, pero me temo que no los suficientes como para justificar los recursos necesarios para formar y mantener activo un grupo así.

—¿Qué clase de recursos?

—Bueno, en nuestro grupo de ayuda a cuidadores se reúnen de doce a quince personas cada semana durante un par de horas. Les reservamos una sala, les ofrecemos café y pastas, un par de personas de nuestra plantilla actúan como moderadores, y una vez al mes acude un especialista para dar consejos y responder preguntas.

—¿Tan difícil sería cedernos una sala vacía en la que los afectados de Alzheimer temprano nos reuniéramos y charlásemos sobre lo que nos está ocurriendo? —«Por el amor de Dios, yo misma llevaré un termo de café y unos donuts si hace falta.»

—Necesitaríamos que alguien del personal del hospital supervisara las sesiones, y lamentablemente no tenemos a nadie disponible en estos momentos.

¿Qué tal uno de los dos moderadores del grupo de ayuda a los cuidadores?

—¿Puede facilitarme contacto con los pacientes de Alzheimer temprano que ustedes conozcan? Podría intentar organizar algo por mi cuenta.

—Me temo que no puedo ofrecerle esa información. ¿Por qué no viene a verme y charlamos al respecto? Tengo un hueco el viernes 17 de diciembre, a las diez de la mañana.

—No, gracias.

Un ruido en la puerta delantera la despertó de su siesta. La casa estaba fría y oscura. La puerta delantera crujió mientras se abría.

—¡Perdón por llegar tarde!

Alice se levantó y se dirigió al recibidor. Allí estaba Anna, con una gran bolsa de papel marrón en una mano y un montón de cartas en la otra. ¡Y estaba de pie sobre el agujero!

—Estás a oscuras, mamá. ¿Dormías? No deberías dormir hasta tan tarde, esta noche no tendrás sueño.

Alice se acercó a ella y se agachó. Puso la mano sobre el agujero, pero lo que percibió no fue un espacio vacío. Pasó los dedos por encima de una alfombra negra. Su alfombra negra del recibidor. La tenía desde hacía años. La golpeó tan fuerte con la mano abierta que el sonido levantó ecos.

—¿Qué haces, mamá?

Le ardía la mano, estaba demasiado cansada para soportar la humillante respuesta a la pregunta de Anna, y un mareante olor a cacahuete procedente de la bolsa le provocó náuseas.

—¡Déjame en paz!

—Tranquila, mamá. Vamos a la cocina y prepararemos la cena.

Anna dejó el correo en el champiñón y buscó la mano de su madre. La mano que le ardía. Alice la retiró y aulló:

—¡Déjame en paz! ¡Vete de mi casa! ¡Te odio! ¡No quiero que estés aquí!

Sus palabras golpearon a su hija con más dureza que si la hubiera abofeteado. A través de las lágrimas que resbalaron por su mejilla, la expresión de Anna logró mantener una resuelta calma.

—He traído la cena, estoy hambrienta y pienso quedarme. Iré a la cocina, prepararé la cena, me la comeré y después me iré a la cama.

Alice se quedó sola en el recibidor, furiosa y con la rabia recorriendo enloquecida sus venas. Abrió la puerta y tiró de la alfombra. Gritó con todas sus fuerzas, la cogió y empujó, y la retorció, y luchó con ella hasta que la sacó a la calle. Entonces, la pateó y gritó salvajemente, hasta que voló por encima de los escalones delanteros y cayó en la acera.

Alice, responde a las siguientes preguntas:
1. ¿Qué mes es?
2. ¿Dónde vives?
3. ¿Dónde se encuentra tu despacho?
4. ¿Cuándo nació Anna?
5. ¿Cuántos hijos tienes?

Si tienes problemas para recordar cualquiera de las respuestas, ve al archivo de tu ordenador llamado «Mariposa» y sigue sus instrucciones de inmediato.

Noviembre
Cambridge
Harvard
Septiembre
Tres

Diciembre de 2004

La tesis de Dan tenía 142 páginas, sin incluir la bibliografía. Hacía mucho tiempo que Alice no leía nada tan extenso. Se sentó en el sofá con el trabajo de Dan en el regazo, un lápiz rojo en la oreja derecha y un rotulador fosforescente rosa en la mano. Solía utilizar el lápiz rojo para todo aquello que le parecía superfluo, y el rotulador rosa para marcar lo más importante. Así, cuando necesitaba volver atrás, podía limitarse a releer las palabras coloreadas.

Se había quedado desesperadamente encallada en la página 26, saturada de rosa. Su cerebro se sentía abrumado y pedía a gritos un descanso. Imaginó que las palabras rosas de la página se transformaban en pegajoso algodón de azúcar. Cuanto más leía, más necesitaba subrayar para comprender y recordar lo que estaba leyendo. Y cuanto más subrayaba, más se llenaba su cabeza de rosadas nubes de azúcar, obstruyendo y atascando los circuitos cerebrales necesarios para comprender y recordar lo que leía. Al llegar a la página 26 ya no comprendía nada.

Bip, bip.

Dejó la tesis de Dan sobre la mesita de café y fue hasta

el ordenador de su estudio. Encontró un nuevo mensaje en su buzón de entrada. Era de Denise Daddario.

Querida Alice:

He comentado tu idea de formar un grupo de apoyo con otros afectados por los primeros estadios de demencia de la enfermedad de Alzheimer de nuestra unidad y con los colegas del Hospital de Mujeres de Brigham, y he recibido respuesta de tres personas muy interesadas en la idea. Me han dado permiso para pasarte sus nombres y una dirección de contacto (ver adjunto).

También podríais contactar con la Asociación contra el Alzheimer de Massachusetts. Es muy posible que conozcan a otras personas interesadas en la idea.

Mantenme al corriente de vuestros progresos por si puedo proporcionaros cualquier otra información o consejo. Lamento no poder hacer nada más por vosotros oficialmente.

¡Buena suerte!

DENISE DADDARIO

Abrió el archivo adjunto:

Mary Johnson, 57 años, demencia del lóbulo frontal-temporal.
Cathy Roberts, 48 años, Alzheimer temprano.
Dan Sullivan, 53 años. Alzheimer temprano.

Ahí estaban. Sus nuevos colegas. Leyó sus nombres una y otra vez. «Mary, Cathy y Dan. Mary, Cathy y Dan.» Comenzó a sentir esa especie de maravillosa excitación mezclada con un temor apenas controlado que experimentaba cuando se acercaba su primer día en el jardín de infancia, el colegio, el instituto y la universidad. ¿Qué aspecto tendrían? ¿Seguirían trabajando? ¿Cuánto tiempo llevarían viviendo con su diagnóstico a cuestas? ¿Sus síntomas serían los mismos, menores o mayores que los suyos? ¿Sentirían lo mismo que ella? «¿Y si yo estoy mucho peor que ellos?»

Queridos Mary, Cathy y Dan:

Me llamo Alice Howland. Tengo 51 años y el año pasado me diagnosticaron la enfermedad de Alzheimer temprano. He sido profesora de Psicología de la Universidad de Harvard durante veinticinco años, pero tuve que dimitir en septiembre debido a los síntomas de mi enfermedad.

Ahora me quedo en casa y me siento muy sola. Llamé a Denise Daddario del HGM para pedirle información sobre los grupos de apoyo para los primeros estadios de demencia relacionados con la enfermedad. Sólo tienen uno para los cuidadores, nada para nosotros. Pero me dio vuestros nombres.

Me gustaría invitaros a mi casa este domingo 5 de diciembre a las 14 horas para tomar té o café y conversar. Si queréis, podéis venir acompañados de vuestros respectivos cuidadores. Os adjunto mi nombre y mi dirección.

Espero veros pronto,

ALICE

«Mary, Cathy y Dan. Mary, Cathy y Dan. Dan. La tesis de Dan. Está esperando mis comentarios y mis correcciones.» Volvió al salón y abrió la tesis de Dan por la página 26. El rosa inundó su mente. Le dolía la cabeza. Se preguntó si alguien habría respondido ya. Se olvidó de la tesis de Dan antes siquiera de terminar el pensamiento.

Revisó el buzón de entrada. Nada.

Bip, bip.

Levantó el auricular del teléfono.

—¿Sí?

Sólo oyó el tono de la línea. Ojalá hubiera sido Mary. O Cathy. O Dan. «Dan. La tesis de Dan.»

Sentada en el sofá rotulador en mano, parecía tranquila y activa, pero sus ojos no estaban enfocados en la página. Soñaba despierta.

¿Podrían Mary, Cathy y Dan leer veintiséis páginas y recordar todo lo que habían leído? «¿Y si soy la única que se cree que la alfombra negra del recibidor es un agujero?» ¿Y si ella era la única cuyas facultades mentales empeoraban a ojos vista? Porque podía sentir cómo empeoraban, cómo se iba deslizando hacia el agujero negro de la locura. Sola.

—Estoy sola, estoy sola, estoy sola... —gimió, hundiéndose más en su solitario agujero cada vez que se escuchaba repitiendo las mismas palabras.

Bip, bip.

El timbre de la puerta la sacó de su ensueño. «¿Ya están aquí? ¿La invitación era para hoy?»

—¡Un momento!

Se secó las lágrimas con la manga y se pasó los dedos por el pelo. Aspiró hondo y abrió la puerta. Nadie.

Las alucinaciones auditivas y visuales eran una realidad para la mitad de los pacientes de Alzheimer, pero hasta entonces no había experimentado ninguna. O quizá sí y no se había enterado. Cuando estaba sola, no tenía forma de saber con exactitud si lo que experimentaba era real o era su Alzheimer. La desorientación, la fantasía, los espejismos y el resto de los desórdenes mentales no estaban subrayados con un rotulador fosforescente rosa, inequívocamente distinguibles de lo que era real, normal y correcto. Desde su perspectiva no podía ver la diferencia. La alfombra era un agujero negro. Un ruido era el timbre de la puerta.

Volvió a comprobar su correo electrónico. Tenía un mensaje nuevo.

> Hola, mamá:
> ¿Cómo te encuentras? ¿Fuiste ayer a la comida del seminario? ¿Corres cada día? Mi clase fue genial, como siempre. Hoy he tenido otra prueba para el anuncio de un banco. Ya veremos lo que pasa. ¿Cómo está papá? ¿Anda por ahí esta semana? Sé que el mes pasado fue difícil para ti. Resiste. ¡Pronto iré a verte!
> Te quiero.
>
> LYDIA

Bip, bip.

Descolgó el teléfono.

—¿Sí?

Sólo oyó el tono de la línea. Abrió el cajón superior del archivador, dejó caer el teléfono dentro y lo cerró. «Un momento, ¿y si es el móvil?»

—El móvil, el móvil, el móvil... —canturreó en voz alta mientras recorría la casa, intentando mantener presente el motivo de su búsqueda.

Miró por todas partes, pero no pudo encontrarlo. Entonces pensó en su bolso azul. Cambió el sonsonete.

—Bolso azul, bolso azul, bolso azul...

Lo encontró en la encimera de la cocina, con el móvil dentro pero apagado. Quizás el ruido fuera la alarma de algún coche en la calle. Volvió al sofá y abrió la tesis de Dan por la página 26.

—¿Hola? —dijo una voz de hombre.

Alice alzó la mirada con los ojos muy abiertos y escuchó, como si hubiera oído a un fantasma.

—¿Alice? —preguntó la voz incorpórea.

—¿Sí?

—Alice, ¿estás preparada?

John apareció expectante en el salón. Alice sintió alivio, pero necesitaba más información.

—Vamos, hemos quedado con Bob y Sarah para cenar y ya llegamos un poco tarde.

La cena. Se dio cuenta de que estaba hambrienta, no recordaba haber comido nada en todo el día. Quizá por eso no podía leer la tesis de Dan, quizá sólo necesitaba comer. Pero la idea de una cena en grupo y una conversación a cuatro bandas en un restaurante ruidoso la agotaba.

—No quiero salir a cenar. He tenido un mal día.

—Yo también he tenido un mal día. Relajémonos cenando juntos.

—Ve tú. Yo prefiero quedarme en casa.

—Oh, vamos. Será divertido. Ni siquiera tenemos que ir después a la fiesta de Eric. Te sentará bien salir, y sé que están deseando verte.

«No, no desean verme. Se sentirán aliviados de que no vaya. Soy un elefante rosa de algodón de azúcar. Hago que todo el mundo se sienta incómodo. No quiero cenar en la pista de un circo, mientras todo el mundo intenta compaginar piedad y sonrisas forzadas con cócteles, tenedores y cuchillos.»

—No quiero ir. Diles que lo siento, pero que no me siento bien.

Bip, bip.

Se dio cuenta de que John también lo había oído y lo

siguió hasta la cocina. Él abrió la puerta del microondas y sacó una taza.

—Está frío. ¿Quieres que te lo vuelva a calentar?

Debió de hacerse un té por la mañana y se olvidó de beberlo. Debió de ponerlo en el microondas para calentarlo y lo dejó allí.

—No, gracias.

—Está bien. Bob y Sarah ya deben de estar esperando. ¿Segura de que no quieres venir?

—Muy segura.

—Volveré pronto.

Le dio un beso y se marchó sin ella. Alice se quedó en la cocina, de pie, allí donde John la había dejado, sosteniendo una taza de té frío.

Estaba a punto de irse a la cama, y John todavía no había vuelto de la cena. Una luz azul del ordenador atrajo su atención antes de que subiera las escaleras. Fue al estudio y revisó su buzón de entrada, más por costumbre que por verdadera curiosidad.

Allí estaban.

Querida Alice:
Me llamo Mary Johnson. Tengo 57 años y hace cinco que me diagnosticaron una FTD (demencia frontotemporal). Vivo en la orilla norte, así que somos casi vecinas. La tuya me parece una idea maravillosa, me encantaría ir a tu casa. Mi esposo Berry me llevará, aunque no estoy segura de que quiera quedarse. Ambos nos retiramos pronto y siempre estamos en casa. Creo que le gustará librarse un rato de mí. Nos vemos pronto.

MARY

Hola, Alice:

Soy Dan Sullivan y tengo 53 años. Me diagnosticaron un Alzheimer temprano hace tres años, y eso destrozó a mi familia. Mi madre, dos tíos y todas mis tías lo han padecido y cuatro de mis primos también. He estado viviendo con ello en la familia desde que era pequeño y me lo vi venir. Lo divertido es que no por eso me ha sido más fácil. Mi esposa sabe dónde vives, estás cerca del HGM y cerca de Harvard. Mi hija fue a Harvard. Todos los días rezo por que no lo haya heredado de mí.

DAN

Hola, Alice:

Gracias por tu e-mail y tu invitación. Me diagnosticaron Alzheimer temprano hace un año, como a ti. Fue casi un alivio, porque creí que me estaba volviendo loca. Me perdía en medio de una conversación, tenía problemas para acabar mis propias frases, olvidaba el camino de vuelta a casa, ya no comprendía el talonario de cheques, me equivocaba con el horario de mis hijos (tengo una hija de 15 años y otro de 13). Cuando los síntomas empezaron tan sólo tenía 46 años, así que, por supuesto, nadie pensó que pudiera ser Alzheimer.

Creo que la medicación me ayuda mucho. Tomo Aricept y Namenda, y tengo días buenos y malos. La gente, incluso mi familia, utiliza los días buenos como excusa para decir que estoy perfectamente, ¡incluso que me lo invento todo! ¡Pero no estoy tan desesperada como para querer atraer la atención con algo así! Entonces llega un día malo y no puedo recordar palabras, ni concentrarme, ni realizar algunas tareas simples. También me siento sola. Estoy ansiosa por que nos reunamos.

CATHY ROBERTS

PD. ¿Conoces el Dementia Advocacy and Support Network International? Entra en su página web: *www.dasninternational.org*. Es una página maravillosa para los que, como nosotros, se encuentran en los primeros estadios de la enfermedad. Allí puedes hablar, explayarte, recibir apoyo y compartir información.

Allí estaban. Y todos acudirían a su casa.

Mary, Cathy y Dan se quitaron los abrigos y buscaron en el salón dónde sentarse. Sus respectivos cónyuges se quedaron con los abrigos puestos, se despidieron y se marcharon con John a Jerri's para compartir un café.

Mary era rubia y su melenita le llegaba hasta la mandíbula, sus ojos parecían de color chocolate tras un par de gafas de montura oscura. Cathy tenía un rostro inteligente y encantador, y sus ojos sonreían antes que su boca. A Alice le gustó al primer vistazo. Dan era calvo, bajo y fornido, con un espeso bigote. Mirándolos, cualquiera los tomaría por profesores, miembros de algún club del libro o simplemente viejos amigos de visita.

—¿Queréis deber algo? —ofreció Alice.

Se quedaron mirándola desconcertados, y después se miraron los unos a los otros, reacios a responder. ¿Eran demasiado vergonzosos o corteses para ser los primeros en hablar?

—Alice, ¿has querido decir «beber»? —preguntó Cathy.

—Sí. ¿Qué he dicho?

—Has dicho «deber».

Alice se sonrojó. La primera impresión que quería causar no era la de alguien que confundía las palabras.

—Bueno, en realidad mucha gente cree que el beber es un deber social —comentó Dan.

Todos rieron y conectaron de inmediato. Alice trajo café y té, mientras Mary narraba su historia.

—Fui agente inmobiliaria durante veinticuatro años, y de repente empecé a olvidarme de citas y reuniones, o me dejaba las casas abiertas. O iba a enseñar las casas sin haber cogido las llaves y no podía abrirlas. Una vez me perdí de camino a una propiedad situada en un barrio que conocía de toda la vida, y eso con el cliente sentado a mi lado en el coche. Conduje cuarenta y cinco minutos cuando el trayecto era de menos de diez. No quiero ni imaginar lo que pensaría.

»Me irritaba con facilidad y discutía con los otros agentes inmobiliarios en la oficina. Siempre había tenido buen humor y era de trato fácil, y de golpe me volví una cascarrabias. Estaba destrozando mi reputación, que lo era todo para mí. Mi médico sólo me daba antidepresivos. Y cuando no funcionaron, me envió a otro médico, y después a otro, y a otro.

Cathy tomó el relevo.

—Durante mucho tiempo pensé que sólo estaba agotada por intentar abarcar demasiado. Trabajaba de farmacéutica a tiempo parcial, criaba dos hijos, llevaba la casa y siempre iba de un lado a otro como un pollo sin cabeza. Sólo tenía cuarenta y seis años, así que nunca pensé que fuera Alzheimer. Un día, mientras estaba en el trabajo, no pude recordar el nombre de los medicamentos, ni sabía cómo medir las cantidades más allá de diez mililitros. Entonces comprendí que podía darle a alguien una medicina equivocada, que podía matar a alguien accidentalmente, vamos, y me despedí. Me hundí. Creí que me estaba volviendo loca.

—¿Y tú, Dan? ¿Cuáles fueron los primeros síntomas que notaste? —preguntó Mary.

—Solía ser bastante manitas con las cosas de la casa. Y un día descubrí que no podía arreglar lo que siempre había arreglado. Siempre había mantenido ordenada mi caja de herramientas, todo en su sitio, y de repente era un desastre total. Acusé a mis amigos de coger mis herramientas, de desordenarlo todo. Y cuando no lograba encontrarlas, de que se las quedaban, de que no me las devolvían. Era bombero y empecé a olvidar los nombres de los chicos. Ni siquiera era capaz de terminar mis propias frases. Incluso olvidé cómo se preparaba una taza de café. Cuando era adolescente, ya había visto algo parecido en mi madre, pues también le diagnosticaron Alzheimer temprano.

Compartieron anécdotas relacionadas con sus primeros síntomas, sus esfuerzos para conseguir un diagnóstico correcto, sus estrategias para intentar llevar una vida lo más normal posible y convivir con su demencia. Asintieron y rieron, y lloraron al narrar historias similares de llaves perdidas, pensamientos interrumpidos y sueños vitales perdidos. Alice por fin se sintió realmente escuchada y comprendida. Se sintió normal.

—Alice, ¿tu marido sigue trabajando? —preguntó Mary.

—Sí. Este semestre, entre sus investigaciones y las clases, ha estado muy ocupado. Además viaja mucho. Ha sido muy duro. Pero el año que viene podremos tomarnos un año sabático. Sólo tengo que aguantar hasta el próximo semestre y ambos podremos pasar juntos todo un año.

—Lo conseguirás, es muy poco tiempo —aseguró Cathy.

Sólo unos meses.

Anna envió a Lydia a la cocina para que hiciera el pudin de chocolate. Ahora que su embarazo era ya muy visible y las náuseas habían desaparecido, comía constantemente, como si se hubiera propuesto recuperar las calorías perdidas en los meses previos de mareos matutinos.

—Tengo una noticia que daros —anunció John—. Me han ofrecido el cargo de presidente del Programa Biológico y Genético contra el Cáncer en el Centro Sloan-Kettering.

—¿Dónde está eso? —preguntó Anna mientras tomaba arándanos bañados en chocolate.

—En Nueva York.

Nadie dijo una palabra. Dean Martin cantaba «Marshmallow World» en el estéreo.

—Bueno, no estarás pensando en serio aceptar ese cargo, ¿verdad? —preguntó Anna.

—Sí. Este otoño he tenido varias entrevistas con ellos y creo que es un trabajo perfecto para mí.

—Pero ¿y mamá? —insistió Anna.

—Ya no trabaja y casi nunca va al campus.

—Pero necesita estar aquí —aseguró Anna.

—No, no lo necesita. Y estará conmigo.

—¡Oh, por favor! Vengo casi todas las noches para que tú puedas trabajar hasta tarde, y me quedo a dormir cuando estás de viaje. Y Tom viene los fines de semana cada vez que puede. No estamos aquí siempre, pero...

—Exacto. No estáis aquí siempre, así que no sabéis lo mala que es la situación. Además, cuando estáis con ella pretende saber mucho más de lo que sabe. ¿Creéis que el año que viene se dará cuenta siquiera de que no estamos en Cambridge? Si se aleja más de tres manzanas de casa, ya pierde la noción de dónde se encuentra. Podríamos estar en Nueva York, decirle que es Harvard y no notaría la diferencia.

—Sí la notaría, papá —aseguró Tom—. No digas eso.

—Bueno, de todas formas no nos trasladaríamos hasta septiembre. Todavía falta mucho.

—No importa cuándo sea el traslado, ella necesita estar aquí. Si te la llevas, será como empujarla por una pendiente cuesta abajo —protestó Anna.

—Estoy de acuerdo —corroboró Tom.

Hablaban de ella, delante de ella, como si no estuviera sentada en el sillón, a un par de metros de distancia. Hablaban de ella, delante de ella, como si estuviera sorda. Hablaban de ella, delante de ella, sin incluirla en la conversación, como si sufriera la enfermedad de Alzheimer.

—Quiero que conozca a mis gemelos —dijo Anna.

—Nueva York no está tan lejos. Y no hay garantía de que todos sigáis viviendo eternamente en Boston.

—En ese caso, yo me trasladaría aquí —apuntó Lydia.

Estaba en el umbral de la puerta que comunicaba el salón con la cocina. Alice no la había visto y su repentina intervención la sobresaltó.

—He presentado una solicitud de ingreso en las universidades de Nueva York, Brandeis y Yale —explicó Lydia—. Si consigo entrar en la de Nueva York, y mamá y tú estáis viviendo allí, podría vivir con vosotros y ayudaros. Y si os quedáis aquí, y me aceptan en Brandeis o Brown, también estaré muy cerca.

Alice quería decirle a Lydia que todas aquellas universidades eran excelentes, preguntarle por el programa que más le interesaba, decirle que se sentía orgullosa de ella. Pero las ideas que generaba su cerebro se movían muy lentamente hasta su boca, como si tuvieran que nadar kilómetros atravesando un río negro y denso antes de ser pronunciadas. Y la mayoría se ahogaba por el camino.

—Eso es genial, Lydia —elogió Tom.

—Así están las cosas, ¿eh? —ironizó Anna—. Tú vas a seguir con tu vida como si mamá no tuviera Alzheimer, y nosotros no podemos opinar al respecto.

—Estoy haciendo muchos sacrificios —protestó John.

Él siempre la había querido, pero Alice se lo había puesto fácil. Había valorado el tiempo que pasaban juntos como algo precioso, y no sabía cuánto más resistiría siendo ella misma, pero estaba convencida de que lo haría hasta su año sabático. Un último año sabático que pasar juntos. Y no quería cambiar eso por nada del mundo.

Aparentemente, él sí. ¿Cómo podía pensar así? La pregunta cruzó el río negro y denso de su cabeza. ¿Cómo podía pensar así? La respuesta fue como una fuerte patada y ahogó su corazón. Uno de ellos iba a tener que sacrificarlo todo.

Alice, responde a las siguientes preguntas:
1. ¿Qué mes es?
2. ¿Dónde vives?
3. ¿Dónde se encuentra tu despacho?
4. ¿Cuándo nació Anna?
5. ¿Cuántos hijos tienes?

Si tienes problemas para recordar cualquiera de

las respuestas, ve al archivo de tu ordenador llamado «Mariposa» y sigue sus instrucciones de inmediato.

Diciembre
Plaza Harvard
Harvard
Abril
Tres

Enero de 2005

—Mamá, despierta. ¿Cuánto tiempo lleva durmiendo?

—Unas dieciocho horas.

—¿Alguna vez había dormido tanto?

—Un par.

—Estoy preocupada, papá. ¿Y si ayer tomó demasiadas pastillas?

—No; he revisado los frascos y el dosificador.

Alice los oía hablar y comprendía todo lo que decían, pero no le interesaba demasiado. Era como escuchar una conversación entre extraños sobre una mujer que no conociera. No tenía ganas de despertarse. Ni siquiera era consciente de que estaba durmiendo.

—¿Ali? ¿Puedes oírme?

—Mamá, soy yo, Lydia. ¿Puedes despertar?

La mujer llamada Lydia hablaba de llamar a un médico. El hombre llamado «papá» decía que dejaran que la mujer llamada Ali durmiera un poco más. Discutían sobre pedir comida mexicana y cenar en casa, así quizás el aroma de la comida despertaría a la mujer llamada Ali. Entonces las voces cesaron y todo volvió a quedar oscuro y tranquilo.

Recorría un sendero de arena que la conducía a la espesura del bosque. Ascendía por un camino zigzagueante que surgía del bosque hasta un empinado y expuesto acantilado. Caminaba por el borde y miraba hacia abajo. Allá abajo, el océano se veía sólido, congelado, la orilla enterrada bajo altos montones de nieve. El panorama que se extendía ante ella parecía desprovisto de vida y color, imposiblemente tranquilo y silencioso. Gritó llamando a John, pero su boca no emitió ningún sonido. Dio media vuelta, pero el sendero y el bosque habían desaparecido. Se miró los tobillos huesudos y los pies desnudos, al borde del precipicio. No tenía más opción que dar un paso adelante.

Se sentó en la hamaca playera y enterró los pies en la fina y cálida arena. Vio cómo Christina, su mejor amiga de la guardería, que seguía teniendo cinco años, hacía volar una cometa con forma de mariposa. Las margaritas rosas y azules del traje de baño de Christina, las alas azules y púrpuras de la cometa, el azul del cielo, el sol amarillo, el rojo de las uñas de sus propios pies, eran los colores más brillantes que jamás hubiera visto en su vida. Mientras miraba a Christina, se sintió abrumada por la alegría y el amor, no tanto por su amiga de la infancia como por los atrevidos colores de su cometa y su traje de baño.

Su hermana Anne y Lydia, ambas de dieciséis años, yacían una junto a la otra sobre toallas de playa rojas, azules y blancas. Sus cuerpos delgados de tono caramelo contrastaban con los bikinis rosa chicle que refulgían al sol. Ellas también parecían tener colores brillantes, hipnóticos, de dibujos animados.

—¿Preparada? —preguntó John.

—Me siento un poco asustada.

—Es ahora o nunca.

Ella se irguió y él le colocó sobre el torso un arnés unido a un parapente de color naranja. Lo cerró y ajustó las hebillas hasta que ella se sintió segura. La retuvo por los hombros, luchando contra la fuerza invisible que la impulsaba hacia arriba.

—¿Preparada? —volvió a preguntar John.

—Sí.

John la soltó y ella se elevó por los aires hacia el cielo azul con una excitante velocidad. El viento que la impulsaba trazaba deslumbrantes remolinos de huevos de petirrojo azules, verdes, lavanda y fucsia. Abajo, el océano era un calidoscopio de turquesas, aguamarinas y violetas.

La cometa con forma de mariposa de Christina se liberó de su atadura y aleteó con fuerza a su lado. Era lo más exquisito que Alice hubiera visto jamás, y la deseaba más de lo que nunca hubiera deseado nada. Estiró el brazo y logró apoderarse de la cuerda que colgaba de ella, pero un repentino cambio del viento hizo que girara enloquecida a su alrededor. Miró hacia atrás, pero todo estaba oscurecido por el naranja de su parapente. Por primera vez comprendió que no podría controlarlo. Miró hacia el suelo, hacia los puntitos vibrantes que eran su familia, y se preguntó si los hermosos y enérgicos vientos permitirían que alguna vez regresara con ellos.

Lydia estaba acurrucada sobre la colcha en un lado de la cama de su madre. Las sombras retrocedían, al tiempo que el cuarto se llenaba de una tenue luz diurna.

—¿Estoy soñando? —preguntó Alice.

—No; estás despierta.

—¿Cuánto he dormido?

—Un par de días.

—Oh, no. Lo siento.

—Tranquila, mamá. Me alegra volver a oír tu voz. ¿Tomaste demasiadas pastillas?

—No lo recuerdo. Es posible. Pero si lo hice, no quería hacerlo.

—Me tenías preocupada.

Alice veía a Lydia a retazos, sus rasgos parecían divididos en planos detalle. Los reconocía todos instintivamente, sin esfuerzo consciente, igual que uno reconoce la casa en que ha crecido, la voz de un padre o los pliegues de sus propias manos. Pero, extrañamente, le costaba identificar a Lydia como a un todo.

—Eres tan hermosa —dijo—. Tengo miedo de mirarte un día y no saber quién eres.

—Creo que, aunque no supieras quién soy, seguirías sabiendo que te quiero.

—¿Y si un día te miro y no sé que eres mi hija? ¿Y si no sé que me quieres?

—Entonces te diré que te quiero y me creerás.

A Alice le gustó aquella respuesta. «Pero ¿yo también te querré siempre? ¿Dónde reside mi amor por ti, en mi cabeza o en mi corazón?» La científica que había en ella creía que la emoción residía en un complejo circuito límbico del cerebro, un circuito que en aquellos momentos se encontraba atrapado en las trincheras, librando una batalla en la que no habría supervivientes. La madre que era creía que el amor que sentía por su hija estaba a salvo de su caos mental porque residía en su corazón.

—¿Cómo te sientes, mamá?

—No muy bien. Este semestre ha sido duro sin mi trabajo y sin Harvard, con esta enfermedad progresando y tu padre casi siempre ausente. Ha sido casi demasiado duro.

—Lo siento mucho. Ojalá hubiera podido pasar más tiempo contigo. El otoño que viene estaré más cerca de ti y nos veremos más. Quería trasladarme ahora, pero me han ofrecido un papel en una obra magnífica. El papel es pequeño, pero...

—No importa. Yo también desearía verte más, pero no dejes de vivir tu vida por mi culpa.

Pensó en John.

—Tu padre quiere trasladarse a Nueva York. Ha recibido una oferta de Sloan-Kettering.

—Lo sé. Yo estaba presente cuando lo anunció.

—No quiero ir.

—Ya.

—No puedo marcharme. Los gemelos nacerán en abril.

—Estoy ansiosa por ver a esos bebés.

—Yo también.

Alice se imaginó acunándolos en sus brazos, imaginó sus cuerpecitos cálidos, sus pequeños y curvados deditos, y sus piececitos sin estrenar, sus ojos redondos y enormes... Se preguntó si se parecerían a John o a ella. Y su aroma. Deseaba oler a sus deliciosos nietos.

La mayoría de los abuelos disfrutaban imaginando las vidas de sus nietos, la promesa de las fiestas de cumpleaños, graduación y bodas. Ella sabía que no estaría allí para disfrutar de aquellas fiestas de cumpleaños, graduación y bodas, pero sí llegaría a tiempo de acunarlos y olerlos, y que la condenasen si en vez de eso iba a permanecer sentada y sola en alguna parte de Nueva York.

—¿Cómo está Malcolm?

—Bien. Fuimos al Memory Walk de Los Ángeles.

—¿Cómo es él?

La sonrisa de Lydia llegó antes que su respuesta.

—Muy alto, muy natural, un poco vergonzoso.

—¿Cómo te trata?

—Es muy dulce conmigo. Le gusta que sea inteligente y se siente muy orgulloso de mis dotes de actriz. Hasta fanfarronea y todo, casi me da vergüenza escucharlo. Te gustaría.

—¿Cómo te sientes cuando estás con él?

Lydia pensó unos segundos, como si nunca se lo hubiera planteado antes.

—Como yo misma.

—Bien.

Alice sonrió y apretó amorosamente la mano de su hija. Pensó en preguntarle qué significaba lo que acababa de decir, que se describiera a sí misma, que se recordara, pero el pensamiento se evaporó rápidamente.

—¿De qué estábamos hablando? —preguntó.

—¿De Malcolm? ¿Del Memory Walk? ¿De Nueva York? —repuso Lydia, dándole pistas.

—Paseo por aquí y me siento a salvo. Aunque a veces me despiste un poco, siempre termino viendo algo que me resulta familiar. La gente de las tiendas me conoce y me indica la dirección correcta. La chica que trabaja en Jerri's siempre se interesa por si llevo el monedero y las llaves encima.

»Y tengo a mis amigos del grupo de apoyo. Los necesito. Si fuera a Nueva York perdería la poca independencia que me queda. Tu padre se pasará todo el tiempo trabajando y también lo perderé a él.

—Mamá, tienes que decirle todo eso a papá.

Tenía razón. Pero era más fácil decírselo a ella.

—Lydia, me siento muy orgullosa de ti.

—Gracias.

—Por si acaso me olvido, quiero que sepas que te quiero.

—Yo también te quiero, mamá.

—No quiero trasladarme a Nueva York —anunció Alice.

—Aún falta mucho para que tengamos que tomar una decisión.

—Quiero decidirlo ahora. Lo estoy decidiendo ahora. Quiero dejarlo claro mientras puedo hacerlo. No quiero trasladarme a Nueva York.

—¿Y si Lydia viniera a vivir con nosotros?

—¿Y si no lo hace? Debiste discutirlo conmigo en privado antes de anunciarlo delante de los chicos.

—Lo hice.

—No, no lo hiciste.

—Sí, lo hice. Y varias veces.

—Oh. ¿Y resulta que no lo recuerdo? Qué conveniente.

Inhaló profundamente por la nariz y exhaló por la boca, consiguiendo un momento de calma para romper la discusión casi infantil en que se habían enzarzado.

—John, sabía que te estabas entrevistando con la gente de Sloan-Kettering, pero nunca comprendí que querían contratarte para un cargo directivo. Y mucho menos de forma tan inmediata. De haberlo sabido, habría protestado.

—Te expliqué el motivo de mis viajes a Nueva York.

—Bien. ¿Están dispuestos a permitir que te tomes tu año sabático?

—No; necesitan a alguien ahora. Ya me fue difícil negociar las condiciones con ellos, pero necesitaba tiempo hasta septiembre para rematar algunas cosas aquí, en el laboratorio.

—¿No podrían contratar a alguien temporalmente para que puedas tomarte tu año sabático conmigo e incorporarte después?

—No.

—¿Lo has preguntado siquiera?

—Mira, actualmente nuestro campo es muy competitivo y todo se mueve muy deprisa. Estamos muy cerca de lograr descubrimientos importantísimos; o sea, estamos a punto de descubrir una cura para el cáncer. Las compañías farmacéuticas están muy interesadas. Y entre las clases y el papeleo administrativo de Harvard no puedo dedicarme todo lo que me gustaría a la investigación pura. Si no aprovecho esta oportunidad, puedo desperdiciar mi última oportunidad de descubrir algo realmente importante.

—No es tu última oportunidad. Eres brillante y no tienes Alzheimer. Todavía tendrás muchas oportunidades.

Él la miró fijamente, pero no dijo nada.

—Este año es mi última oportunidad, John, no la tuya. Este año es mi última oportunidad para vivir mi vida y saber lo que es importante para mí. No creo que me quede mucho tiempo para seguir siendo yo. Quiero compartir ese tiempo contigo, y no puedo creer que tú no quieras compatirlo contigo.

—Sí quiero. Y podremos hacerlo.

—Eso son chorradas. Y tú lo sabes. Nuestra vida está aquí. Tom y Anna y los bebés. Mary, Cathy y Dan, incluso Lydia. Si aceptas ese cargo, te pasarás todo el tiempo trabajando, sabes que será así, y yo me quedaré sola. Tu decisión no tiene nada que ver con querer estar conmigo y significa dejar atrás todo lo que tengo. No pienso ir a Nueva York.

—No estaré trabajando todo el tiempo, te lo prometo. ¿Y si Lydia viniera a vivir con nosotros a Nueva York? ¿Y si pasaras una semana al mes con Anna y Tom? Hay formas de organizarse para que no estés siempre sola.

—¿Y si Lydia no viniera a Nueva York? ¿Y si la admiten en Brandeis?

—Por eso creo que tendríamos que esperar y tomar la decisión más adelante, cuando tengamos más información.

—Quiero que te tomes tu año sabático.

—Alice, para mí la elección no es aceptar el cargo en Sloan o tomarme un año sabático. La elección está entre aceptar el cargo en Sloan o seguir aquí en Harvard. Ahora no puedo tomarme un año sabático.

John se volvió borroso mientras Alice temblaba y sus ojos ardían con lágrimas de furia.

—¡No puedo seguir así! ¡Por favor! ¡No puedo seguir soportando esto sin ti! Puedes tomarte ese año sabático. Si quieres, puedes hacerlo. Te necesito.

—¿Y si renuncio al puesto, me cojo ese año sabático y al poco ni siquiera sabes quién soy?

—¿Y si durante ese año sé quién eres, pero al siguiente ya no? ¿Cómo puedes pensar en perder el poco tiempo que nos queda encerrado en tu maldito laboratorio? Yo nunca te lo haría a ti.

—Nunca te lo pediría.

—No tendrías que hacerlo.

—No creo que pueda hacerlo, Alice. Lo siento, pero no creo que pueda pasarme en casa todo un año, sentado tranquilamente, viendo cómo esa enfermedad te aleja más y más de mí. No puedo ver cómo eres incapaz de vestirte sola o que no sabes ni encender la televisión. Al menos, mientras estoy en el laboratorio, no tengo que ver esos malditos post-its pegados en todas las puertas y todos los cajones. No puedo quedarme en casa y ver cómo empeoras día a día. Eso me mata.

—No, John, eso me mata a mí, no a ti. Mi estado seguirá empeorando, tanto si estás en casa conmigo como si te escondes en tu laboratorio. Estás perdiéndome. Pero si no pasas ese año sabático conmigo... bueno, ya nos habremos perdido. Yo tengo Alzheimer, ¿cuál es tu jodida excusa?

Sacó latas, cajas y botellas, vasos, platos y tazas, ollas y sartenes. Lo apiló todo sobre la mesa de la cocina, y cuando se quedó sin espacio, siguió apilándolo en el suelo.

Sacó todos los abrigos del armario, y abrió y les dio la vuelta a todos los bolsillos. Encontró dinero, billetes para los transportes públicos, pañuelos de papel... y nada. Tras revisar cada prenda, la dejaba caer al suelo.

Quitó los cojines de los sofás y sillones. Vació los cajones de su mesa del despacho y del archivador. Vació sus bolsos y la funda de su ordenador portátil. Recorrió de nuevo los montones de objetos, tocándolos todos y cada uno para que su nombre quedase registrado en su cabeza... Y nada.

Su búsqueda no requería recordar dónde había buscado antes. Los montones de objetos desenterrados eran prueba suficiente de sus excavaciones anteriores. Por el aspecto de la planta baja, ya la había revisado toda. Estaba sudorosa, frenética, pero no pensaba rendirse. Subió las escaleras.

Saqueó la cesta de la ropa sucia, los cajones de las mesitas de noche y las cómodas, los armarios del dormitorio...

«El baño de la planta baja.» Bajó las escaleras sudorosa, frenética.

John apareció en el recibidor, en medio de un montón de abrigos que casi le llegaban a la pantorrilla.

—¿Qué diablos está pasando? —preguntó desconcertado.

—Estoy buscando algo.

—¿Qué?

No sabía el nombre, pero confió en que estaba en algún lugar de su cabeza. En el momento adecuado lo recordaría.

—Lo sabré cuando lo encuentre.

—Esto es un completo desastre. Parece que nos hayan robado.

No había pensado en eso. Eso explicaba que todavía no lo hubiera encontrado.

—Oh, Dios mío. Quizá me lo han robado.

—No nos han robado nada. Tú has puesto la casa del revés.

Vio un montón de revistas sin tocar cerca del sofá en el salón. Dejó a John y su teoría de los ladrones en el recibidor, desparramó las revistas por el suelo, las recorrió con la mirada y se alejó. Él la siguió.

—Basta, Alice. Ni siquiera sabes lo que estás buscando.

—Sí lo sé.

—Bien, ¿qué es?

—No puedo decirlo.

—¿Qué forma tiene? ¿Para qué sirve?

—No lo sé, ya te lo he dicho. Lo sabré cuando lo encuentre. Tengo que encontrarlo o moriré. —Pensó en lo que acababa de decir—. ¿Y mis medicamentos?

Entraron en la cocina, dando patadas a cajas de cereales y latas de sopa y atún. John encontró las recetas y los frascos de vitaminas en el suelo, y el dosificador de píldoras en un bol sobre la mesa de la cocina.

—Aquí están —anunció.

La necesidad, la urgencia de que era algo de vida o muerte no se disipó.

—No, no es eso.

—Esto es una locura, tienes que parar. La casa parece un basurero.

«La basura.»

Abrió el cubo, sacó la bolsa de plástico y volcó todo su contenido en el suelo.

—¡Alice!

Pasó los dedos entre pieles de aguacate, huesos de pollo, servilletas y pañuelos de papel usados, cartones vacíos, papel de embalar y basura diversa. Vio el DVD *Alice Howland*. Sostuvo el húmedo estuche entre las manos y lo estudió. «No creo que quisiera tirar esto.»

—Ahí está, seguro que es eso —dijo John esperanzado—. Me alegra que lo hayas encontrado.

—No, no es esto.

—Está bien. Hay basura desparramada por todo el suelo, así que, por favor, para, siéntate y relájate. Estás frenética. Quizá si te relajas sabrás qué buscas.

—De acuerdo.

Si se sentaba y se relajaba, quizá recordara qué buscaba y dónde lo había puesto. O quizás olvidaría que estaba buscando algo.

El día anterior había empezado a nevar; ahora, tras cubrir Nueva Inglaterra con un espesor de medio metro, la nieve había dejado de caer. Ella ni siquiera se habría dado cuenta, de no ser por el movimiento de los limpiaparabrisas basculando a un lado y a otro. John los desconectó. Las calles estaban limpias, pero el suyo era el único coche que circulaba. A Alice siempre le había gustado la serena tranquilidad, la quietud que seguía a una tormenta de nieve, pero ahora la enervaba.

John llevó el coche hasta el aparcamiento del Mount Auburn. Habían despejado de nieve un pequeño espacio, pero el cementerio en sí, los caminos que serpenteaban entre las tumbas y las lápidas seguían sepultados por el blanco manto.

—Me temo que todo estará así. Tendremos que volver otro día —sugirió John.

—No, espera. Déjame echarle un vistazo.

Los viejos y negros árboles con sus heladas ramas nudosas, varicosas, teñidas de blanco, dominaban aquel paisaje invernal. Alice veía la parte superior de lo que presumiblemente eran las lápidas más altas y elaboradas surgiendo de la superficie de la nieve, pero eso era todo. Todo lo demás estaba enterrado. Cadáveres descompuestos en ataúdes enterrados bajo tierra y piedras, tierra y piedras enterradas bajo la nieve. Todo era blanco y negro, y helado, y muerto.

—John.

—¿Qué?

Había pronunciado su nombre con voz demasiado alta, rompiendo el silencio bruscamente, sorprendiéndolo.

—Nada. Podemos irnos. No quiero seguir aquí.

—Podemos volver otro día si quieres —sugirió John.

—¿Volver? ¿Volver adónde? —preguntó Alice.

—Al cementerio.

—Oh.

Se sentó a la mesa de la cocina. John sirvió vino tinto en dos copas y le alargó una. Estaba olvidando regularmente el nombre de su hija, la actriz, pero recordaba cómo hacer girar el vino en una copa y le gustaba hacerlo. Loca enfermedad. Apreciaba el mareante movimiento en la copa, el color rojo sangre del vino, su intenso sabor a uva, roble y tierra, y la calidez que sentía cuando bajaba hasta su estómago.

John estudió el contenido del frigorífico y terminó sacando un pedazo de queso, un limón, una cosa líquida y especiada, y un par de vegetales rojos.

—¿Te apetecen unas enchiladas de pollo? —preguntó.

—Bueno.

Él abrió el congelador y hurgó en su interior.

—¿Tenemos pollo? —preguntó.

Ella no respondió.

—Oh, no, Alice. —Dio media vuelta y le mostró lo que tenía en la mano. No era pollo—. Es tu Blackberry. Estaba en el congelador. —Presionó unas teclas, la agitó y frotó—. Parece que se ha colado agua dentro. Lo sabremos cuando se descongele, pero creo que está estropeada —añadió.

Ella estalló en lágrimas.

—No importa, cariño. Si no funciona, compraremos otra.

«¡Qué ridículo! ¿Por qué me afecta tanto que se haya estropeado una agenda electrónica?» Quizás estaba llorando por las muertes de su padre, su madre y su hermana. Quizás era una reacción retardada a la emoción que no había podido sentir y expresar adecuadamente en el cementerio. Tenía más sentido, pero no era eso. Quizá la muerte de su agenda electrónica simbolizaba la muerte de su posición en Harvard, y se lamentaba por la reciente pérdida de su carrera. Eso tenía más sentido. Lo cierto es que sentía un inconsolable dolor por la muerte de su Blackberry.

Febrero de 2005

Alice se dejó caer en la silla contigua a la de John, frente al doctor Davis, emocionalmente agotada e intelectualmente bloqueada. Había realizado varias pruebas neuropsicológicas en la sala pequeña con aquella mujer, la que realizaba las pruebas en la sala pequeña, durante un tiempo tortuosamente inacabable. Las palabras, la información, el significado de las preguntas de la mujer y las respuestas de Alice eran como pompas de jabón. Se alejaban de ella rápidamente y en direcciones tan dispares que le producían mareo, y su rastreo requería una enorme concentración. Aunque conseguía retener cierto número de ellas durante un tiempo prometedor, siempre era invariablemente pronto cuando, ¡pop!, desaparecían sin causa aparente, como si nunca hubieran existido. Ahora era el doctor Davis quien manejaba las pompas.

—Bien, Alice, ¿puede deletrear la palabra «mundo» al revés? —pidió.

Hace seis meses le hubiera parecido una pregunta trivial, incluso insultante; pero ese día sólo podía responderla con mucho esfuerzo. Se sintió ligeramente preocupada y humillada por ello, pero ni mucho menos tan preocupada y humillada como se habría sentido seis meses atrás. Experimentaba una distancia cada vez mayor de su consciencia de sí misma. Su sentido de lo que era Alice —lo que sabía y comprendía, lo que le gustaba o detestaba, lo que sentía y percibía— también era como una burbuja de jabón que se elevaba todavía más alta en el cielo y era más difícil de identificar, con apenas una delgada membrana lípida que la protegiera de estallar en el aire.

Primero deletreó la palabra «mundo» hacia delante y para sí misma, extendiendo los cinco dedos de su mano izquierda mientras lo hacía, uno para cada letra.

—O. —Dobló el meñique. Volvió a deletrear la palabra hacia delante, deteniéndose al llegar al dedo anular, que también dobló—. D. —Repitió el proceso—. N. —Mantuvo extendidos el pulgar y el índice como un niño simulando empuñar una pistola. Susurró «M» y «U» para sí misma—. U y M.

Sonrió, alzando victoriosa la mano izquierda en forma de puño y mirando a John. Él hizo girar su anillo de bodas y le dirigió una sonrisa de ánimo.

—Buen trabajo —dijo el doctor. Sonrió y pareció impresionado. A Alice le gustaba—. Ahora, me gustaría que se tocara la mejilla derecha con su mano izquierda y después señalara la ventana.

Levantó la mano izquierda a la altura de su cara y... ¡pop!

—Perdone, ¿podría repetírmelo? —pidió con la mano izquierda todavía alzada a la altura de su rostro.

—Por supuesto —concedió Davis suavemente, como el padre que deja que su hijo mire la primera carta del mazo o permite que se adelante unos centímetros en la línea de salida—. Tóquese la mejilla derecha con su mano izquierda, y después señale la ventana.

La mano izquierda ya tocaba su mejilla derecha antes de que el médico terminase de hablar, y señaló con su brazo derecho la ventana tan rápidamente como pudo. Soltó de golpe el aliento.

—Muy bien, Alice —la felicitó el doctor, volviendo a sonreír.

John no mostró ninguna emoción. Ni un ápice de placer u orgullo.

—Bien, ahora dígame el nombre y la dirección que le he pedido que recordase.

El nombre y la dirección. Tenía la vaga sensación de que los sabía, como la que se siente al despertar tras una larga noche sabiendo que has soñado, quizás incluso sabiendo que el sueño era sobre algo en particular; pero, no importaba cuánto se esforzara en recordarlo, los detalles del sueño la eludían. Habían desaparecido para siempre.

—El nombre es John no sé qué. Me pregunta lo mismo cada vez que venimos de visita, ¿sabe?, y nunca he sido capaz de recordar dónde vive ese tipo.

—Bien, intentémoslo de nuevo. ¿Era John Black, John White, John Jones o John Smith?

Ella no tenía ni idea, pero no le importaba seguirle el juego.

—Smith.

—¿Y vive en la calle Este, la calle Oeste, la calle Norte o la calle Sur?

—La Sur.

—¿Y la ciudad? ¿Era Arlington, Cambridge, Brighton o Brookline?

—Brookline.

—Última pregunta, Alice: ¿dónde está mi billete de veinte dólares?

—¿En su cartera?

—No. Antes escondí un billete de veinte dólares en algún lugar de esta sala. ¿Recuerda dónde?

—¿Lo escondió conmigo presente?

—Sí. ¿Se le ocurre alguna idea? Si lo encuentra, puede quedárselo.

—Bueno, si le hubiera visto esconderlo, estoy segura de que encontraría una forma de acordarme.

—Yo también estoy seguro. ¿Alguna idea de dónde puede estar?

Vio cómo la mirada del médico se desviaba ligera y brevemente a la derecha, por encima de su hombro, antes de volver a posarse en ella. Alice se dio media vuelta. Tras ella había una pizarra blanca colgada de la pared con tres palabras escritas con rotulador rojo: glutamato, PLT y apoptosis. El rotulador también había trazado una raya hasta el extremo inferior de la pizarra donde se veía un billete de veinte dólares plegado. Se levantó encantada, fue hasta la pizarra y reclamó su premio. El doctor Davis dejó escapar una risita.

—Si todos mis pacientes fueran tan inteligentes como usted, acabaría en la ruina.

—Alice, no puedes quedarte el billete. Te has dado cuenta que el doctor lo miraba —protestó John.

—Me lo he ganado.

—No se preocupe, John. Lo ha encontrado y es suyo.

—¿Es lógico su estado después de tan sólo un año y tomando su medicación? —preguntó John.

—Bueno, hay varios puntos a considerar. Para empezar, probablemente sufría la enfermedad mucho antes de que la diagnosticáramos el pasado enero. Su familia, sus colegas, usted, incluso ella misma, no le dieron importancia a ciertos síntomas creyendo que eran equivocaciones normales o provocadas por estrés, por haber dormido mal, por haberse pasado un poco con la bebida, etc., etc. Es muy probable que, cuando acudieron a esta consulta, ya llevara un año o dos padeciendo la enfermedad, puede que incluso más.

»Además, Alice es increíblemente inteligente. Si una persona normal tiene, por decir algo, diez sinapsis que conducen a un retazo de información, Alice probablemente tiene cincuenta. Cuando una persona normal pierde esas diez sinapsis, ese retazo de información se vuelve completamente inaccesible, lo olvida para siempre. Pero si Alice pierde esas diez sinapsis, todavía le quedan otras cuarenta para acceder a esa información. En un primer estadio, sus pérdidas anatómicas no son tan profundas y detectables como en otros pacientes.

—Pero, en estos momentos, parece que haya perdido muchas más de diez —apuntó John.

—Sí, me temo que sí. Su memoria reciente ha caído al tres por ciento, su proceso de lenguaje ha mermado considerablemente y está perdiendo la consciencia de sí misma, tal como era desgraciadamente previsible. Pero también es verdad que posee unos recursos increíbles. Utiliza estrategias muy inventivas para responder a ciertas preguntas que no es capaz de recordar.

—Pero hay muchas preguntas que no es capaz de responder —protestó John.

—Sí, eso es cierto.

—Está empeorando mucho y muy rápidamente. ¿No podemos aumentar la dosis de Aricept o Namenda?

—No; ya está tomando la dosis máxima de ambos medicamentos. Por desgracia, ésta es una enfermedad degenerativa incurable. Seguirá empeorando tome la medicación que tome.

—Está claro que le ha tocado el grupo del placebo en

la prueba clínica o que ese Amylex no funciona —sugirió John.

El doctor hizo una pausa, como si no estuviera seguro de mostrarse de acuerdo o en desacuerdo con aquella observación.

—Sé que está desanimado, pero muy a menudo he visto periodos inesperados de meseta en los que el deterioro parece estancarse, y esos periodos pueden durar bastante tiempo.

Alice cerró los ojos y se imaginó a sí misma firmemente anclada en una meseta. Una meseta preciosa. Podía verla y era una esperanza digna de ser tenida en cuenta. ¿Es que John era incapaz de verla? ¿Todavía creía que había esperanza para ella o ya se había rendido? Peor todavía, ¿y si esperaba que su declive fuera rápido para poder llevársela con él, ausente y complaciente, a Nueva York ese otoño? ¿Qué elegiría si pudiera: resistir con ella en la meseta o empujarla por la siguiente pendiente?

Cruzó los brazos y descruzó las piernas, afirmando los pies en el suelo.

—¿Sigues corriendo cada día, Alice? —preguntó Davis.

—No; lo dejé hace tiempo. Entre lo ocupado que está siempre John y mi falta de coordinación (parece que no pueda ver las curvas o los obstáculos del camino, y no mido bien las distancias), he sufrido algunas caídas bastante aparatosas. Incluso en casa me olvido de esas cosas que hay en todas las puertas para abrirlas, y cada vez que entro en una habitación me golpeo con ellas. Estoy llena de cardenales.

—Bien, John, yo eliminaría «esas cosas que hay en todas las puertas» o las pintaría de un color que contraste, un color brillante y puro. O las cubriría con una cinta acolchada de un color puro para que Alice pueda distinguirlas con claridad.

—Está bien.

—Alice, háblame de tu grupo de apoyo.

—Somos cuatro. Nos reunimos unas cuantas horas, una vez a la semana, en casa de uno u otro, e intercambiamos mensajes electrónicos diariamente. Es maravilloso. Hablamos de todo.

El doctor Davis y la mujer de la sala pequeña le habían hecho montones de preguntas aquel día, preguntas diseñadas para medir con precisión el proceso de destrucción celular en su cerebro. Pero nadie parecía comprender que su cabeza seguía más viva que las de Cathy, Mary y Dan.

—Quiero darle las gracias por tomar esa iniciativa y llenar una obvia carencia de nuestros grupos de apoyo. Si se me presentaran nuevos casos de pacientes tempranos, ¿puedo decirles que se pongan en contacto con usted?

—Sí. Hágalo, por favor. Y también tendría que hablarles del DASNI, el anagrama inglés de la Red Internacional de Apoyo contra la Demencia, un foro *online* para gente que padece demencia. Gracias a él he conocido a una docena de personas de todo el país, incluso de Canadá, Reino Unido y Australia. Bueno, no las he conocido en persona, claro, el contacto es *online*, pero siento como si las conociera y ellos me conocen más que muchas de las personas con que he convivido toda mi vida. No perdemos el tiempo, no tenemos mucho que perder. Hablamos de las cosas que nos interesan.

John cambió de postura en la silla y empezó a mover nerviosamente la pierna.

—Gracias, Alice. Añadiré esa web a nuestro paquete básico de información. ¿Y usted, John? ¿Ha hablado con nuestro asistente social o ha ido a alguna reunión del grupo de apoyo a los cuidadores?

—No, no lo he hecho. He tomado café un par de veces con los maridos y la esposa del grupo de apoyo de Alice. Aparte de eso, nada más.

—¿Por qué no organiza usted mismo un grupo de apoyo? Usted no padece la enfermedad, pero viviendo con Alice también convive con ella, y para los cuidadores es muy duro. Veo el peaje que pagan diariamente los familiares que vienen aquí. Además, tiene a Denise Daddario, la asistente social, y el grupo de apoyo para cuidadores del HGM, y sé que la Asociación contra el Alzheimer de Massachusetts también cuenta con grupos de apoyo a los cuidadores. Todos esos recursos están ahí para que los utilice; si los necesita, no dude en aprovecharlos.

—Está bien.

—Hablando de la Asociación contra el Alzheimer, Alice, he recibido su programa para la Conferencia Anual de Asistencia Médica contra la Demencia, y veo que usted dará el discurso de apertura —añadió Davis.

Dicha conferencia era una reunión anual para profesionales involucrados en el cuidado de los enfermos de demencia y sus familias. Neurólogos, médicos de medicina general, geriatras, neuropsicólogos, enfermeras y asistentes sociales se reunían para intercambiar información sobre enfoques, diagnósticos, tratamientos y cuidado de los pacientes. Parecía similar al grupo de apoyo de Alice y al DASNI, pero a gran escala. Aquel año la reunión se celebraría en Boston.

—Sí —admitió Alice—. ¿Puedo preguntarle si piensa asistir?

—Lo haré, y puedo asegurarle que estaré en primera fila. A mí nunca me han pedido que haga la presentación del plenario, ¿sabe? Usted es una mujer muy valiente y extraordinaria, Alice.

Aquel cumplido, sincero y nada condescendiente, fue el empuje que necesitaba su ego tras haber sido tan implacablemente apaleado por tanta prueba. John siguió dándole vueltas a su anillo, pero la miró con lágrimas en los ojos y una sonrisa que la desconcertó.

Marzo de 2005

Alice se situó ante el podio, con su texto mecanografiado en la mano, y miró al público reunido en el gran salón de baile del hotel. Se había acostumbrado a juzgar un público al primer vistazo y contar el número de asistentes con asombrosa exactitud, pero ésa era una habilidad que ya no poseía. Simplemente, había mucha gente. El organizador de la conferencia, como fuera que se llamara, le dijo que se habían registrado setecientos asistentes. Alice había dado muchas charlas a públicos tan numerosos como aquél y más todavía. Los asistentes a sus pasadas conferencias incluían distinguidos miembros de la selecta Liga de la Hiedra, ganadores de premios Nobel y líderes mundiales en temas como la psicología y el lenguaje.

Ese día, John se sentaba en la primera fila. Miraba repetidamente hacia atrás por encima del hombro, mientras enrollaba su programa hasta convertirlo en un cilindro casi sólido. Hasta ese momento ella no se dio cuenta de que su marido llevaba puesta su camiseta gris de la suerte. Normalmente la reservaba para los días más críticos, aquellos en que obtenían los resultados de las pruebas de laboratorio. Sonrió ante ese gesto supersticioso.

Anna, Charlie y Tom estaban a su lado, conversando entre ellos. Unas filas más atrás, vio a Mary, a Cathy y a Dan, con sus respectivos cónyuges. En el centro, el doctor Davis ya estaba preparado con su bolígrafo y su libreta de notas. Y más allá se extendía un mar de profesionales de la salud dedicados al cuidado de la gente que sufría demencia. Puede que no fuera el público más numeroso ni más prestigioso al que se hubiera enfrentado, pero, de todas las charlas que había dado en su vida, esperaba que ésa fuera la que tuviera un impacto mayor.

Acarició con los dedos las alas suaves y gemelas de su colgante, que descansaba sobre su esternón. Se aclaró la garganta antes de tomar un sorbo de agua, y tocó una vez más las alas de la mariposa. «Hoy es una ocasión especial, mamá.»

—Buenos días. Soy la doctora Alice Howland. No obstante, mi título no tiene nada que ver con la neurología, ni siquiera con la medicina general. Mi doctorado es en Psicología y Lenguaje. He sido profesora de la Universidad de Harvard durante veinticinco años. Di cursos de Psicología Cognitiva, realicé investigaciones en el campo de la lingüística y pronuncié conferencias por todo el mundo.

»Pero no he venido hoy aquí para hablaros como experta en psicología o lenguaje. Estoy hoy aquí para hablaros como experta en la enfermedad de Alzheimer. No trato a pacientes, no realizo análisis clínicos, no estudio mutaciones del ADN, ni aconsejo a pacientes y sus familias. Soy una experta en el tema porque, hace ahora un año, me diagnosticaron un Alzheimer temprano.

»Me siento honrada por tener la oportunidad de hablaros hoy aquí para, espero, aportar un poco de comprensión sobre lo que significa vivir con cierto grado de demencia. Aunque todavía soy consciente de lo que eso significa, pronto seré incapaz de expresarlo. Y poco después, ni siquiera seré consciente de que padezco demencia. Así que lo que tengo que decir hoy es oportuno.

»Nosotros, los que nos encontramos en los primeros estadios del Alzheimer, no somos absolutamente incompetentes. Todavía podemos expresarnos mediante el lenguaje, tenemos opiniones y extensos periodos de lucidez. Aun así, no somos lo bastante competentes para que se pueda confiar en nosotros por lo que respecta a muchas de las exigencias y responsabilidades de nuestras antiguas vidas. Nos sentimos como si no estuviéramos ni aquí ni allí, como un estrafalario personaje del doctor Seuss en una tierra extraña. Es un lugar muy solitario y frustrante.

»Ya no trabajo en Harvard. Ya no leo tesis, ni escribo artículos de investigación o libros. Mi realidad es completamente distinta de lo que era no hace mucho tiempo. Y distorsionada. Los senderos neuronales que utilizo para pensar e intentar comprender lo que me dicen y lo que sucede a mi alrededor están contaminados de amiloides. Tengo que luchar conmigo misma para encontrar las palabras que deseo pronunciar, y a menudo me oigo decir las equivocadas. No soy capaz de juzgar con fiabilidad las distancias espaciales, lo que significa que dejo las cosas sobre los lugares equivocados, me caigo mucho y puedo perderme si me alejo más de dos manzanas de mi casa. Y mi memoria a corto término cuelga de un par de hilos deshilachados.

»Estoy perdiendo **m**is ayeres. Si me preguntáis lo que hice ayer, qué me ocurrió, qué vi, sentí u oí, me costará mucho daros detalles. Puedo deducir unas cuantas cosas correctamente, soy muy buena deduciendo, pero en realidad no lo sé. No recuerdo el ayer, ni el ayer del ayer.

»Y no tengo control sobre qué ayer conservo y cuál olvido. No se puede negociar con esta enfermedad. No puedo escoger entre los nombres de los presidentes de Estados Unidos y los nombres de mis hijos. No puedo ceder las capitales de los estados a cambio de conservar los recuerdos de mi marido.

»A menudo tengo miedo al mañana. ¿Y si despierto y no reconozco a mi esposo? ¿Y si no sé dónde me encuentro o ni siquiera me reconozco en el espejo? ¿Cuándo dejaré de ser yo? ¿Es vulnerable a la enfermedad la parte de mi cerebro responsable de mi "yo" personal y único? ¿O mi identidad es algo que trasciende las neuronas, las proteínas y las moléculas defectuosas de mi ADN? ¿Son mi espíritu y mi alma inmunes a los estragos del Alzheimer? Yo creo que sí.

»Ser diagnosticada con esta enfermedad es como ser marcada con la A escarlata de otros tiempos. Ahora soy una persona que padece demencia. Así es como tengo que definirme, no sé por cuánto tiempo, y así es como los demás me definirán. Pero yo no soy lo que digo o hago. En lo fundamental, soy algo más que eso.

»Soy una esposa, una madre, una amiga, y pronto seré una abuela. Todavía siento, todavía comprendo y creo ser digna del amor y la alegría que conllevan esas relaciones. Sigo siendo una participante activa de esta sociedad. Mi cerebro no funciona correctamente, pero utilizo mis oídos para escuchar incondicionalmente, ofrezco mis hombros para que puedan llorar en ellos y extiendo mis brazos para abrazar a otras personas afectadas y cuyo estado es peor que el mío. A través de un grupo de apoyo contra el Alzheimer temprano, a través de la Red de Ayuda contra la Demencia o hablando con vosotros hoy, ayudo a otros afectados a vivir mejor con su enfermedad. No soy una moribunda, soy una mujer que vive con el Alzheimer. Y quiero seguir viviendo de la mejor manera posible.

»Me gustaría alentar los diagnósticos precoces, para que los médicos no asuman automáticamente que las personas de cuarenta o cincuenta años, con problemas de memoria y cognición, son personas deprimidas, estresadas o menopáusicas. Cuanto antes se diagnostique adecuadamente, antes podrá medicarse. Mayor será la esperanza de retrasar el progreso de la enfermedad, y mayor la de mantenerse en una meseta el tiempo suficiente como para disfrutar de los beneficios de un tratamiento mejor, incluso de una cura, porque todavía tengo esperanzas de que se descubra una cura. Para mí, para mis amigos y para mi hija, que lleva los mismos genes mutados que yo. Puede que ya no sea capaz de recuperar todo lo que he perdido, pero sí de retener lo que todavía tengo. Y tengo mucho.

»Por favor, no miréis nuestra letra escarlata y nos rechacéis. Miradnos a los ojos, habladnos directamente. No tengáis pánico, ni toméis como una afrenta personal que cometamos errores, porque los cometeremos, es inevitable. Nos repetiremos, perderemos cosas, incluso nos perderemos nosotros mismos. Olvidaremos vuestros nombres y lo que habéis dicho hace un par de minutos, pero haremos todo lo posible para compensar estos errores y superar nuestra pérdida cognitiva.

»Os animo a que nos deis fuerza, a que no nos limitéis. Si alguien tiene dañada la columna vertebral, si alguien pierde un miembro o sufre una discapacidad funcional, las familias y los profesionales hacen lo imposible por rehabilitarlos, por encontrar la forma de que sobrelleven su desgracia y de que hagan todo lo posible por superarse a pesar de su dolencia. Trabajad con nosotros. Ayudadnos a desarrollar herramientas que compensen nuestras pérdidas de memoria, lenguaje y cognición. Animadnos a involucrarnos en grupos de apoyo. La gente afectada de demencia y sus cuidadores podemos ayudarnos mutuamente, podemos navegar por esa tierra del doctor Seuss que no está ni aquí ni allí.

»"Mis ayeres están desapareciendo y mis mañanas son inciertos, así que ¿para qué seguir viviendo?", podríamos preguntarnos. Yo vivo día a día. Vivo momento a momento. En algún mañana me olvidaré de que hoy he estado aquí, ante vosotros, y que he dado este discurso. Pero, sólo porque en algún mañana me olvide, no significa que no haya vivido cada segundo de este día. Olvidaré este hoy, pero eso no significa que este hoy no importe.

»Ya no me piden que dé clases sobre lenguaje en las universidades o conferencias sobre psicología en todo el mundo. Pero hoy estoy aquí, ante vosotros, dando el que espero sea el discurso más influyente de mi vida. Y tengo la enfermedad de Alzheimer.

»Muchas gracias.

Levantó la vista de sus páginas por primera vez desde que empezara a hablar. No se había atrevido a romper el contacto visual con las palabras impresas por miedo a perder el hilo. Ante su genuina sorpresa, todo el salón estaba en pie aplaudiendo, y aquello era más de lo que había imaginado. Sólo esperaba dos cosas: no perder la facultad de leer durante el discurso y terminarlo sin parecer una idiota.

Miró los rostros de su familia en la primera fila y supo, sin ningún género de dudas, que había sobrepasado sus modestas expectativas. Cathy, Dan y el doctor Davis le sonreían abiertamente; y Mary se enjugaba los ojos con un puñado de pañuelos rosas; Anna aplaudía y sonreía, sin tomarse la molestia de secarse las lágrimas que corrían por su cara; Tom aplaudía y silbaba, y parecía contener a duras penas los deseos de correr hacia ella para abrazarla y felicitarla. Ella misma tenía unas ganas irreprimibles de lanzarse en sus brazos.

John, erguido y con su camiseta gris de la suerte, aplaudía enfervorizado, transmitiendo un innegable amor con sus ojos y una indescriptible alegría con su sonrisa.

Abril de 2005

La energía necesaria para redactar su discurso, para verbalizarlo en público, para estrechar manos y conversar coherentemente con lo que le parecieron cientos de entusiastas asistentes a la Conferencia Anual de Asistencia Médica contra la Demencia habría sido enorme para cualquier persona que no padeciera Alzheimer. Alice necesitó mucha más. Tras el evento, logró seguir adelante algún tiempo gracias a aquella inyección de adrenalina, el recuerdo del aplauso y una renovada confianza en su estatus interior. Era Alice Howland, una heroína muy valiente y extraordinaria.

Pero la adrenalina se acabó y el recuerdo desapareció. Perdió una parte de estatus y confianza cuando se lavó los dientes con crema hidratante. Perdió un poco más cuando se pasó la mañana intentando llamar a John con el mando a distancia del televisor. Y perdió el resto cuando su propio y desagradable olor corporal le advirtió que no se bañaba desde hacía días, pero no pudo reunir el valor o los conocimientos necesarios para meterse en la bañera. Era Alice Howland, una víctima de Alzheimer.

Agotada su energía y sin reservas de donde extraer un

poco más, con su euforia decreciendo y desaparecido el recuerdo de su victoria y su confianza, sintió un completo y abrumador agotamiento. No sólo dormía hasta tarde, sino que seguía tumbada en la cama varias horas después de haberse despertado; después se sentaba en el sofá y lloraba sin ninguna razón concreta. No había sueño o lágrimas suficientes que repusieran lo que había perdido.

John la despertó de un sueño profundo y la vistió. Ella se dejó hacer. No le dijo que se cepillara los dientes o se peinara, y a ella no le importó. La metió apresuradamente en el coche y Alice apoyó la frente contra el frío cristal de la ventanilla. El mundo exterior parecía teñido de un azul grisáceo, no sabía adónde iban y sentía demasiada indiferencia para preguntarlo.

John aparcó y entraron en un edificio. La luz de los fluorescentes le hirió los ojos. Los pasillos vacíos, los ascensores, los rótulos en las paredes: Radiología, Cirugía, Obstetricia, Neurología... «Neurología.»

Llegaron a una habitación. En lugar de una sala de espera, descubrió a una mujer durmiendo en una cama. Tenía los ojos cerrados, parecía hinchada y tenía un gotero en el dorso de la mano.

—¿Qué le ocurre? —susurró Alice.

—Nada. Sólo está cansada —respondió John.

—Tiene un aspecto horrible.

—Chsss. Que no te oiga.

El cuarto no parecía la habitación de un hospital. Había otra cama, más pequeña y deshecha, junto a la de la durmiente, un televisor grande en un rincón y un adorable jarrón decorado con flores amarillas y rosas. Quizá no era un hospital, sino un hotel. En ese caso, ¿por qué tenía la mujer aquel tubo introducido en su mano?

Un hombre joven y atractivo entró con una bandeja

de cafés. «Quizá sea el médico.» Llevaba una gorra de los Red Sox, vaqueros y una camiseta de Yale. «O del servicio de habitaciones.»

—Felicidades —susurró John.

—Gracias. Tom acaba de marcharse, volverá esta tarde. Tengo café para todos y un poco de té para Alice. Iré a buscar a los bebés.

El joven sabía su nombre.

Volvió con un carrito que transportaba dos pequeñas bañeras rectangulares de plástico transparente. Cada bañera contenía un bebé, envueltos en mantas blancas y con unos gorritos blancos en la cabeza, de forma que sólo podían verse sus caras.

—La despertaré, seguro que no le gustaría estar dormida en este momento —explicó el joven—. Cariño, despierta, tenemos visita.

La mujer despertó lentamente, a regañadientes, pero cuando vio a Alice y a John, una chispa de excitación brilló en sus ojos cansados. Sonrió, y el rostro pareció encajar en la mente de su madre. «¡Dios mío, es Anna!»

—Felicidades, hija —exclamó John—. Son preciosos.

Se inclinó sobre ella y le besó la frente.

—Gracias, papá.

—Tienes un aspecto estupendo. ¿Cómo te encuentras? —preguntó John.

—Agotada pero bien, gracias. Aquí los tenéis. Ésta es Allison Anne, y este pequeñín es Charles Thomas.

El joven entregó uno de los bebés a John. Levantó el otro, el del lazo rosa atado en su gorro y se lo tendió a Alice.

—¿Quieres cogerla?

Ella asintió.

Sostuvo a la pequeña dormida con la cabeza apoyada

en su brazo, y el trasero en una de sus manos, el cuerpecito recostado contra su pecho y una oreja sobre su corazón. La pequeña apenas respiraba a través de los diminutos y redondos orificios de la nariz. Instintivamente, Alice besó su regordeta y sonrosada mejilla.

—Anna, has tenido a tus hijos —dijo.

—Sí, mamá. Tienes en los brazos a tu nieta Allison Anne.

—Es perfecta. La adoro. —«Mi nieta.» Miró al bebé de la cinta azul en brazos de John. «Mi nieto»—. ¿Y no padecerán Alzheimer como yo?

—No, mamá. No lo padecerán.

Alice aspiró profundamente, inhalando el delicioso aroma de su preciosa nieta, llenándose con una sensación de alivio y paz como no había conocido desde hacía mucho tiempo.

—Mamá, puedo elegir entre la Universidad de Nueva York o la de Brandeis.

—Oh, qué excitante. Me acuerdo de cuando iba a la universidad. ¿Qué vas a estudiar?

—Teatro.

—Eso es maravilloso. Yo fui a Harvard. Me encantaba ir a Harvard. ¿A qué universidad has dicho que irás?

—Aún no lo sé. Puedo elegir entre Nueva York y Brandeis.

—¿Cuál prefieres?

—No estoy segura. He hablado con papá, y él quiere que vaya a Nueva York.

—¿Y tú? ¿Tú quieres ir a Nueva York?

—No lo sé. Tiene mejor reputación, pero creo que Brandeis es mejor para mí. Estaría cerca de Anna, Charlie y los bebés. Y de Tom, y de papá y de ti, si al final te quedas aquí.

—¿Si me quedo aquí? —se extrañó Alice.

—Aquí, en Cambridge.

—¿Dónde iba a estar si no?

—En Nueva York.

—No pienso ir a Nueva York.

Se sentaron en el sofá para plegar ropa de bebé, separando la rosa de la azul. La televisión estaba encendida aunque sin volumen.

—Es que... si elijo Brandeis, y papá y tú os trasladáis a Nueva York, tendría la sensación de estar en el lugar equivocado, de haber tomado la decisión equivocada.

Alice dejó de doblar la ropa y miró a la mujer. Era joven, delgada y guapa; pero también parecía cansada y llena de conflictos.

—¿Qué edad tienes? —terminó por preguntar.

—Veinticuatro.

—Veinticuatro. Me encantaba tener veinticuatro años. Todavía tienes toda la vida por delante. Todo es posible. ¿Estás casada?

La mujer guapa y llena de conflictos dejó la ropa de bebé y la miró directamente a los ojos. La mujer guapa y llena de conflictos tenía unos ojos inquisidores del color de la mantequilla de cacahuete, e irradiaban sinceridad.

—No, no estoy casada.

—¿Hijos?

—No.

—Entonces puedes hacer lo que quieras.

—¿Y si papá decide aceptar el trabajo en Nueva York?

—No puedes tomar ese tipo de decisiones basándote en lo que otras personas puedan o no puedan hacer. Es tu educación, así que es tu decisión. Eres una mujer adulta, ya no tienes que hacer lo que tu padre quiera. Toma tus decisiones basándote en lo más conveniente para ti.

—De acuerdo, lo haré. Gracias.

La mujer guapa con los adorables ojos color mantequilla de cacahuete soltó una carcajada y un suspiro, y volvió a doblar ropa.

—Hemos recorrido un largo camino, mamá.

Alice no comprendió a qué se refería.

—Me recuerdas a una de mis alumnas, ¿sabes? Solía ser tutora, una tutora muy buena.

—Lo eras. Y sigues siéndolo.

—¿Cómo se llama la universidad a la que quieres ir?

—Brandeis.

—¿Y dónde está?

—En Waltham, a pocos minutos de aquí.

—¿Y qué quieres estudiar?

—Teatro.

—Es maravilloso. ¿Y actuarás en alguna obra?

—Sí.

—¿Shakespeare?

—Sí.

—Me encanta Shakespeare, sobre todo sus tragedias.

—Y a mí.

La mujer guapa la abrazó. Olía a fresco y limpio, como el jabón. Su abrazo la atravesó como lo había hecho su mirada de mantequilla de cacahuete. Alice se sintió feliz y muy cercana a ella.

—Mamá, por favor, no te traslades a Nueva York.

—¿Nueva York? No seas tonta. Vivo aquí, ¿por qué iba a trasladarme a Nueva York?

—No sé cómo te las arreglas —dijo la actriz—. He pasado casi toda la noche despierta con ella y me siento desvariar. A las tres de la mañana tuve que hacerle huevos revueltos, tostadas y té.

—Yo también estaba despierta a esa hora. Si pudieras dar el pecho, me ayudarías a alimentar a uno de estos dos monstruos —dijo la joven madre de los bebés.

Ésta estaba sentada en el sofá al lado de la actriz, dándole el pecho al bebé de azul. Alice tenía al de rosa en brazos. John entró, duchado y vestido, con una taza de café en una mano y un diario en la otra. Las mujeres aún iban en pijama.

—Gracias por quedarte anoche con tu madre, Lyd. Realmente necesitaba dormir —agradeció John.

—Papá, ¿cómo diablos crees que podrás apañártelas en Nueva York sin nosotras para ayudarte? —preguntó la joven madre.

—Pienso contratar a una enfermera. Ya estoy buscando una.

—No quiero que una extraña cuide de mamá. Nunca podrá abrazarla o quererla como nosotras —protestó la actriz.

—Y una extraña tampoco conocerá su vida y sus recuerdos como nosotras. Podemos llenar los agujeros de su memoria y leer su lenguaje corporal porque la conocemos —dijo la madre.

—No estoy diciendo que no sigamos cuidándola —aclaró John—. Sólo soy realista y práctico. No tenemos por qué hacerlo todo nosotros mismos. Tú, Anna, volverás a trabajar dentro de un par de meses, y al volver a casa te encontrarás con dos hijos a los que no habrás visto en todo el día.

—Y tú, Lydia, pronto empezarás las clases y te quejarás de lo intenso que es el programa y del poco tiempo libre que te deja. Tom está en el quirófano mientras hablamos, lo que ya nos da una idea de su disponibilidad. Todos estaréis más ocupados de lo que habéis estado nunca y vuestra madre es la última persona que querría comprometer vuestra calidad de vida, nunca aceptaría ser una carga para vosotros.

—No es una carga, es nuestra madre —rectificó la joven madre.

Hablaban demasiado deprisa y utilizaban demasiados pronombres. Y el bebé de rosa estaba armando alboroto y berreando. Alice no podía deducir de qué o de quién estaban hablando, pero por sus expresiones faciales y su tono quedaba claro que era una discusión seria. Y las mujeres en pijama estaban en el mismo bando.

—Quizá sea más prudente que pida una ampliación de mi permiso de maternidad. Me siento un poco presionada, y Charlie está de acuerdo en que me tome más tiempo. Tiene sentido y también podría estar más con mamá.

—Papá, ésta es nuestra última oportunidad para pasar más tiempo con ella. No puedes irte a Nueva York, no puedes llevártela contigo.

—Mira, si te hubieras matriculado en Nueva York y no en Brandeis, podrías pasar con ella todo el tiempo que quisieras. Tú hiciste tu elección, yo hago la mía.

—¿Y por qué no dejas que mamá haga la suya? —preguntó la joven madre.

—Ella no quiere vivir en Nueva York —dijo la actriz.

—Tú no sabes lo que ella quiere —sentenció John.

—Ella nos ha dicho que no quiere. Adelante, pregúntaselo tú. Que tenga Alzheimer no significa que no sepa lo que quiere o no quiere. A las tres de la mañana estaba muy segura de que quería huevos revueltos y tostadas, no cereales o beicon. Y también estaba muy segura de que no quería volver a acostarse. Estás despreciando su opinión porque tiene Alzheimer —protestó la actriz.

«Oh, están hablando de mí.»

—No estoy despreciando su opinión, hago lo que considero mejor para los dos. Si ella hubiera hecho siempre todo lo que quería, ni siquiera estaríamos teniendo esta conversación.

—¿Qué diablos significa eso? —saltó la joven madre.

—Nada.

—Es como si no aceptases que ella todavía no ha muerto, como si pensaras que el tiempo que le queda de vida ya no tiene ningún significado. Estás actuando como un niño egoísta —acusó la joven madre. Estaba llorando, pero al mismo tiempo parecía furiosa. Tenía el mismo aspecto y la misma voz que su hermana Anne, pero no podía ser Anne. No, imposible. Anne no había tenido hijos.

—¿Cómo sabes que ese tiempo es significativo para ella? Mira, quizá no soy el único en pensar así. La antigua Alice no querría rendirse, no querría seguir viviendo así —aseguró John.

—¿Qué significa eso? —preguntó la mamá llorosa que se parecía y tenía la misma voz de Anne.

—Nada. Mira, comprendo y aprecio todo lo que estás diciendo, pero intento tomar una decisión racional, no emocional.

—¿Por qué? ¿Qué tiene de malo ser emocional? —protestó la mujer que no lloraba, la actriz—. ¿Por qué sugieres que es algo negativo? ¿Por qué no puede ser correcta la decisión emocional?

—Todavía no he tomado una decisión definitiva, y vosotras dos no me presionaréis para que tome la que queréis. No lo sabéis todo.

—Entonces explícanoslo, papá, dinos lo que no sabemos —exigió la mujer que lloraba con voz temblorosa y amenazadora.

El tono de amenaza lo acalló un segundo.

—Ahora no dispongo de tiempo para discutir esto. Tengo una reunión.

Se marchó dando un portazo y asustando al bebé de azul, que empezaba a dormirse en los brazos de su madre. Ésta empezó a llorar de nuevo. Como si fuera algo contagioso, la otra mujer también rompió a llorar; quizá se sentía marginada. Ahora todo el mundo lloraba: el bebé de rosa, el bebé de azul, la joven madre y la mujer sentada a su lado. Todos excepto Alice. Ella no estaba triste, furiosa, hundida o asustada. Estaba hambrienta.

—¿Qué tenemos de cena?

Mayo de 2005

Llegaron al mostrador tras esperar mucho tiempo en la cola.

—¿Qué quieres, Alice? —preguntó John.

—Lo mismo que tú.

—Yo pediré uno de vainilla.

—Perfecto. Pide otro para mí.

—A ti no te gusta la vainilla, te gusta el chocolate.

—Está bien. Pídeme uno de chocolate. —A ella le parecía una elección sencilla y nada problemática, pero él se molestó visiblemente por el cambio.

—Dos cucuruchos, uno de vainilla y otro de chocolate. Grandes.

Se sentaron en un banco junto a la orilla del río para comerse los helados, lejos de las tiendas y las colas atestadas de gente. Varios gansos picoteaban en la hierba a pocos metros de distancia. No levantaron la cabeza, ocupados en su picoteo, ajenos a la presencia de John y de Alice. A ella se le escapó una risita al pensar que quizá los gansos estaban pensando lo mismo de ellos.

—Alice, ¿sabes en qué mes estamos?

Había llovido, pero ahora el cielo estaba despejado,

y el sol y la madera del banco le calentaban los huesos. Le gustaba sentir esa calidez. Muchas hojas del manzano que tenían cerca estaban desparramadas por el suelo como confeti de alguna fiesta.

—Es primavera.

—¿Qué mes de primavera?

Alice lamió su cucurucho de chocolate y estudió la pregunta. No recordaba la última vez que había mirado un calendario, hacía mucho que no tenía necesidad de estar en un lugar concreto en una fecha concreta. O si tenía necesidad, John lo sabría y se aseguraría de que estuviera donde se suponía que debía estar. Ya no usaba aquella máquina donde lo apuntaba todo, ni siquiera llevaba reloj de pulsera.

«Bien, veamos. Los meses del año.»

—No lo sé, ¿en qué mes estamos?

—En mayo.

—Oh.

—¿Sabes cuándo es el cumpleaños de Anna?

—¿No es en mayo?

—No.

—Bueno, al menos creo que su cumpleaños es en primavera.

—No, no me refiero a Anne. Hablo de Anna.

Un camión amarillo cruzó el puente cercano sorprendiendo a Alice. Uno de los gansos extendió las alas y graznó al camión. Alice se preguntó si era valiente o sólo un camorrista buscando pelea. Volvió a soltar una risita al pensar en el ganso peleón.

Volvió a lamer su helado mientras estudiaba la arquitectura del edificio de ladrillos rojos al otro lado del río. Tenía muchas ventanas y un antiguo reloj mecánico en su cúpula dorada. Le pareció importante y familiar.

—¿Qué es ese edificio de ahí? —preguntó Alice.

—Es la facultad de Empresariales. Forma parte de Harvard.

—Oh. ¿Y yo fui profesora en ese edificio?

—No. Tú diste clases en otro situado a este lado del río.

—Oh.

—Alice, ¿dónde se encuentra tu despacho?

—¿Mi despacho? En Harvard.

—Sí, pero ¿en qué parte de Harvard?

—En un edificio situado en esta parte del río.

—¿En qué edificio?

—Ya no voy nunca por allí, ¿sabes?

—Sí, lo sé.

—Entonces, ¿qué más da dónde se encuentre? ¿Por qué no nos centramos en las cosas que realmente importan?

—Lo intento.

Él le sostuvo la mano. Estaba más caliente que la suya. Se sentía a gusto con su mano dentro de la de él. Dos gansos anadeaban en las tranquilas aguas del río, pero nadie se bañaba. Seguramente todavía hacía demasiado frío para la gente.

—Alice, ¿quieres seguir aquí?

Las cejas de John se arquearon y las arrugas de sus ojos se marcaron todavía más. La pregunta era importante para él. Ella sonrió, encantada de tener por fin una respuesta segura para él.

—Sí. Me gusta estar aquí sentada contigo. Y todavía no he terminado. —Le enseñó el cucurucho, aunque se sorprendió al ver que el helado se había derretido manchándole la mano—. ¡Vaya! ¿Tenemos que irnos ahora? —preguntó.

—No, no, tómate tu tiempo.

Junio de 2005

Alice se sentó frente a su ordenador, esperando que la pantalla se iluminara y cobrase vida. Cathy la había llamado por teléfono, preocupada porque no contestaba los e-mails, no acudía a las charlas sobre demencia desde hacía semanas y el día anterior tampoco había ido a la reunión del grupo de apoyo. Hasta que no mencionó el grupo de apoyo, Alice no supo quién era la preocupada Cathy que le hablaba. Después le explicó que dos personas más se habían unido al grupo por recomendación de unos asistentes a la Conferencia Anual de Asistencia Médica contra la Demencia que escucharon el discurso de Alice. Ella le dijo que era una noticia maravillosa, se disculpó con Cathy por preocuparla y le rogó que les dijera a todos los demás que se encontraba bien.

En realidad no se encontraba nada bien. Todavía podía leer y comprender textos muy cortos, pero el teclado del ordenador se había convertido en un indescifrable revoltijo de letras. En realidad había perdido la habilidad de componer palabras con las teclas. Además, estaba perdiendo su habilidad para el lenguaje, lo que separa a los humanos de los animales, y cada vez se sentía menos humana. Hacía tiempo que se había despedido con lágrimas en los ojos de los momentos en que se encontraba bien.

Abrió su correo electrónico. Setenta y tres mensajes nuevos. Abrumada y sintiéndose incapaz de responder a todos, cerró el correo sin abrir ninguno. Contempló la pantalla ante la que había pasado gran parte de su vida profesional. En ella se alineaban verticalmente tres carpetas: «Disco Duro», «Alice» y «Mariposa». «Clicó Alice».

Dentro había más carpetas con diferentes títulos: «Administración», «Alumnos», «Casa», «Chicos», «Cifras», «Clases», «Comidas del seminario», «Conferencias», «*De las moléculas a la mente*», «Exámenes», «John», «Presentaciones», «Propuestas de becas», «Teorías»... Toda su vida organizada en pequeños iconos. No se atrevió a abrir aquellas carpetas, temerosa de no recordar o no comprender su propia vida. Clicó en «Mariposa».

Querida Alice:

Tú te escribiste esta carta a ti misma cuando todavía estabas en tu sano juicio. Si estás leyendo esto y eres incapaz de responder a una o más de las siguientes preguntas, es que ya no lo estás:

1. ¿Qué mes es?
2. ¿Dónde vives?
3. ¿Dónde se encuentra tu despacho?
4. ¿Cuándo nació Anna?
5. ¿Cuántos hijos tienes?

Tienes la enfermedad de Alzheimer. Has perdido gran parte de ti misma, gran parte de lo que amas, y ya no vives la vida que querrías. Esta enfermedad no tiene un buen final, pero tienes que elegir el más digno, justo y respetuoso para tu familia y para ti misma. Ya no puedes confiar en tu sano juicio pero puedes confiar en el mío, en el de tu antiguo yo, antes de que el Alzheimer se llevara gran parte de ti.

Has vivido una vida extraordinaria y provechosa. Tu esposo y tú habéis tenido tres hijos saludables y maravillosos, a los que habéis amado y criado lo mejor que habéis sabido, y has tenido una notable carrera en Harvard, llena de retos, creatividad, pasión y logros.

Esta última parte de tu vida, la parte en la que convives con el Alzheimer, y este final que has elegido cuidadosamente son trágicos, pero tu vida no ha sido trágica. Te quiero y estoy orgullosa de ti, de cómo has vivido y de todo lo que has hecho mientras has podido hacerlo.

Ahora, ve al dormitorio. Acércate a la mesita negra que hay junto a la cama, la que tiene una lamparita azul. Abre el cajón de la mesita. Al fondo del cajón encontrarás un frasco de píldoras. El frasco tiene una etiqueta blanca con las palabras PARA ALICE en letras negras. En el frasco hay un montón de píldoras. Trágatelas todas ayudándote con un vaso de agua. Asegúrate de tomarlas todas. Después, vete a la cama y duérmete.

Ve ahora mismo, antes de que lo olvides. Y no le digas a nadie lo que vas a hacer. Por favor, confía en mí.

Con amor,

ALICE HOWLAND

Volvió a leer el documento. No recordaba haberlo escrito. Y no sabía la respuesta de varias preguntas, aunque sí de la que se refería al número de hijos. Pero, claro, la sabía porque lo ponía en el documento. No estaba muy segura de sus nombres, Anna y Charlie quizá. No se acordaba del otro.

Leyó el documento por tercera vez, pero más lentamente si es que eso era posible. Leer en la pantalla le resultaba difícil, más que en papel, donde podía utilizar un bolígrafo o un rotulador fosforescente para resaltar ciertas partes. Además, el papel podía llevárselo al dormitorio y leerlo allí. Quiso imprimirlo, pero no sabía cómo. Deseó que su antiguo yo, el yo que se había llevado el Alzheimer, hubiera incluido instrucciones para imprimir la carta.

Volvió a leerla una vez más. Era fascinante y surrealista, como leer un diario que hubiera escrito siendo adolescente, palabras secretas y sentidas escritas por una chica que apenas recordaba. Ojalá hubiera escrito más. Aquellas palabras la hacían sentirse al mismo tiempo triste y orgullosa, poderosa y aliviada. Aspiró aire, lo exhaló y subió las escaleras.

Tuvo que detenerse en el último escalón porque había olvidado para qué iba al piso superior. Tenía una sensación de importancia y urgencia, pero nada más. Volvió abajo y buscó algún indicio que le dijera qué estaba haciendo. Encontró el ordenador y vio la carta en la pantalla. La leyó y volvió a subir la escalera.

Abrió el cajón de la mesita de noche y sacó un paquete de pañuelos de papel, bolígrafos, un paquete de post-its, una botella de loción, un par de caramelos contra la tos, hilo dental y unas monedas. Lo extendió todo sobre la cama y tocó los objetos, uno a uno. Pañuelos, bolígrafo, bolígrafo, bolígrafo, post-its, monedas, caramelo, caramelo, un carrete de hilo, loción...

—¿Alice?

—¿Qué?

Giró en redondo. John se encontraba en la puerta del dormitorio.

—¿Qué haces aquí arriba?

Ella miró los objetos sobre la cama.

—Busco algo.

—Tengo que volver al despacho a buscar unos papeles que he olvidado. Iré y regresaré en coche, así que sólo serán unos minutos.

—Vale.

—Es la hora de tus medicinas. Tómatelas antes de que te olvides.

Le dio un puñado de pastillas y un poco de agua. Se las tragó todas.

—Gracias.

—De nada. Vuelvo enseguida.

Recuperó el vaso vacío y salió de la habitación. Ella se sentó en la cama, junto al contenido del cajón, y cerró los ojos sintiéndose triste y orgullosa, poderosa y aliviada mientras esperaba.

—Alice, vístete, por favor. Tenemos que irnos.

—¿Adónde? —preguntó ella.

—A la ceremonia de graduación de Harvard.

Volvió a revisar el vestido. Todavía no se lo había puesto.

—¿Qué significa «graduación»?

—Es la entrega de sus títulos a los estudiantes que han aprobado. Es el principio de sus nuevas vidas.

Graduación. Entrega de títulos. Principio. Le dio vueltas a las palabras. Graduarse en Harvard marcaba un principio, el principio de la madurez, el principio de la vida profesional, el principio de la vida después de Harvard. Principio. Le gustaba la palabra y quería recordarla.

Caminaron por una acera muy transitada, con sus togas rosa oscuro y sus sombreros negros. Durante los primeros minutos de la caminata, Alice se sentía ridícula y desconfiaba de la elección de ropa hecha por John, pero de repente los vio por todas partes. Montones de personas con trajes y sombreros similares a los suyos, pero de una amplia variedad de colores, convergían desde todas direcciones. No tardaron en caminar entre lo que parecía un desfile con todos los colores del arco iris.

Bajo el lento y ceremonioso sonido de unas gaitas entraron en un patio cubierto de hierba, con árboles que daban sombra, y rodeado por edificios grandes y antiguos. Alice se estremeció y sintió que se le ponía la carne de gallina. «Yo he hecho esto antes.» La procesión los condujo hasta unas hileras de sillas, en las que se sentaron.

—Es la ceremonia de graduación de Harvard —comentó Alice en voz baja.

—Sí —certificó John.

—El principio.

—Sí.

Pasó cierto tiempo antes de que los oradores comenzasen su tarea. Entre los antiguos graduados de Harvard se encontraba mucha gente famosa y poderosa, especialmente líderes políticos.

—Una vez, el rey de España dio aquí un discurso —comentó Alice.

—Es cierto —asintió John divertido, sin poder contener la risa.

—¿Quién es ese hombre? —preguntó ella, señalando al que se había situado frente al podio.

—Un actor.

Ahora fue Alice la que, divertida, dejó escapar una risita.

—Creo que este año no han podido conseguir ningún rey.

—Tu hija es actriz, ¿sabes? —dijo John—. Puede que algún día esté en esa tribuna.

Alice escuchó al actor. Era un orador fluido y dinámico. Hablaba de algo llamado «picaresca».

—¿Qué es la picaresca?

—Un tipo de relato en el que el héroe acaba recibiendo una lección.

El actor hablaba sobre la aventura de su vida. Les contaba que estaba allí para transmitirles a los graduados, hombres y mujeres que empezaban su vida profesional, las lecciones que había aprendido a lo largo de su vida. Les dio cinco consejos: «Sé creativo, sé útil, sé práctico, sé generoso y termina a lo grande.»

—Yo he sido todo eso, creo —añadió el actor—. Excepto que aún no he terminado. Aún no he terminado a lo grande.

—Un buen consejo —comentó Alice.

—Sí, lo es —corroboró John.

Allí sentados, escucharon y aplaudieron, y escucharon y aplaudieron durante más tiempo del que Alice podía mantener el interés. Después, todo el mundo se levantó y desfiló lenta y menos ordenadamente que al llegar. Alice, John y algunos más entraron en un edificio cercano. La magnífica entrada con su asombrosa altura, su techo de madera y su altísimo muro de cristal tintado maravilló a Alice. Enormes, antiguos y pesados candelabros pendían sobre ellos.

—¿Qué es esto? —preguntó.

—El Memorial Hall. Forma parte de Harvard.

Para su desencanto, apenas permanecieron tiempo en aquella magnífica entrada antes de pasar a otra sala más pequeña y menos impresionante, donde volvieron a sentarse.

—¿Qué pasará ahora? —preguntó.

—Los estudiantes de la Escuela de Graduados de las Artes y las Ciencias van a recibir sus títulos de doctorado. Hemos venido para ver a Dan. Es uno de tus alumnos.

Ella observó la sala y los rostros de los asistentes. No sabía quién era Dan —de hecho, no reconoció a nadie—, pero sí pudo captar la emoción y la energía que inundaba la sala. Todos parecían felices y esperanzados, orgullosos y aliviados. Estaban dispuestos y ansiosos por enfrentar nuevos retos, por descubrir, crear y enseñar, por ser los héroes de sus propias aventuras.

Lo que vio en ellos, lo reconoció en sí misma. Aquel lugar, aquella excitación, aquella disponibilidad, aquel principio. Ella había comenzado allí su propia aventura y, aunque no podía recordar los detalles, tenía un conocimiento implícito de que había sido rica y digna.

—Ahí lo tienes, en el estrado —le dijo John.

—¿Quién?

—Dan, tu alumno.

—¿Cuál es?

—El rubio.

—Daniel Maloney —anunció alguien.

Dan dio un paso adelante y estrechó la mano al hombre que lo había presentado. Luego recibió una carpeta roja que alzó por encima de su cabeza sonriendo triunfal. Alice aplaudió entusiasta por su alegría, por todo lo que seguramente había conseguido, por la aventura en que se embarcaba a partir de ese momento. Alice aplaudió al alumno del que no se acordaba.

En el exterior, bajo una gran carpa blanca, Alice y John se mezclaron con los estudiantes y la gente que se sentía feliz por ellos, y esperaron. Un joven rubio se acercó a Alice sonriendo ampliamente y, sin dudarlo un instante, la abrazó y le besó en la mejilla.

—Soy Dan Maloney, su alumno.

—Felicidades, Dan. Me alegro por ti —respondió ella.

—Muchas gracias. Me alegro de que haya podido venir a mi graduación, me siento muy feliz de haber sido su alumno. Quiero que sepa que usted es la razón por la que elegí Lingüística como especialidad. Su pasión por comprender cómo funciona el lenguaje, su enfoque riguroso y al mismo tiempo colaborador en la investigación, su amor por la enseñanza me ha inspirado de tantas y tantas maneras que... Gracias por su guía y su sabiduría, por poner el listón mucho más alto de lo que yo me creí capaz de superar, y por darme espacio suficiente para desarrollar mis propias ideas. Ha sido la mejor profesora que he tenido en mi vida. Si consigo que mi vida sea una fracción de lo que usted ha conseguido en la suya, consideraré que he tenido éxito.

—De nada. Gracias por tus palabras. No recuerdo muy bien esos días, ¿sabes? Pero me alegra saber que tú los recordarás por mí.

Él le tendió un sobre blanco.

—Tome, aquí está todo lo que he dicho. Lo he escrito para usted, para que pueda leerlo cuando quiera y sepa todo lo que me ha dado, incluso aunque no pueda recordarlo.

—Gracias.

Ambos sostuvieron sus sobres: ella el blanco y él el rojo, con profundo orgullo y reverencia.

Una versión más avejentada y voluminosa de Dan y dos mujeres, una mucho más anciana que la otra, se acercaron a ellos. La versión más avejentada y voluminosa de Dan traía una bandeja de copas altas y estrechas que contenían un burbujeante vino blanco. La mujer más joven les tendió una copa a cada uno.

—¡Por Dan! —propuso la versión más avejentada y voluminosa de Dan, alzando su copa.

—Por Dan —repitieron todos, entrechocando las copas antes de dar un sorbo.

—Por los principios prometedores —añadió Alice—. Y por los finales a lo grande.

Se alejaron de la carpa, de los viejos edificios de ladrillo y de la gente con trajes y sombreros, hasta un lugar menos concurrido y bullicioso. Alguien vestido de negro se acercó a John llamándolo por su nombre. Él se detuvo y soltó la mano de Alice para estrechar la de su interlocutor; ella, siguiendo su impulso, siguió caminando.

Por un largo segundo, Alice hizo una pausa y sus ojos se encontraron con los de otra mujer. Estaba segura de que no la conocía, pero el intercambio de miradas fue significativo. La mujer era rubia y unas gafas ocultaban prácticamente sus grandes y sorprendidos ojos azules. Iba hablando por un teléfono móvil mientras conducía un coche.

En ese momento, la capucha de Alice se tensó alrededor de su garganta y sintió que tiraban de ella hacia atrás. Cayó al suelo golpeándose la espalda con fuerza, y su cabeza rebotó contra el suelo. El traje y el gorro le ofrecieron poca protección contra la dureza del pavimento.

—Lo siento, Ali. ¿Estás bien? —le preguntó un hombre vestido de rosa oscuro, arrodillado junto a ella.

—No —reconoció, sentándose en el suelo y frotándose la parte posterior del cráneo. Esperaba ver sangre en su mano, pero no vio nada.

—Lo siento, pero ibas a cruzar la calle. Ese coche casi te arrolla.

—¿Cómo se encuentra? —Era la mujer del coche. Sus ojos seguían muy abiertos y sorprendidos.

—Creo que bien —respondió el hombre.

—Dios mío, pude haberla matado. Si no llega a tirar de ella y apartarla, pude haberla matado.

—Tranquila, no la ha matado. Creo que está bien.

El hombre ayudó a Alice a levantarse. Miró y palpó la parte posterior de su cabeza.

—Creo que no tienes nada grave. Probablemente te dolerá bastante, pero nada más. ¿Puedes caminar?

—Sí.

—Si quieren, puedo llevarlos adonde me digan —se ofreció la mujer.

—No, no se moleste. Estamos bien —aseguró el hombre.

Pasó su brazo por la cintura de Alice y la sostuvo por el codo con la otra mano. Ella se alejó de allí con el amable extraño que le había salvado la vida.

Verano de 2005

Alice se sentó en una silla blanca, grande y cómoda, y miró desconcertada el reloj de pared. Tenía manecillas y números, mucho más difícil de descifrar que los que sólo tenían números. «¿Las cinco, quizá?»

—¿Qué hora es? —le preguntó al hombre sentado en la otra silla blanca, grande y cómoda.

Él consultó su reloj de pulsera.

—Casi las tres y media.

—Creo que ya es hora de que vuelva a casa.

—Estás en casa. Ésta es tu casa del Cabo.

Ella miró alrededor: muebles blancos, fotos de faros y playas en las paredes, grandes ventanales, arbolitos altos y delgados tras ellos...

—No, ésta no es mi casa. Yo no vivo aquí. Quiero irme a casa.

—Volveremos a Cambridge en un par de semanas. Ahora estamos de vacaciones, y a ti te gusta estar aquí.

El hombre de la silla siguió leyendo su libro y dando sorbos a su bebida. El libro era grueso y la bebida, de un amarillo pardusco, como el de sus ojos. Parecía estar disfrutando de ambas cosas: de la lectura y la bebida.

Los muebles blancos, las fotos de faros y playas en las paredes, los grandes ventanales y los arbolitos altos y delgados tras ellos no le eran familiares. Y los sonidos que percibía tampoco. Oía a esos pájaros blancos que viven en el océano; oía el hielo girando y chocando contra el vaso cuando el hombre de la silla blanca, grande y cómoda se lo llevaba a los labios; oía incluso la respiración del hombre a través de la nariz mientras leía y el tictac de su reloj.

—Creo que ya he estado aquí mucho tiempo. Me gustaría irme a casa.

—Estás en casa, en tu casa de vacaciones. Aquí es donde venimos a descansar y relajarnos.

Aquel lugar no parecía su casa, aquel lugar no sonaba como su casa y ella no se sentía descansada y relajada. El hombre que leía y bebía, sentado en la silla blanca, grande y cómoda no sabía de lo que hablaba. Quizás estuviera borracho.

Él respiraba, leía y bebía, y las manecillas del reloj se movían. Alice se acomodó en su silla y escuchó cómo pasaba el tiempo, deseando que alguien la llevara a casa.

Estaba sentada en una de las sillas blancas, grandes y cómodas de madera, bebiendo té helado y escuchando el estridente cruce de sonidos entre ranas invisibles e insectos nocturnos.

—Mira, Alice, he encontrado tu colgante de la mariposa —dijo el dueño de la casa.

Oscilando ante ella vio una joya con forma de mariposa, unida a una cadena de plata.

—No es mi collar, es el collar de mi madre. Y es especial, así que guárdalo. Se supone que no debemos jugar con él.

—Hablé con tu madre y me dijo que podías quedarte con él. Te lo regala.

Ella estudió los ojos, la boca y el lenguaje corporal del hombre, buscando algún signo que le descubriera su motivación. Pero antes de que pudiera calcular su sinceridad, la belleza de la brillante mariposa azul superó su preocupación.

—¿De verdad ha dicho que me lo regala?

—Ajá.

Él se inclinó sobre ella y se lo puso alrededor del cuello. Alice rozó con la punta de los dedos las gemas azules engarzadas en las alas de la mariposa; después acarició el cuerpo de plata y las antenas rematadas por diamantes. Sintió un estremecimiento de orgullo. «Anne se va a poner celosa.»

Estaba sentada en el suelo del dormitorio frente al espejo de cuerpo entero, examinando su reflejo. La mujer del espejo tenía bolsas oscuras y abultadas bajo los ojos; su piel parecía fofa, manchada y arrugada en las sienes y la frente; sus gruesas y desaliñadas cejas necesitaban un buen repaso de pinzas; su pelo rizado era en su mayoría negro, pero podían verse algunas hebras blancas. La mujer del espejo era vieja y fea.

Se pasó los dedos por las mejillas y la frente, sintiendo su rostro en los dedos y los dedos en su rostro. «Ésa no puedo ser yo. ¿Qué le ha pasado a mi cara?» La mujer del espejo le dio asco.

Encontró el cuarto de baño y encendió la luz. En el espejo situado sobre el lavabo se encontró con la misma imagen. Aquellos ojos marrón dorado eran los suyos, la nariz también, igual que los labios en forma de corazón, pero todo lo demás, la composición general de sus rasgos estaba grotescamente equivocada. Pasó los dedos por el suave y helado cristal. «¿Qué les pasa a estos espejos?»

El cuarto de baño tampoco olía bien. Vio dos taburetes blancos, brillantes, una especie de cepillo y un cubo colocado sobre hojas de diario extendidas por el suelo. Se agachó y respiró por la nariz. Quitó curiosa la tapa del cubo y metió el cepillo, al sacarlo vio que goteaba una cremosa pintura blanca.

Comenzó con los que sabía que eran defectuosos, el del cuarto de baño y el del dormitorio. Encontró cuatro más antes de terminar y los pintó todos de blanco.

Estaba sentada en una silla grande, blanca y cómoda, y el dueño de la casa se sentó en otra igual. El dueño de la casa leía un libro y bebía algo de un vaso. El libro era grueso, la bebida era de un amarillo pardusco y contenía hielo.

Ella cogió de la mesita de café un libro todavía más grueso que el del hombre y empezó a pasar páginas con el dedo. Sus ojos se detuvieron en unos diagramas de palabras y letras, conectadas con otras palabras y otras letras mediante flechas, puntos y una especie de piruletas. Captó algunas palabras sueltas mientras pasaba las páginas: «desinhibición», «fosforilación», «genes», «acetilcolina», «fugacidad», «demonios», «morfemas», «fonológico».

—Creo que ya lo he leído —dijo.

El hombre miró el libro que tenía en las manos y después a ella.

—Has hecho algo más que leerlo. Lo has escrito. Tú y yo escribimos juntos ese libro.

Dudando de su palabra, ella cerró el libro y leyó la brillante cubierta azul: *De las moléculas a la mente*, por John Howland, doctor en investigación, y Alice Howland, doctora en investigación. Desvió la mirada hacia el hombre de la silla. «Él es John.» Pasó las primeras páginas hasta encontrar el índice: «Humor y emoción, Motivación», Excitación y atención, Memoria, Lenguaje. «Lenguaje.»

Abrió el libro casi por el final: «Una posibilidad infinita de expresión, aprendida aunque instintiva, semántica, sintáctica, gramatical, con verbos irregulares, sin esfuerzo y automática, universal.» Aquellas palabras parecían traspasar las algas y el fango que inundaban su mente, llegando hasta un lugar todavía prístino, todavía resistente, todavía intacto.

—John... —comenzó a decir.

—¿Sí?

Él dejó el libro y se sentó muy erguido en el borde de su silla blanca, grande y cómoda.

—Yo escribí este libro contigo.

—Así es.

—Me acuerdo. Y me acuerdo de ti. Y me acuerdo de que solía ser muy inteligente.

—Sí, lo eras. Eras la persona más inteligente que he conocido en mi vida.

Aquel libro grueso con la portada azul brillante representaba gran parte de lo que ella solía ser. «Antes sabía cómo la mente maneja el lenguaje y podía comunicar lo que sabía. Antes era alguien que sabía muchas cosas. Ahora nadie me pide opinión o consejo. Lo echo de menos. Antes era curiosa, independiente y confiada. Echo de menos estar segura de las cosas. No hay paz en no estar segura de todo, todo el tiempo. Echo de menos hacerlo todo con facilidad. Echo de menos no formar parte de lo importante. Echo de menos sentirme necesitada. Echo de menos mi vida y mi familia. Amaba mi vida y a mi familia.»

Quería decirle a John todo lo que pensaba y recordaba, pero no lograba que todos aquellos recuerdos, todos aquellos pensamientos compuestos de tantas palabras, frases y párrafos, atravesaran la barrera de algas y barro y se convirtieran en sonido audible. Se esforzó todo lo posible en transmitir al menos lo esencial, el resto se quedaría en aquel lugar todavía prístino, todavía resistente, todavía intacto.

—Me echo de menos.

—Yo también te echo de menos, Ali. No sabes cuánto.

—Nunca planeé terminar así.

—Lo sé.

Septiembre de 2005

John estaba sentado en el extremo de una larga mesa y bebió un largo sorbo de su café. Estaba muy cargado y amargo pero no le importó, no se lo bebía por su sabor. Incluso se lo habría bebido más rápido si no estuviera demasiado caliente. Necesitó dos o tres tazas más antes de conseguir estar completamente alerta y en funcionamiento.

La mayoría de los clientes que acudían a aquel local buscando su dosis de cafeína se marchaba enseguida. Faltaba una hora para la reunión de John en su laboratorio y tampoco tenía ninguna urgencia por llegar pronto a su despacho.

Estaba contento por poder tomarse su tiempo, comer su bollo de canela, beber su café y leer el *New York Times*.

Abrió el diario por la sección de Salud, como siempre desde hacía un año, una costumbre que había reemplazado a la esperanza que originalmente inspiró esa conducta. Leyó el primer artículo de la página y lloró abiertamente mientras su café se enfriaba.

Según los resultados del estudio de fase III realizados por Syneron, los pacientes de Alzheimer que tomaron Amylex durante los quince meses del ensayo clínico no muestran una estabilización significativa de los síntomas de demencia comparados con el grupo que sólo recibió un placebo.

Amylex es un agente reductor selectivo de los beta-amiloides. Vinculado al péptido soluble abeta-42, este medicamento experimental estaba diseñado para detener la progresión del Alzheimer, a diferencia de los medicamentos actualmente disponibles, que sólo pueden, como máximo, retrasar el avance de la enfermedad.

El medicamento era bien tolerado y pasó las fases I y II de forma prometedora, lo que despertó expectación en Wall Street. Pero, tras poco más de un año, la función cognitiva de los pacientes, incluso de aquellos que tomaron las dosis más altas de Amylex, no ha mostrado ninguna mejoría o estabilización en las pruebas de actividades de la vida cotidiana, según la escala de cálculo de la enfermedad de Alzheimer, y dichos pacientes han seguido declinando a un ritmo altamente significativo.

Epílogo

Alice se sentó en un banco con la mujer que la acompañaba y observó a los niños que se acercaban a ellas. No, no eran niños. Al menos no eran de ese tipo de niños pequeños que viven en su casa con sus madres. ¿Qué eran? Niños medianos.

Estudió sus rostros medianos mientras caminaban. Serios, ocupados, de cabeza grande. Cerca de ellas había más bancos, pero ningún niño mediano se detuvo para sentarse. Todos caminaban, al parecer muy preocupados por llegar pronto a su destino, cualquiera que fuera.

Alice no necesitaba ir a ninguna parte, y se sintió afortunada por ello. La mujer sentada a su lado y ella escucharon a la chica de pelo largo cantar e interpretar su música. Tenía una voz adorable, una dentadura blanca y prominente, y vestía una bonita falda floreada.

Alice tarareó la canción. Le gustaba el sonido de su propia voz mezclado con la de la chica.

—Bien, Alice, Lydia volverá de un momento a otro. ¿Quieres darle algo de dinero a Sarah antes de que nos vayamos? —preguntó la mujer.

La mujer esperó de pie, sonriente, con algo de dinero

en la mano. Alice también se levantó y la mujer le pasó el dinero, que ella dejó caer dentro del sombrero negro que la chica que cantaba había dejado en el suelo, delante de ella. La chica siguió cantando, pero dejó de cantar un instante para saludarlas.

—¡Gracias, Alice! ¡Gracias, Carole! ¡Nos vemos!

Mientras Alice se alejaba con la mujer, la música fue desapareciendo poco a poco tras ellas. Alice no quería marcharse, pero la mujer se iba y sabía que tenía que estar con ella. La mujer era muy alegre y amable, y siempre sabía qué hacer, algo que Alice apreciaba mucho porque ella no lo sabía muy a menudo.

Tras caminar un rato, Alice vio el coche rojo payaso y el coche esmalte de uñas aparcados a un lado de la calle.

—Ya han llegado las dos —dijo la mujer al ver los coches.

Alice se sintió excitada y con prisas por llegar a la casa. La joven madre estaba en el recibidor.

—Mi reunión terminó antes de lo que pensaba, así que decidí volver. Gracias por sustituirme —dijo la joven madre.

—No hay problema —repuso la mujer—. Deshice su cama, pero no he tenido tiempo de volverla a hacer. Las sábanas siguen en la secadora.

—Bien, gracias. Ya la haré yo.

—Ha tenido otro día bueno.

—¿No se ha escapado?

—No. Parece que se haya convertido en mi sombra, en mi compinche de correrías, ¿verdad, Alice?

La mujer sonrió entusiasta, asintiendo con la cabeza. Alice sonrió y asintió también. No tenía ni idea del motivo, pero si a aquella mujer le parecía bien, ella estaba de acuerdo.

La mujer empezó a recoger libros y bolsas de la puerta delantera.

—¿Llegará John mañana? —preguntó la mujer.

Un bebé que no estaba a la vista empezó a llorar, y la joven madre desapareció en otra habitación.

—¡No, este fin de semana no puede venir! ¡Pero ya hemos arreglado lo de mañana! —gritó la joven madre.

Luego volvió llevando a un bebé vestido de azul, al que besó repetidamente en la nuca. El bebé seguía llorando pero sin mucha motivación; los besos de la madre funcionaban. La madre metió una cosa en la boca del bebé para que la chupase.

—Ya está, ya está, patito. Muchas gracias, Carole, eres una bendición. Que pases un buen fin de semana. Nos vemos el lunes.

—Hasta el lunes. ¡Adiós, Lydia! —se despidió la mujer.

—Adiós, Carole. ¡Y Gracias! —gritó una voz desde algún lugar de la casa.

Los enormes y redondos ojos del bebé se encontraron con los de Alice, y el niño sonrió al reconocerla tras aquella cosa que chupaba. Alice le devolvió la sonrisa y el bebé respondió soltando una carcajada. La cosa que chupaba cayó al suelo. La madre se agachó y la recogió.

—Mamá, ¿quieres sostenerlo un rato?

Le pasó el bebé a Alice, que lo acomodó entre sus brazos y su cadera. El bebé empezó a darle blandos manotazos en la cara con una de sus húmedas manos; a él le gustaba hacerlo y Alice le dejaba. Después le atrapó el labio inferior. Ella fingió morderlo mientras imitaba el gruñido de un animal salvaje. Él rio y cambió su presa de la boca a la nariz. Ella esnifó y esnifó, y fingió estornudar. Él cambió a los ojos. Ella los entornó y parpadeó rápidamente intentando hacerle cosquillas con las pestañas para que apartara la mano. El pequeño lo hizo, pero sólo para aferrar un mechón de pelo con su puñito y tirar de él. Ella se liberó suavemente y se colocó el mechón en su lugar con el dedo índice. El bebé encontró su colgante.

—Mira qué mariposa tan bonita.

—¡Mamá, no dejes que se lo lleve a la boca! —advirtió la joven madre, que estaba en otra habitación, pero no les quitaba ojo.

Alice no pensaba dejar que el bebé mordiera el colgante y se sintió injustamente acusada. Se dirigió a la habitación en que se encontraba la madre, llena de cosas para sentar bebés que zumbaban, pitaban y hablaban cuando los bebés las sacudían. Alice había olvidado que aquélla era la habitación de los asientos duros. Quiso marcharse antes de que la madre sugiriera que dejara el bebé en uno de ellos, pero la actriz también estaba allí y Alice quería estar con ella.

—¿Vendrá papá este fin de semana? —preguntó la actriz.

—No, el próximo. ¿Puedo dejar a los bebés contigo y con mamá un rato? Tengo que ir al supermercado. Seguro que Allison seguirá dormida una hora por lo menos.

—Claro.

—Volveré enseguida. ¿Necesitas algo? —preguntó la joven madre saliendo del cuarto.

—Más helado. ¡De chocolate! —gritó la actriz.

Alice encontró un juguete blando sin botones que provocasen ruidos y se sentó en él, dejando que el bebé explorase en su regazo. Olió su casi calva coronilla y miró a la actriz mientras leía algo. La actriz levantó la vista hacia ella.

—Oye, mamá, ¿te gustaría escuchar este monólogo

en que he estado trabajando y decirme qué te parece? No me refiero a lo que digo, es muy largo. No tienes que recordar las palabras, sólo dime qué emociones te provoca. Cuando acabe, dime lo que has sentido, ¿de acuerdo?

Alice asintió y la actriz empezó a leer. La miró y la escuchó, y se concentró más allá de las palabras que surgían de su boca. En sus ojos vio desesperación, búsqueda, súplica de la verdad. Y se dio cuenta de que, poco a poco, conseguía encontrarla. Al principio, su voz parecía indecisa, temerosa; pero lentamente, sin aumentar de volumen, fue mostrando más confianza y después más alegría, hasta parecer en ocasiones una canción. Sus cejas, hombros y manos se aflojaron y abrieron, pidiendo aceptación y ofreciendo perdón. Su voz y su cuerpo crearon una energía que llenó a Alice e hizo que empezase a llorar. Abrazó al precioso bebé que se agitaba en su regazo y besó su cabecita.

La actriz se detuvo y volvió a ser la que era antes de empezar a hablar. Miró a Alice expectante.

—¿Y bien? ¿Qué has sentido?

—He sentido amor. Hablabas del amor.

La actriz chilló de entusiasmo, corrió hacia Alice, la besó en la mejilla y sonrió. Todas las leves arrugas de su cara mostraban alegría.

—¿Lo he hecho bien? —preguntó Alice.

—Sí, mamá. Lo has hecho muy bien.

Postscript

El medicamento llamado Amylex, descrito en este libro, es ficticio. No obstante, es similar a los compuestos reales que se están desarrollando y que buscan rebajar los niveles del beta-amiloide 42. A diferencia de los disponibles actualmente, que sólo retrasan la progresión de la enfermedad, se espera que los nuevos medicamentos detengan la progresión del Alzheimer.

Todos los demás medicamentos mencionados son reales y su descripción, así como su utilización y eficacia en el tratamiento del Alzheimer, es todo lo exacta posible en el momento en que este libro se escribió.

Para más información sobre la enfermedad de Alzheimer y los ensayos clínicos, ver *http://www.alz.org/alzheimers_disease_clinical_studies.asp*

Agradecimientos

Me siento profundamente agradecida a las personas que he llegado a conocer a través de la Dementia Advocacy and Support Network International and Dementia USA, especialmente a Peter Ashley, Alan Benson, Christine Bryden, Bill Carey, Lynne Culipher, Morris Friedell, Shirley Garnett, Candy Harrison, Chuck Jack-son, Lynn Jackson, Sylvia Johnston, Jenny Knauss, Jaye Lander, Jeanne Lee, Mary Lockhart, Mary McKinlay, Tracey Mobley, Don Moyer, Carole Mulliken, Jean Opalka, Charley Schneider, James Smith, Jay Smith, Ben Stevens, Richard Taylor, Diane Thornton y John Willis. Su inteligencia, valor, humor, empatía y buena voluntad para compartir lo que era individualmente vulnerable, intimidante y esperanzador me ha enseñado mucho. Mi retrato de Alice es más rico y humano gracias a sus experiencias.

Me gustaría dar las gracias especialmente a James y Jay, que me han dado mucho, que han ido más allá de los límites del Alzheimer y de este libro. Me siento realmente honrada de haberos conocido.

También quiero dar las gracias a los siguientes profesionales de la medicina, que generosamente me han concedido su tiempo, sus conocimientos y su imaginación, ayudándome a hacerme una composición real y concreta de cómo se desarrollarían los acontecimientos tras el descubrimiento de la demencia de Alice y su progresión:

A los doctores Rudy Tanzi y Dennis Selkoe, por su profundo conocimiento de la biología molecular de esta enfermedad.

Al doctor Alireza Atri por permitirme acompañarle durante dos días en la Unidad de Desórdenes de la Memoria del Hospital General de Massachusetts y por mostrarme su inteligencia y su compasión.

A los doctores Doug Cole y Martin Samuels, por sus datos sobre el diagnóstico y tratamiento del Alzheimer.

A Sara Smith, por permitirme asistir a una prueba neuropsicológica.

A Barbara Hawley Maxam, por explicarme el papel del asistente social y el Grupo de Apoyo a los Cuidadores, del Hospital General de Massachusetts.

A Erin Linnenbringer, por ser el consejero genético de Alice.

Al doctor Joe Maloney y a la doctora Jessica Wieselquist por actuar como la doctora de medicina general de Alice.

Gracias al doctor Steven Pinker por contarme su vida como profesor de Psicología en Harvard, y a los doctores Ned Sahin y Elizabeth Chua por hacer lo propio desde el punto de vista de los estudiantes.

Gracias a los doctores Steve Hyman, John Kelsey y Todd Kahan, por responder a mis preguntas sobre Harvard y sus experiencias docentes.

Gracias a Doug Coupe, por compartir algunos datos concretos sobre el trabajo de actriz y sobre Los Ángeles.

Gracias a Martha Brown, Anne Carey, Laurel Daly,

Kim Howland, Mary MacGregor y Chris O'Connor, por leerse cada capítulo, por sus comentarios, ánimos y entusiasmo.

Gracias a Diane Bartoli, Lyralen Kaye, Rose O'Donnell y Richard Pepp, por su ánimo editorial.

Gracias a Jocelyn Kelly, de Kelley & Hart, por ser una publicista estupenda.

Mi más profundo agradecimiento a Beverly Beckham, que escribió la mejor crítica posible que un autor autoeditado pudiera soñar.

Julia, nunca podré agradecértelo bastante. Tu generosidad me cambió la vida.

Gracias a Vicky Bijur por insistir en que cambiase el final. Eres genial.

Gracias a John Hardy, Louise Burke, Anthony Ziccardi y Kathy Sagan, por creer en esta historia.

Quiero expresar mi más efusivo agradecimiento a la familia Genova, por decir a todos sus amigos y conocidos que compren la novela de su hija/sobrina/prima/hermana. ¡Sois la mejor guerrilla de marketing del mundo!

También quiero agradecer a la familia Seufert su boca a boca.

Y por último, me gustaría dar las gracias a Christopher Seufert por su apoyo técnico, por el diseño original de cubierta, por ayudarme a convertir lo abstracto en tangible y por mucho más. Pero, sobre todo, por regalarme mariposas.

OTROS TÍTULOS
DE LA COLECCIÓN

PASAJEROS DE LA NIEBLA

Montserrat Rico

En septiembre de 1930, llega inesperadamente a la ciudad de Lisboa Aleister Crowley: Expulsado de Italia por el mismísimo Mussolini, es una de las figuras más oscuras de su tiempo. Sus detractores lo consideran el hombre más perverso del mundo, y dicen de él que adora al diablo y practica la magia negra entre otras esotéricas aficiones... La excusa de su visita a Portugal: conocer a su secreto correligionario Fernando Pessoa, con quien mantiene correspondencia desde hace tiempo. El nombre del mago pronto saltará a los titulares de la prensa de la época y a los expedientes policiales: tras acudir a Sintra a jugar una enigmática partida de ajedrez, el ocultista desaparece en el acantilado de la Boca do Inferno dejando tras de sí una críptica nota de suicidio.

Pasajeros de la niebla parte de un hecho real y sobre él plantea una posibilidad que puede estremecernos. ¿Y si hubiera sido otra la razón de la visita de Crowley? Montserrat Rico nos sumerge, en la mágica Sintra del siglo XIX, en una trama apasionante y llena de misterio.

EL HEREDERO DEL HOMBRE

Fernando de Rojas Parets

Carmen Pons y el padre agustino Manuel Segarra se embarcan, por distintas razones personales, en la búsqueda de Víctor, un auténtico idealista y, por lo tanto, un raro ejemplar en este inicio del siglo XXI. Siguiendo su pista, le descubrirán un pasado marcado por la utopía y unos sorprendentes antecedentes familiares...

El heredero del hombre empieza con el asesinato de un dirigente indígena ecuatoriano para conducirnos a través de la selva peruana, el Madrid de los ochenta y los suaves paisajes de Valencia y Mallorca, hasta la humedad corrosiva de Londres. Allí, Carmen y el padre Segarra hallan finalmente a Víctor, convertido en cabecilla de una extraña organización que, más allá de los movimientos antiglobalización, conmoverá al mundo con acciones insólitas —que pondrán el dedo en la llaga de los desgarradores problemas de la humanidad y de las cobardías e intereses que matan a millones de personas cada año— que este insólito grupo, integrado por misteriosos personajes y sucesor de los más justos idearios, lleva a las portadas de los telediarios mediante actuaciones espectaculares y dramáticas.

En un final realmente impactante, el lector dará con el sentido perdido de la inmortalidad y... quizá con un mensaje personal.

GUÍA PARA SOBREVIVIR A UNA ISLA

George Zarkadakis

La vida de Alexander toma un giro inesperado el día en que comprueba que su novia ha desaparecido sin dejar rastro. A la mañana siguiente, ve que se ha convertido en un hombre sin reflejo. Un raro tumor cerebral benigno resulta ser la explicación a ese perturbador fenómeno. Al cabo de tres años, el tumor ha crecido y han de operarlo al día siguiente pero los médicos no pueden predecir qué le ocurrirá tras la operación: es muy probable que no recuerde nada de su vida anterior y pierda su identidad para convertirse en otra persona.

Alexander decide pasar «su último día» lo más tranquilamente posible —tras una noche confusa a consecuencia de un asesinato ocurrido cerca de su casa— y visitar su librería favorita, pero el librero le tiene reservada una sorpresa: el sótano es una cripta donde se escondieron cientos de judíos durante la Segunda Guerra Mundial, entre éstos la madre del propio Alexander. Al salir, una desconocida le regala un libro que ha robado en esa misma librería: un raro volumen, sin fecha de publicación ni mención de autor ni editorial, titulado *Guía para sobrevivir a una isla*; un texto dentro de un texto, reflejo de su vida.

Guía para sobrevivir a una isla es una sorprendente novela de ideas, en la línea de Haruki Murakami, en la que Zarkadakis ha conseguido crear, con suma habilidad, un mundo extraño que rebosa misterio y nos sumerge en un viaje fascinante hacia la naturaleza enigmática de la identidad y la conciencia.